札差市三郎の女房

千野隆司

集英社文庫

目次

札差市三郎の女房

第一章　札旦那(ふだだんな)

一

雪が迫ってくる。

闇の向こうから、それは止まることを知らない。

さらさらとした硬い粉雪。ちくちくと顔や手に刺さった。まるで、刃物の破片のようだ。深く息を吸うと、肺腑(はいふ)の奥が裂けるように痛い。

唸(うな)りを上げた風が、渦を巻いて吹き抜けて行く。地に落ちた雪は、煽(あお)られて再び舞った。体の横から下から、執拗(しつよう)にまとわりついてくる。歩いても歩いても行く手を阻んできた。そして追い立てるように、背中を押した。

体が傾(かし)いでゆく。しかし立ち止まることはできない。立ち止まれば、たちどころに全身が積もった雪の底に沈んでいってしまいそうだ。

滑って転んだ。その弾みで雪が躍った。襲いかかってくる。目を突き、膚(はだ)を嬲(なぶ)り足を絡めてきた。悲鳴を上げそうになるのを、綾乃はやっとの思いで堪えた。履物は、気がついた時には足下になかった。足袋はだしである。雪にまみれたそれは、白さを一層際立たせた。

足を踏みしめて立ち上がった。身につけた衣類の他に、手中にあるのは蓄えた僅かな金子と、二尺五寸（約六七センチメートル）ほどの樫の杖一本。二年前に死んだ父が、護身用にとくれたものである。形見だった。その手触りを確かめ、強く握り直した。

歩みを続ける。降りしきる雪で、辺りの地形が確かめにくい。目を凝らした。片側に広い堀の続く武家地。眼前の闇に吸い込まれるように消えて行く道は、際限のない夜の淵への道筋とも受け取られた。

雪に阻まれて、歩みが思い通りに捗らない。屋敷を抜け出してから、すでに長い時間がたってしまった気がする。早く早くと急き立てる、もう一人の自分の声が聞こえた。

どこかで、樹木の枝先に積もった雪が、音を立てて落ちた。

覚えず耳を澄ませる。すると何かが聞こえた。降り続ける雪の音。闇の軋み。そうではない、人の足音だ。自分に放たれた、追手の足音だと気付いた。

「おのれ……」

意外な、追手の動きの早さにたじろいだ。手にした杖が滑りそうになる。寒気で指の動きが鈍くなっていた。力を入れた。足を早めた。

屋敷を抜け出す時、日頃身につけていた打ち掛けは畳んで敷いたままの寝床の中に入れてきた。身軽な身なりに窶して、人の寝静まるのを待った。庭を抜け、屋敷の裏木戸から外に出た。足跡は、降り落ちる雪が消してくれた。

外気は凍てつくほどに冷たい。しかし常に屋敷内に籠もっていた、氷室のような人の冷たさと比べればまだ堪えられた。一刻も早く、その者たちの息遣いの聞こえない場所に、逃げ込みたかった。

綾乃は、怖れている。一人の男の不遜さのあまり歪んだ顔、ふてぶてしい立ち居、傲慢な声。捕らえられ、屋敷に連れ戻されてはならない。一年もの間、苛まれ弄ばれて過ごしてきた。憎み恨み、そして怯えながら、ひたすら脱出の機会を探っていた。

「おい、いたぞ」

背後から叫び声が聞こえた。聞き覚えのある、屋敷の用人の声だった。

雪を踏む乱れた足音。一つ、二つ、三つ、四つ。それが徐々に近づいて来る。

辺りに人影はない。はるか先に辻番小屋があるはずだが、寝ぼけた老人がいるだけだった。何が起ころうと、頼りにならないのははっきりしている。綾乃は立ち止まり、振り向いた。

走り寄った四人の侍が、周りを取り囲んだ。いずれも雪にまみれて白い。

「殿がお待ちかねでござる。このままお戻り願います」

息を整えると、年かさの用人が言った。有無を言わさぬ物言いだった。じりと踏み出す。雪の潰れる音がした。

「お屋敷に戻るつもりは、ありません」

綾乃は言った。手にした樫の杖の、手応えを確かめた。口で言って引き下がる男たちでないことは、分かっている。追い付かれれば追手の者たちと立ち会いになることは、屋敷を出る前から覚悟していた。

「ご無理を、仰せになられますな」

男は嘗めた口調で、綾乃の腕を取ろうとした。いずれは言うことを聞くと見縊っている。一人の女に、追手は四人。これまで綾乃は、男たちの主人五千石の旗本坂東志摩守に屈服させられて過ごしてきた。金で買われた側室だと陰で噂され、時には耳元で囁かれた。言い返すことはできなかった。彼らはその姿を見て過ごしてきた。

綾乃はしかし、腹を決めていた。この男たちに捕らえられるつもりは、毛頭ない。忍従の月日を送ることを拒否したのである。手にした杖を刀に見立て、青眼に構えた。

「な、何だ」

男の顔に、驚きが走った。だがそれは、すぐに怒りと嗜虐の交じった好奇なものに変わった。嚙み締められた口元から、嘲りの笑みが漏れた。強がった女の、居直りと取ったようだった。

「手間をかけさせなさいますな」

身構える様子を見せた。だが、まだからかいがあった。綾乃は杖を振りかぶると、その二の腕に一撃を浴びせた。粉雪が激しく舞った。

「うっ」

びしりという肉を打つ音がして、男の体がよろめいた。かわそうとしたが、一撃はその隙を与えなかったのである。足を踏みしめ、雪上での転倒を防ぐのがやっとだった。

「おのれ」

嘗めていた残りの侍に、緊張が漲(みなぎ)った。三人のうち二人が、刀の鯉口(こいぐち)を切り柄(つか)に手をかけた。雪を踏みしめたまま、腰を落とす。綾乃の次の動き次第では、刀を抜こうという気配であった。

「こうなっては、手荒なまねをしても構わぬ。捕らえろ」

用人の言葉が終わらぬうちに、二人が抜刀した。刃を峰に返したが、気を緩める気配はなかった。綾乃の構えに、ただならぬものを感じたようだ。

綾乃の青眼は、身構えた片一方の侍の左目にあてられて、びくとも動かない。苛立(いらだ)った侍が痺(しび)れを切らして飛び込んだ。すると構えていた杖は、刀をかわした。次の瞬間には、侍の肩をしたたかに打っていた。

ぼきりという、骨の折れる音がした。

綾乃は、小太刀を遣う。父親は一刀流の名門、中西道場の免許皆伝の腕前を持っていた。幼少の頃から、その父親に仕込まれた。道場に通ったわけではなかったが、目録を得るに充分な腕だと言われていた。

「それがしが、お相手申そう」

それまで刀に手を触れなかった長身の侍が、一歩前に出た。綾乃より二つ三つ下の二十三、四歳の中小姓である。

刀を抜いた。前の二人とは段違いの腕だとは、抜いた刀の切っ先の動きで分かった。刃先を峰には返さず、相青眼に構えた。

「とう」

侍は叫んで、踏み込んできた。気合いに雪が震えた。

だがそれよりも早く、綾乃も雪面を蹴っていた。構えた杖の先を、相手の喉頸に突き込んだ。毛筋の先ほどでも遠慮をすれば、たちどころに打たれてしまう。そういう激しさが相手の踏み込みの中にあった。

しかし……。突き込んだ先に、相手の体はなかった。

首を回す。あっと気がついた時には、唸りを上げた豪剣が肩先を襲ってきていた。

体を斜めにして前に出る。杖で振り払うようにして、剣先をかわした。敵の剣筋が、降ってくる雪の中に弧を描いて見えた。体がごく僅かに前のめりになっていた。かなりの腕前だが、接近戦では綾乃の方が一日の長があった。

体勢を立て直させる前に、小手を打つつもりで、小さく踏み込んで杖を繰り出す。相手の長身は都合が良かったが、踏み込んだ足は思い掛けず雪に滑った。

「あっ」

小さな悲鳴を、綾乃は漏らした。動きに、一拍ほどの緩みが出た。相手はその隙を逃さず、踏み込んできた。二の腕に、激しい痛みが走った。しかしこちらの杖も、相手の小手を打つ手応えを残した。

必死の思いで体を引く。深手だが、幸い斬られたのは左腕だった。慌てて右手で杖を構え直した。今、残りの者に、一斉に打ちかかられたらば一溜まりもない。

肩の骨を打ち砕かれた侍だけが、雪の上に蹲って呻いていた。

案の定、残りの侍が斬りかかってきた。一人の横面を打ち、返す勢いでもう一人の小手を打とうとした。だがそれは空を斬った。すれ違いざま、相手の剣に太腿を擦られた。そしてもう一人の男が、綾乃に袈裟懸けに斬りかかってきた。峰打ちでも、打ち込まれれば次の応戦はできなくなる。

渾身の力を振り絞って、右手の杖を前に突き上げた。

鈍い音がして、刀の峰と杖がぶつかった。激しい振動があって、手が痺れた。思い掛けない勢いが相手にあった。そのまま雪面にのめり込む。同時に握っていた杖が撥ね飛ばされた。

「よし。捕り押さえろ」

誰かが叫んだ。三人の男の力が、綾乃を押し倒し腕や足を押さえつけた。

ああ、これでおしまいだ。

絶望が、全身を襲った。ここで捕らえられれば、座敷牢（ざしきろう）に閉じ込められ、二度と屋敷から出ることができなくなる。坂東志摩守は、我の強い尊大な男だ。また意に逆らう者に対しては、執拗で容赦のない報復を行う。これまでも、綾乃は幾多の屈辱と狼藉（ろうぜき）を受けてきた。しかし今度は、それでは済むまい。

精いっぱいの力で、体をもがく。だが押さえ込まれてしまえば、しょせんは女の力だった。腕の痛みも、その激しさを増してきていた。眩暈（めまい）がした。諦めかけたところで、遠く人の呼び声を聞いたような気がした。

「おーい、こっちだ。女一人に、大勢の侍が襲いかかっているぞ」

「なに、そりゃあ大変だ」

二人の男の声が、叫んでいる。雪を踏む、人の足音も聞こえた。

綾乃は、押さえつけられていた手の力が、瞬間緩んだのを感じた。目の前にあった腕に嚙み付く。手が離れた隙に、男の体の下から抜け出した。

声のした方向へ、転がり出る。そこへ、打ち落とされた綾乃の杖を手にした男の影が、乱舞する雪を掻き分けて走り寄ってきた。

「こっちだ。こっちだ。早くしろ」

もう一つの声が、その男の向こうの闇で叫んでいる。人を呼んでいるようだ。足音が響く。少なくとも数名の人間が、この近くにいると察せられた。

侍たちは、急に色めき立った。一人の女に、四人がかりの侍を襲わせたとなれば、大身旗本坂東志摩守の面目は潰れる。彼らはそれを、慮ったのだ。

現れた男は、綾乃の体を担ぎあげた。素早い身ごなしで、動きにためらいはなかった。膂力がある。ものも言わずに、再び雪の中に体を躍らせた。

坂東家の追手は、呆然とそれを見送った。

二

男の甲高い声が聞こえて、綾乃は目を覚ました。

高い天井の板目が、ぼんやり見えた。閉じられた障子の向こうに、明るい日が差している。寝返りを打つと、左の二の腕に激しい痛みが起こって、思わず呻き声を上げた。

熱がある。体の節々に殴打された痕跡があり、腿にも切り傷があるのが感じられた。寝ているだけでも、ひどくだるい。

いったいここはどこだと思った時、もう一度甲高い男の声が聞こえた。激昂している。

それを宥(なだ)める、抑えた男の声が重なった。同じ建物の中からである。

敷かれた布団のすぐ脇に、火鉢があって、鉄瓶から湯気が上がっている。暖められた十畳ほどの部屋で、床の間がついているのが見えた。部屋の周りに物音はなかったが、耳を澄ますと、離れたところから人のざわめきや荷車の軋み音が聞こえた。

ああそうだ。自分は、ここの家の主人に救われたのだと、綾乃は気がついた。

昨夜、麹町善国寺谷(こうじまちぜんこくじだに)にある坂東志摩守の屋敷を抜け出した。半蔵御門(はんぞうごもん)に出て、堀に沿って逃げ、田安御門(たやすごもん)の横を過ぎ九段坂(くだんざか)を下った。雪で滑り、坂を下りるのに手間取った。掘り割りを越えたところで、坂東の追手に追いつかれたのであった。

男の肩に背負われて、どこをどう運ばれたのかは分からない。途中舟に乗せられたという気もしたが、記憶ははっきりしていなかった。腕の傷は深手で、始終焼きごてを押しつけられたような激しい痛みを伴っていた。

この建物に運び込まれて、手当てを受けた。医者がやって来て、二の腕の傷を縫ってもらったことは、はっきり覚えている。

甲高い男の声が、続いていた。綾乃はふっと、あれは坂東の手の者が、自分を連れ戻しに来たのではないかと考えた。一瞬怖れで背筋が震える。起き上がろうとして、全身に激痛が走った。呻き声を堪えた。

昨夜は四人の侍を相手にして戦った。腕に覚えがなかったわけではないが、それでも必死だった。父親から激しい稽古を受けたが、実戦に使ったのは初めてである。切羽詰まった思いがなければ、あれだけの動きはできなかった。

耳を澄ませる。男の声は高い割りに、内容は聞き取りにくかった。時おり激しく言いつのるのを、落ち着いた男の声が宥めている。禄米がどうのこうのと言っている。金を貸す貸さないの問答だと、ようやく分かった。

「坂東の手の者ではない」

つぶやくと、胸に微かな安堵が湧いた。考えてみれば、四人の追手は、あの場から身動きできない状態だった。つけられてはいない。大勢の者が、付近にいたように思われた。だが実際は、綾乃を救ったのは二人の町人だけだった。他に人はいなかった。

三十近い男と、二十四、五の町人主従であった。ここはその商家の、奥座敷だということは分かっていた。

坂東は烈火のごとく怒り、自分を捜させているはずである。御留守居役を務める五千石の旗本で、縁者の中には大名家もあり、幕閣の枢要な地位を占める者もあった。四十半ばの恰幅の良い男で傲岸、執念深く人を許さないという性癖を持っていた。

綾乃は禄百二十俵蔵米取り、無役小普請組の御家人の娘である。一年前、器量を気に入られて坂東の側室になった。実家への、金銭的な援助が条件だった。

宿下がりなど許されない。一室を与えられたが、常に監視の目があった。坂東はたびたび寝間を訪れたが、慈しまれた覚えは皆無だった。おもちゃとして、慰まれただけだ。異様に嫉妬深く、男の使用人と親しげな口を利いただけで、殴る蹴るの乱暴を働いた。

　ほとほと嫌気がさしていたが、実家のあるうちは逆らえなかった。

父園田軍兵衛は、武骨で一刀流中西道場で免許皆伝を得た剣術の達者だった。剛胆な人物だったが、人付き合いはうまくなく、金と役職には縁のないまま二年前に亡くなった。弟郁之助が家督を継いだ。しかし四月ほど前に、四千石の大身旗本の若殿に絡まれて、手傷を負わせるという事件を起こしてしまった。

　郁之助はその二日後、斬殺された。癇性な若殿は、自らが傷ついたことを許せず、腕の立つ数名の浪人者を雇って襲わせたのであった。斬った浪人者たちは、そのまま姿を消した。

　道端に倒れていた郁之助を発見したのは、たまたま通りかかった三名ほどの大工である。止めを刺されてはいなかったので、まだ息があった。事の顛末を語った後こと切れたが、この一件を取り扱った幕府の役人は、若殿との悶着を切り離して審議した。大身の旗本家から、何らかの圧力がかかったとしか考えられなかった。

　裁定は、郁之助と浪人者との私闘ということにされた。跡取りを失った園田家は断絶した。

　綾乃は、討たれた郁之助の無念を思った。身分と財力のある者はのうのうと生き残り、弟は闇に葬られた。これが武家の社会のやり口か。そう思うと悲しみと怒りに体が震えた。そして坂東志摩守は、弟を責めるだけで庇おうとは一切しなかった。

綾乃を繫ぎ止めていた一本の糸が断ち切られた。坂東屋敷からの脱出を決意したのである。年が明けてからの数日、機会を狙っていた。

男の甲高い声が、いつの間にか聞こえなくなった。商談が済んだようである。この家は、両替商でもあるのだろうかと綾乃は考えた。

障子紙を通した外は明るい。雪は、昨夜のうちにやんだらしかった。

人の足音が、縁側にあった。部屋の前で止まると、障子が開いた。

「おや。目を覚まされましたね」
二十四、五の前掛けをした男が、敷居際に座って声をかけてきた。昨夜助けてくれた内の、一人である。
「はい。お陰様で、ありがとうございました」

起き上がろうとして、再び腕と全身が激しく痛んだ。綾乃は、今度は呻き声を上げた。

「まだ、起き上がってはいけませんよ」

男は側に寄ってくると、掛け布団を直してくれた。色黒で、精悍な目をしていると感じた。

開かれた障子の向こうに、雪の積もった庭が見えた。

「ここは、どこでしょうか。どなたのお家(うち)なのでしょうか」

綾乃は、気になっていたことを尋ねた。今すぐ動くことはできなかったが、長居はできない家である。

「ここは、御蔵前片町(おくらまえかたまち)です。この家は札差上総屋市三郎(ふださしかずさやいちさぶろう)という者の店です」

「それでは、昨夜助けてくだすったのは……」

「そうです。この店の主人市三郎です。昨夜は、飯田町(いいだまち)にある知り合いの屋敷に招かれた、帰り道のことでした。私は、手代(てだい)の錠吉(じょうきち)と申す者です」

「そうですか。ご造作を、おかけしてしまいました」

「今、粥(かゆ)を運ばせます。ゆっくり養生してください」

綾乃は名乗ろうとしたが、錠吉はすぐに部屋を出ていってしまった。主人から、様子を見てくるようにと言いつけられたのかもしれなかった。

「札差の家か」

足音が消えてから、綾乃はため息をつくようにつぶやいた。

よりによって、札差の家の者に助けられてしまった。なんという皮肉なことだろう。

そう思った。

綾乃は札差を、子供の頃から天敵のごとくに憎んで過ごしてきた。

徳川(とくがわ)将軍家直属の臣を直参(じきさん)といった。将軍に御目見(おめみえ)する家格の有無で、旗本と御家人に分けられる。彼らには将軍家への奉公に対して、禄という給与が与えられたが、これは地方取りと蔵米取りとに分けられた。地方取りは石高で示され、領地を与えられて農民から年貢米を徴収し、それを収入としたのである。

　蔵米取りは、領地を持たない下級の旗本や御家人だが、年に三度に分けて米で給与の支給を受けた。幕府の御米蔵は大川の右岸浅草にあり、ここで禄高にあった米を受け取り、自家用に供する分を除いて売り払い、金に換えて収入とした。

　この米の受け取りから、売却換金に至るまでの一切の業務を代行したのが、札差だった。

　綾乃の里、園田家は禄百二十俵。領地を持たず、米の現物を受け取る蔵米取りだった。これを一年間の収入として金に換え、暮らしを立ててきたのである。三河以来の直参だったが、禄は百二十俵から増えることはなかった。

　物入りな年もあるし、物価も年々上昇して行く。しかし収入は、毎年変化のない百二十俵であった。しかも小普請組は無役だったから、小普請金と称する金子をその中から幕府に上納する義務があった。暮らしは、常に逼迫していた。

　家計の赤字を埋めるために、密かに質屋通いや内職をする者は少なくない。だが多くの御家人の家では、次年度に受け取る蔵米を担保にして、利息を払って札差から金を借り、暮らしの足しにした。禄は幕府によって保証されている。金を借りるための担保としては、これほど確かなものはなかった。

しかし、収入の増えることのない蔵米取りにとって、この借金は確実にその後の家計を圧迫した。

前年度の米を担保にして、再び金を借りなければならない羽目に陥ってしまうことになった。分かっていても、どうにもならない。この悪循環は、借財を増やすことはあっても、消えることはなかった。泥沼だった。

園田の家では、二年先の蔵米まで担保にして札差から金を借りていた。取り立ては容赦のないものである。蔵米を握られてしまっている以上、どうしようもないことだった。

かつがつ暮らすだけの、苦しい日が続いた。倹約に倹約を重ねたが、それでも金が必要になる年があった。綾乃の母親が、労咳に倒れたのである。札差に金談を申し込むと、新たな金主を紹介してくれたが、それは高利の金だった。札差と金主がつるんで、高利の金を貸し付けたのだ。

利は、利を生んで行く。増収や臨時の実入りのない暮らし。しかし武家の格式だけは、守らなければならない。嫁入り話はいくらもあったが、金策と看病に我が身を振り返るゆとりはなかった。ふた親を亡くして先行きを思った時、婚期はとうに過ぎていた。

綾乃が、坂東志摩守の屋敷に側室として入らねばならない羽目に陥ったのは、札差が仲介した高利の借金がもとになっている。そして母親が労咳の病（やまい）に倒れたのも、もとを糾（ただ）せば札差から借りた金の利息のために、無理な内職を続けたせいにほかならなかった。

そして近隣の御家人の屋敷を見回してみると、どこの家でも、多かれ少なかれ札差からの借金に追われる暮らしをしていた。開府以来二百年の間、物の値は上がったが武家の禄は変わらない。高利と知りつつ、禄米の先借りをしなければ暮らしは成り立たなくなっていた。

園田の家が関わりを持っていた札差は、上総屋ではない。しかし札差が、小禄の御家人の蔵米をだしに、暴利を貪っている悪徳商人だという印象は、綾乃の胸の内で固まっていた。

「どうしたものか……」

高い天井の板目を眺めながら、声に出してみた。苦いものが、喉の奥に込み上げてくる。最も世話になりたくない者の、厄介になってしまったことを感じた。

起き上がろうとして体を動かすと、激痛が走った。全身がだるい。

世話になるしかなかった。助けてもらった恩義もあると思った。上総屋市三郎という人物は、四名の抜刀した侍の中から、自分を救い出してくれたのであった。

三

運ばれた粥を、小僧が匙ですくって、口に運んでくれた。

物言いは丁寧で、こちらへの気遣いが感じられた。上総屋へ奉公に来て二年目だという小僧は、よく躾けられていた。金談に現れた侍の、甲高い声が聞こえなくなってから、急にしんとして物音がなくなった。商家とはいえ、通りがかりの町人客の来ない札差稼業の家であった。

膳が下げられてから、綾乃はうつらうつらと眠った。昨夜の怪我のせいだけではなく、体の芯に疲れがたまっていた。

夢を見た。幼い綾乃は、父親から剣の手解きを受けていた。

近所の子供が、鞠突きやままごとをして遊んでいる時、木刀を持たされた。稽古は厳しく、遠慮のないものだったが、その一刻（約二時間）ばかりの時を過ごすことは、嫌ではなかった。

「私が、娘のお前に残してやれるものは、剣の腕前の他に何もない。たとえ女の身であっても、いつか役に立つことがあるやもしれぬ」

そう言って自分の目を見る時の、父の目の輝きが好きだった。何かを、買ってもらったことなどない。ただ手取り足取りの、父と娘の時を過ごした。自分を慈しんでくれていると感じることができた。

　無役の小普請組で、公の仕事はなかった。綾乃や弟郁之助に剣の手解きをするほかは、庭の菜園の手入れをするか、町道場へ代稽古をつけに行く以外に用はない。そしていつも、母の薬代に困っていた。

「札差は、吝い」

　外出から帰ってくると、ぼやいた。売れるものは、とうに手放していた。

「私の腕が、金になればの」

　江戸の名門一刀流中西道場の俊才と謳われたが、剣の腕前が役に立つ世の中ではなかったのである。役や金には縁のないまま母の死後、流行り病にあっけなく倒れた。死に際の顔は、痩せて寂しげだった。

けれども……。綾乃は夢の中で父親に語りかけていた。

　昨夜自分を救ってくれたのは、二人の町人主従であった。しかしその前に、綾乃の腕に剣の嗜みがなかったならば、とうにあの四人の侍に連れ戻されてしまっていたに違いなかった。いや、抜け出すことさえ考えなかったかもしれない。

「父上に、助けて頂きました」

　この世にいない父に、そう伝えたかったのである。

　どれほど眠っただろうか。薄く目を開けると、日は朱色に変わって障子紙の白を染めていた。遠くから、荷車の軋み音が聞こえてくる。

すぐに、またうつらうつらした。いくらでも、眠れそうな気がした。だがそこで、抑えた足音が聞こえた。綾乃は、はっきりと目を覚ました。

燭台を持って現れたのは、きちんと羽織を身につけた三十間近の男である。中肉中背だが、肩幅があった。日焼けした顔で眉は濃く、彫りの深い顔立ちだった。上総屋市三郎だ。

「お加減は、いかがですかな」

柔らかな物言いだった。

「はい。お陰様で、何とか」

「そうですか、ゆっくり養生してください。ここは、気を遣う者のいない家です」

市三郎は僅かに笑みを浮かべた。穏やかな目である。昼間に現れた手代の錠吉や小僧と同じく、馴れ馴れしさのない礼儀の正しさがあった。一年間を過ごした坂東屋敷の者たちも、表向きは威儀を正した物言いをした。だがそれとは何かが違う。労りのようなものが、男の挙措や物言いにあった。

「もし、差し障りがなければ、名をお聞かせください。伝えたい場所があるならば、あなたのことを、お知らせしましょう」

慎重な目の色になった。

四人の侍に襲われた武家の女。何の事情もないと言えば、嘘になる。場合によっては、手に負えぬ難題が降りかかる怖れのある怪我人であった。これまで、何も問い質されなかったことが不思議なくらいだ。

「申し遅れました。私、綾乃と申します」

そこまで言って、言葉を呑んだ。昨夜初めて会ったばかりの町人に、何を話したら良いのだろうか。

坂東志摩守の、憤怒に震えた顔が思い浮かぶ。配下のすべてを駆使して、自分を捜させていることは明らかだった。ここに匿われていることが知られれば、何をしてくるか分からない。

御留守居役を務める、五千石の大身旗本が持つ力には、計り知れないものがあった。町奉行所のお偉方にも、幾多の顔見知りがいるはずである。

そして綾乃には、救いの手を差しのべてくれる何者もなかった。親類縁者とは、郁之助が斬殺され、園田の家が潰されることになった時から、関わることを怖れられる間柄になっていた。

「伝えてほしい場所は、ありませぬ。こちら様に迷惑がかからぬよう、起きられるようになりましたら、すぐに引き取らせて頂きます」

市三郎の顔を見詰め返しながら、綾乃は言った。行くあてなど、はなからなかった。

江戸の市井に身を沈めて、ほとぼりの冷めるのを待つつもりだった。

詳しい事情を問われても、答えることはできない。それは目の前の男が話を聞いて、麹町の坂東屋敷に駆け込むのではないかと、怖れたからではなかった。話を聞いてどうするか、それは分からない。しかしそれよりも何よりも、これは自分が立ち向かわなければならない問題だと考えたからだった。

札差はずる賢く、あこぎなまねを平気でする商人だという思いがある。だが目の前にいる男からは、そうした印象は受けなかった。

「分かりました。体が回復するまで、ここにいてください。お役に立てることがあれば、立たせて頂きましょう」

それだけ言うと、市三郎は立ち上がった。

あれこれと詮索されなかったのには、ほっとした。しばらく匿ってもらおう。札差は、武家との関わりが商いの大きな部分を占めているが、坂東との直接の接点はないはずだった。坂東家は駿州に知行地を持っていて、札差との関わりはなかった。

日が落ち切ると、昼間の小僧が再び粥の膳を運んできてくれた。名を松吉といった。この家は男所帯で、住込みの女はいないという。手伝いのばあさんが通いでやって来て、食事の支度をするのだと教えてくれた。

夜が更けると、一切の物音がなくなった。風の音と、夜回りの拍子木の音が辺りに響くだけになった。

目を閉じる。行く手の暮らしに、不安がないわけではない。けれども夜の帳の中にいて、怖れはなかった。体は身動きができないほどに負傷している。しかし気持ちの上では、解き放たれたものがあった。坂東志摩守の屋敷で過ごした夜とは、明らかに違った。

坂東は、何の前ぶれもなく、綾乃の寝所に現れた。五日六日と続くこともあれば、半月顔を見せないこともあった。

一人夜の床に入る。目を閉じても、眠ることなどできない。知らず知らずのうちに、廊下の足音に耳を澄ませた。近づいてくる坂東の足音はすぐに分かる。綾乃はその音を耳にしただけで、全身が布団に重く押しつけられるのを感じた。

一糸纏わぬ裸身に剝かれ、まず蠟燭の炎に照らされて目で嬲られた。酷薄な刺すような目で、膚を氷片がなぞって行く感触だった。

坂東は、綾乃は口には出さないが、嫌がっていることを知っていた。嫌がりながらも堪えている、そういう女の姿に欲望の炎を燃やし挑みかかった。そして強引に己の欲望を満たすと、帰って行った。

逆らうことは許されなかった。逆らうことは、執拗な折檻を受けることを意味していた。自分を捨てて過ごす夜の一時だが、時として拒絶の仕草が表に出てしまうことがある。その時坂東は待っていたように牙を剝く。手を上げ言葉で綾乃を汚した。折檻の間は着衣を許されなかった。

「おまえはわしの慰み者だ。そのためにこの屋敷に置いている」

「わしを見ろ。そして怖れろ。逆らうことができぬことを、肝に銘じるのだ」

坂東の心中には狂気が宿っている。人を人として相容れない。僅かでも逆らおうとする気配を見せれば、それを嗅ぎ取り、完膚なきまでに打ちのめす。

「わしの胸一つで、園田の家はどうにでもなる。それを忘れるな」

体を重ねながら、幾度聞かされたことだろう。事実坂東の金で、園田の家計は壊滅的な状態から救われた。そして寝物語に、己に媚びて来る者たちの、家格の卑しさと付け届けの多寡、世渡りの拙さと実直さを罵る言葉を聞かされた。耳を塞ぐことはできない。じっと聞き続けなければならないことに、屈辱があった。

「身のほどを知れ。わしが何を望んでいるか、それだけを考えろ」

太り肉の体で、上背があった。鷲鼻で頬骨の張った肉厚な面貌。凝視してくる目は、酷薄なだけではない。嗜虐の光を湛えていた。そして執念深い精力を蓄えていた。些細な身ごなしや物言いにも、我欲を押しつけてくる横暴さがあった。

夜、男の足音を聞くのが怖かった。だがそれは、体を苛まれるからではなかった。心を苛まれるからだった。

闇の奥から、夜回りの拍子木の音が響いてくる。犬の遠吠えがそれに絡んだ。

綾乃は、深い眠りに落ちた。

四

翌日も、床についたまま過ごした。医者が来て、傷口を見ていった。前日の小僧が食事を運んでくれ、市三郎と錠吉が一度ずつ様子を見に現れた。

店には訪れる客も少なくないらしく、常に男たちの話し声が聞こえた。野太い声で、威圧するように話す者もあれば、興奮した声音で話す者もいた。俸禄米(ほうろくまい)の支給される時季ではないから、すべて借金の相談にやって来た武家たちである。札差という稼業は、思いのほか多忙なようだった。綾乃は、まだ園田の家にいた頃の、逼迫した家計のことを思い出した。

待ちに待った、俸禄米支給の日がやって来る。大八車で自家用の米が運び込まれ、相前後して父親が札差から米の売却代金を受け取って帰ってくる。狙っていたように何軒もの掛け取りが現れ、つけ払いの代金を取って行く。あれよあれよという間に金は人手に渡り、日が落ちる頃には、手持ちの金はないに等しい額になった。

胸が少しでも沸き立つのは、その前数日のことだけだった。

寝床に入ったまま耳を澄ます。すると、用談以外の物音が聞こえた。明るい間は、表の通りから人の行き過ぎる音や荷車などの轍(わだち)を削る音。屋敷の裏は掘り割りらしく、舟を漕ぐ艪の小さな響きが耳に入った。

まだ起き上がれない。しかし自分の体が、快方に向かっているのはよく分かった。傷の痛み方が違ってきた。


五日目に、寝床から出ることができた。

家を出て行くための、身支度を整えた。完治にはまだほど遠い状態だが、これ以上世話になるのは、故ないことだった。それに、この家が札差の家だということも、引っかかりとなっていた。

主人の市三郎は、本当に蔵前の札差なのだろうかと思うことがある。蔵米取りの窮乏した家に育った綾乃にとって、札差はやはり嫌われ者の高利貸しにしか見えなかった。小禄の御家人の貧苦を、逆手に取って暴利を貪る。園田の家を追い詰めた、その仲間である。

坂東志摩守は、御留守居役を務めていた。この役は、将軍不在の折りの城の守りの責任者で、城門の守り、大奥の総務と取り締まり、城内の武器武具の管理まで、その職掌は広かった。五千石でも諸大夫で万石級の大名の格であった。

また役務の中に「御関所女手形改」というものがあった。「入り鉄砲に出女の禁止」は幕府の施策である。全国大名の妻女は、江戸藩邸に置かれて帰国することを禁じられていた。そこから士庶を問わず、婦女が江戸から離れる際は、手続きを取ってからでないと許されないことになった。その許可の手形を発行するのは、庶民の場合は町奉行や代官だが、大名の家中の士（さむらい）の妻女の場合は、御留守居役であった。大名家では、手続き発行に引っかかりができないようにと、御頼付（おたのみつけ）といって盆暮れには相応の贈答品を持参した。

しかしこれは、表向きのことであった。禁止されている大名の奥方を、他の身分に偽って手形を発行し江戸から出る手助けをした。そうして高額の賄賂を受け取るという不正を、坂東志摩守は行っていた。この金高は馬鹿にならない。坂東家の内証が豊かなのはそのためだが、これは綾乃が、側室として屋敷に暮らしていたからこそ知り得た秘事であった。

不正の証（あか）しとなるものは摑（つか）めないが、この事実に気付いた時、綾乃は慄然（りつぜん）とした。

そして坂東は、専横（せんおう）で人の弱味を見つけ出すのに敏な男であった。職掌の広さは、握っている権力の大きさを示している。あまたある配下で、脛（すね）に傷のある者、企（たく）みのある者、目をつけられるのを怖れる者など多くの者が、付け届けをした。

直参の範となるべき立場の者が、恥じらいもなく私腹を肥やしている。綾乃は坂東に対して、激しい嫌悪を感じていた。

権力を笠（かさ）に、傍若無人に暮らしている坂東。武家と町人、身分の違いはあっても、暴利を貪る札差は同じ穴の貉に見えた。

父の形見の樫の杖は、床の間に立てかけられていた。その杖を握り締めた。障子を開け放つと、先日の雪はまだ庭の隅や樹木の根方に残っていた。刺すような寒気が身に襲ってくる。傷口が、ずんと痛んだ。まだ正月が来て、半月ばかりのことである。

「おや、どうなさいましたかな」

市三郎が、廊下に立っていた。こちらの身を案じているのが、その目の色で分かった。

「たいへんお世話になりました。そろそろお暇しようと考えておりました」

綾乃は、畳に両手をついて礼を述べた。市三郎は部屋の中に入ってきて、膝を揃えて座った。

「まだ、外へ出るのは、無理でございますよ。それに失礼だが、行き先もないようだ。もうしばらく、ここで養生なさったら良いのではないですか」

誰か、伝えたい者があったら知らせてほしいと言われたことがある。綾乃は、そういう者はないと答えたのだったが、そのことを覚えていたらしい。

「しかし、危ないところを助けて頂き、充分な養生をさせて頂きました。それにこのお部屋は、客間でございましょう」

床の間には、見事な筆致の水墨画が掛けられている。部屋に置かれた調度は、高価なものばかりだった。

「気になさいますな。ご回復なさるまでの、短い間です」

押し問答になった。綾乃は意地になりかけていたが、市三郎の好意はよく分かった。

「それでは、どうでしょう。使用人が使う部屋が一つ余っています。そちらをお使い願いましょうか。良くなったら、どこへ行かれようと構いません。ここに残られて、家の中の手伝いをして頂いても構わないのです」

そう言われて、綾乃の気持ちが変わった。命を救われ世話になって、何もしないままここを出て行くのは、無礼なことだという思いがしたのである。この家には、女手がないと聞いていた。傷が治ったら、下働きでも何でもして、それから出てもよいのではないか……。

綾乃は病間を、台所脇の小部屋に移してもらった。


さらに五日もすると、起きていても支障をきたさないほどに体調は回復した。腕の傷だけが治り切らず、白布を巻いていた。

綾乃は、通いの老婆と食事の支度をした。店を除く奥向きの部屋を掃除し、市三郎をはじめとして、使用人たちの繕い物やこまごまとした用を足す。

食事の用意を除けば、しょせん男たちだけでしてきたことである。綾乃にしてみれば、手出しをする場面はいくらでもあった。坂東屋敷にいた間は、一応侍女がいて手仕事はしなかった。けれども園田の家では、母親が亡くなった後、家内の切り盛りや雑用はすべて綾乃が行っていた。手慣れたものだった。

ただ店にだけは、顔を出さないことにした。

禄米の受け取り及び換金を依頼する客を、札差の側では札旦那と呼ぶ。逆に札旦那の側からは、札差を蔵宿と呼んだ。札差は百九名の株仲間からなり、浅草川西河岸の幕府御米蔵から広い蔵前の通り（奥州街道）をはさんで天王町、森田町、御蔵前片町などに暖簾を下ろしていた。旗本はおよそ五千二百、御家人は一万七千名ばかりあった。旗本の四割強が地方取りで、その他は蔵米取りである。

上総屋は、百二十名ほどの札旦那を抱えていた。その中に、坂東志摩守の息のかかった者がいないとは限らなかった。またそうでなくとも、顔見知りがいることは充分に考えられた。噂になれば、いずれ坂東の耳に入ることになってしまうだろう。

市三郎は独り者で、親兄弟はなかった。勘兵衛という四十半ばの先代からの番頭がいて、これが帳場格子の中に腰を下ろして帳面を繰っていた。錠吉の他に、喜助と乙助という二十三、四の手代が二人いて、小僧が松吉を含めて四名いた。番頭の勘兵衛だけが通いで、後は住込みである。

「連れ合いが、急の病になった。薬代が、思いのほかかかっての。しかし飲ませぬわけにはいかん。二十両ほど用立ててもらいたいのじゃよ」

四十前後の武士が、錠吉を相手に金談を持ちかけていた。おおむね、武家は声が大きい。店に出ていなくとも、話のやり取りは綾乃の耳にも入ってきた。

「岡橋様には、いつもお世話になっております。何とかしたいのですが、すでに二年先の御蔵米までが担保に入っています。これ以上の御用立てをいたしますと、その先立ち行かぬほどにお困りになるのは、明白でございます」

「あいや、それは分かっておる。しかしな、これまでの医者への払いも、たまっておるのだ。察してくれ」

「それはそうでございましょうが、今お借り上げになりますと、次の御蔵米支給の折りは、手になされる金高は極めて厳しいものになってしまいます。それでは今後の養生をして頂くのにも障りが出ましょう」

　二年先の禄米までをすべて担保にして金を借りたならば、他に収入の道のない武家は、向こう二年の間一粒の米も金も手に入らないことになる。それでは飢えて死ぬばかりだ。だから幕府は、たとえ担保に入った期間であっても、ぎりぎり暮らして行ける程度の収入を残しておくことを札差仲間に命じていた。岡橋という御家人は、俸禄米支給の折り、そのぎりぎりの金子を受け取っていた。だが次回からは、その細やかな額からさらに利を引かれることになる。

　錠吉は、そのことを言っていたのだった。

総じて札差は、二年先の禄米までならば、嫌な顔をしたとしても担保に取って金を用立てた。貸すのは仕事である。しかしこれが、限界であった。園田の家でも、二年先の蔵米まで担保に入れて借金をし、さらに借り金を作って身動きが取れなくなったのである。

「しかしの、それでも何とかしてほしいのじゃ。三年先の米でもよい。幕府はなくならぬのじゃぞ。確実に入ってくる米ではないか」

岡橋という御家人は、辛抱強く粘った。三年先、四年先の蔵米でも担保に取って金を貸す札差が、ないわけではない。けれども上総屋では、それはしていないようだった。一刻半（約三時間）、岡橋は居座ったまま動かなかった。焦りと怒りが徐々に蓄えられて行く。当然声も激していった。だが錠吉も頑として、受け入れることをしなかった。

「おのれ！」

ついに辛抱を切らしたのか、岡橋が叫んだ。綾乃は手にしていた雑巾を、思わず握り締めた。見ていなくとも、抜刀した気配を感じた。

岡橋も、金に追い詰められているに違いなかった。病妻の薬代と言ったが、金子入用の本当の理由は分からない。高利貸しなら江戸市中にいくらでもいるが、先の蔵米を担保にして金を貸す相手は、札差しかいないのだ。

店先は、騒然となったのではないかと思った。町家（ちょうか）で侍が刀を抜くのは、尋常なことではない。だが……。

騒ぐ気配は、起こらなかった。叫び声一つ起こらない。

「岡橋様」

市三郎の、穏やかな声が聞こえた。穏やかな中に、凜とした響きがあった。

「あと一月ほどで、春の御借米がございます。薬代は、それまで待ってもらえばよろしいのです。そうなれば、事情も変わります。米の値段も、上がるかも知れません」

「…………」

「お座りください。ささ、新しいお茶をお召し上がりくださいませ」

明るい声である。それだけ聞いていれば、何事もなかったようだ。帳場格子から、勘兵衛の弾く算盤の音が聞こえ始めた。音曲のような、滑らかな音である。

「うむ」

岡橋の刀が、鞘に収まる音がした。

この一件は落着した。町方で商人を相手に抜刀したことは、表沙汰になれば面倒だ。役を失い、下手をすれば減俸である。市三郎に救われた形だが、金を手にすることはできなかった。借金を増やさなかったのは、幸いだとも言えるが、そのために何かを失ったはずだった。それはあるいは物であり、あるいは信頼というものだったかもしれない。肩を落として帰ったことだろう。

こうしたやり取りを耳にすることは、綾乃にとって他人事ではなかった。身に沁みるものだった。父親の軍兵衛も、札差から金を借りられずに帰ってくる時の足取りは、ひどく重かった。

日々をかつがつ暮らす中で、ともあれ正月を迎えた。しかし春二月の借米で俸禄米の一部を手にするまで、蓄えのない蔵米取りは、苦しい暮らしを余儀なくされる。岡橋のような金高ではなくても、僅かな金を用立ててもらうために訪れてくる札旦那は多かった。

文化二（一八〇五）年。町方では、服装や髪型、履物から身につける小物、道楽から食に至るまで贅を尽くした振る舞いが、人々の口の端にのぼっていた。米高で諸物価が安ければ、武家の暮らしはしやすい。だが人々の暮らしが派手になれば、それにつれて物価は上がる。加えて前年は豊作で、著しい米安だった。多くの蔵米取りの暮らしは窮迫していた。

「あまり、無理をしてはいけませんよ。まだ本当の体ではないんですからね」

振り向くと、廊下に市三郎が立っていた。岡橋を送り出した後で、ほっとした様子が窺われた。

「はい。無理はしておりません」

「そうですか。それならば、結構です」

拭き掃除を済ませると、今度は井戸端で水を汲んだ。腕の傷を庇うから、なかなかうまく汲めない。するとどこで見ていたのか、小僧の松吉が現れて釣瓶を引き上げてくれた。

「ありがとう」

微笑むと、松吉は顔を紅くした。素直な目で見返してくる。番頭の勘兵衛、手代の喜助や乙助、いずれも口数は多くないが、綾乃の存在を迷惑がってはいなかった。札旦那への対応は、時として驚くほど過酷で、やはり札差なぞはこんなものだと思うことがある。けれども綾乃への接し方は、市三郎をはじめとして皆穏やかだった。

そこに、不気味さを感じることがある。後で手痛いしっぺ返しを、受けるのではないか。そんなことも考えた。

五

寒さが、日一日と緩んでくるのが分かった。震えが来るほど寒い日があっても、その寒さが翌日まで続くことはない。白魚を売る振り売りの声が、通りから聞こえるようになった。

武家の朝は早かったが、商家の朝も負けず劣らず早い。しかし町家の朝は、驚くほど賑やかで活気があった。

通りには早くも豆腐や青物の振り売りの声が流れ、商いを始めるための準備が始まる。

神仏への祈願を忘れず、近所の者と顔を合わせれば、挨拶と一日の商いの予想を語り合う。舟の艪音が響き、通いのお店者が急ぎ足で行き過ぎた。

間口六間（約一一メートル）の上総屋は、暖簾を潜ると広い土間になっている。常時販売する商品などないが、米俵を一時置いたり、禄米の換金を待つ札旦那のために縁台を置いたりした。

この店先は、框を上がった畳の部分も土間の部分も、松吉ら小僧が塵一つ落ちていない状態に掃き清める。武家を相手の商売だから、粗相のないように気を配るのだ。

札旦那に出す茶は、葉も器も、園田の家ではお目にかかれないほどの上物を使っている。主人市三郎と番頭の勘兵衛は絹物を身につけ、これは他の稼業の商家と変わらないが、手代や小僧に至るまで、それぞれ色柄を揃え木綿とはいえ上質な品を身につけさせていた。神棚の榊は毎日取り替え、畳は匂い立つように新しい。

三度の食事は、小僧を含めてすべての者が白米を食べた。夕餉の膳には、魚が出る。園田の家や近所の御家人の屋敷では、玄米に雑穀を混ぜて食していた。膳に魚が載るのは、特別な折りだけだった。灯油は高値なので、夜になれば明かりを遣わず早々に寝る。しかし上総屋には、甕に満ちるほどの灯油が備えられていた。

上総屋で過ごすようになって、まだ幾日もたたない綾乃にも、札差の暮らしの贅沢さが目についた。田沼時代と言われた明和、安永（一七六四〜八一年）の頃は、傲慢とも言える金にあかした豪奢な暮らしが、耳目を驚かせた。『十八大通』と騒がれて、銀の元結をこれ見よがしに使ったり、三間半もの長太刀を多数の若い者に担がせるなど、奇態な行動や衣装を身につけて、尋常では考えられない金の遣い方をした者の多くは札差だった。

寛政元（一七八九）年に、旗本御家人の救済を目指して、札差への貸借関係を破棄する内容を骨子とした『棄捐令』が、時の老中松平定信によって発せられた。五年以前の借金は破棄。以後のものは極めて低利に抑えられたのだったが、これによって札差は壊滅的な打撃を受けた。潰れる店も、続出したのである。

それから十六年の歳月が流れた。店の様子を見ていると、札差は完全に息を吹き返したように感じられた。定まった家禄しかない武家の暮らしが、棄捐令の後も一向に回復の兆しを見せないままだというのにである。

園田の家を追い詰めたのも、札差からした高利の借金のせいであった。贅沢な暮らしなぞ、した覚えはない。茶なぞ飲まず白湯を飲んだ。畳なぞ、何年も替えたことはなかった。あの借金さえなければ、坂東の側室などに上がりはしなかった。

札差は、蔵米の受け取りと売却について、それぞれに手数料を取る。これが本来の業務だが、これに蔵米取りを対象にした金融が大きな役割を担っていた。幕府から認められた公式の利率は、年利で一割八分までとされている。この利率だけを考えれば、決して高利だとは言えない。けれども一万数千名の蔵米取りを相手に、僅か百九名の札差がこの金融を独占した。

蔵米取りを相手に、札差が自分名義で金融をすれば、利率は規定通りの一割八分である。だが貸すべき資金が不足だと言って、架空の名前の金主を作り、自分はその保証人となって借用証文に奥印（おくいん）を捺（お）してやるという方法を取る札差が多くいた。こうなれば札差と御家人との貸借関係ではなくなる。一割八分という利率に縛られなくて済むのだ。目の飛び出るような利率でも、他に借り入れ先のない蔵米取りは、金が必要となれば借りるしかなかった。

金に窮した旗本御家人から、札差は暴利を貪って栄華をほしいままにしている。上総屋が、悪徳札差だとは考えたくなかったが、豊かな暮らしぶりを目の当たりにするにつれて、その金の源になった蔵米取りの困窮した暮らしを思わずにはいられなかった。

綾乃は今、自分が上総屋の者たちに労られているのを感じている。坂東屋敷にいた時のような、道具扱いはされていない。この店の一人として過ごし始めていた。そしてそうした立場の中にいて、蔵米取りたちの切迫したやりくりの辛（つら）さも分かっていた。札差と蔵米取りは対立しやすいものだが、自分はその両方に足を踏み入れた暮らしをしているのだと考えた。

朝餉（あさげ）の支度から始まって、掃除、繕い物と、一日が始まれば忙しく過ぎて行く。もともとは使用人たちが分担して行っていた役割だが、手際よくやれた。

体を動かしていると、これまで恐ろしいほどに胸の内を覆っていた、坂東からの呪縛が薄れて行くのを感じた。市三郎も錠吉も、綾乃の過去について一切触れてくることはない。それは見事なほどである。使用人たちにも箝口令（かんこうれい）がしかれているのか、札旦那や出入りの商人に対して綾乃の存在を口にする者はなかった。

坂東志摩守は、執念深い男である。今頃、綾乃の立ち寄りそうな親類縁者には、すべて探索の手を入れ尽くしただろうと想像できた。憤怒の形相が、目に見えるようである。旧知を洗っている限り、捜し出されることはないはずだった。

逃亡した綾乃への怒りや憎しみは、もちろんそう簡単に薄れはしないだろう。しかしどんなにしぶとい男でも、徐々に時間が過ぎて行けば、いつか忘れ去られる日がくるのではないか。

それを期待した。

上総屋は、そうした「待つ」時を過ごすのに、適した場所だと思われた。

「何とかならんのか。上総屋とは長い付き合いではないか」

今日も、店を開けた直後から、金談に現れた男の声が聞こえた。店先に、札旦那の姿を見出（みいだ）さない日は、ないと言ってよい。彼ら一人一人の暮らしぶりが、話を聞いているだけで手に取るように見えてくる。つい耳をそばだてた。するとその声に、聞き覚えがあるのに気がついた。

　どきりとした。いつか、こういう客が現れるだろうと考えていたが、それは意外に早かった。

　柱の陰から、その侍の顔を覗いた。三十代後半、肩幅のある長身の武家で、額には面ずれができていた。きちんと羽織袴を身につけていて、白足袋を履いている。軽い身分の者の身なりではなかった。

　橋爪欽十郎である。一刀流中西道場で、父軍兵衛の弟弟子であった。

　父と同様、免許皆伝の腕前を持っていて、何度か園田の家にも顔を見せた。一度綾乃は、父に勧められて手合わせをしたことがある。十本ほどの稽古をつけてもらったが、打ち込みを決めることは、ただの一本もできなかった。

　幕奉行を務めている。これは御留守居役の支配を受ける職だった。坂東志摩守と親しい間柄にあるのかどうか、それは分からない。

「さようでございますなあ……」

　相手をしている錠吉の返事は、はかばかしいものではない。橋爪も、すでにかなりの借金を作っているのかもしれなかった。

　幕奉行は、四百俵十人扶持である。旗本としても、中堅どころと言って良い身分である。百二十俵だった園田家とは、格が違った。だが橋爪の顔は、金融を求めて真剣なものになっていた。

職掌は、将軍家の陣幕を保管調達することである。戦時ならいざ知らず、太平の世の中ではこの職掌は閑職と言えた。出世の見込みはない。父と同様中西流の剣術の遣い手だが、金の面ではご多分に漏れず逼迫しているのだと思われた。

「これまでさんざん、儲(もう)けてきたのではないか。それを少し、割り戻すつもりになれば良いのだ」

「はあ、そうは申されましても」

「本来札差はな、旗本御家人の便宜を図るために、株仲間を許されたのである。そのことを忘れては、本分が立たぬではないか」

「…………」

「娘の祝言が決まったのじゃ。それなりの支度を、してやりたいではないか」

橋爪は、興奮して声を張り上げることはなかった。刀に手をかけて脅すようなことも、もちろんしない。しかし錠吉がどう抗弁しようと、引き下がる気配はなかった。百十両という高額な金融の要求に対して、上総屋には今それだけの手持ち資金はないと話しているのである。

市三郎が中に入って、申し入れ額の半額の融通を妥協案として示したが、聞き入れなかった。

「仕方がありません。他から金主を捜して、奥印を捺しましょう。利率も、高くならないものを捜しましょう」

市三郎は言ったが、その話にも乗らなかった。あくまでも上総屋を相手にして、一割八分の金融を要求しているのだった。

「いくら札差と申しましても、百両からの金子を、すぐに右から左へと回すことはできません。その辺を、どうぞご賢察くださいませ」

市三郎が低頭すると、橋爪は「また参る」と言い残して帰って行った。

「しぶといですな」

錠吉がつぶやいた。

上総屋に、百十両の金が実際にあるのかないのか、それは綾乃には分からない。橋爪の表情には、追い詰められた者の緊迫感が滲(にじ)み出ていた。

できることならば、用立ててあげてほしい。橋爪は、実直な剣術家だという印象がある。そして年頃の娘がいることも知っていた。家禄四百俵の家には、それに見合った準備が必要なのである。それが武家の面目であり、矜持(きょうじ)だった。

だが綾乃が店の商いに、口を出すことはできなかった。

六

橋爪が帰った後、市三郎と勘兵衛は打ち合わせをした。どこから金主を捜そうかという相談である。百十両の金は、実際に上総屋にはないらしかった。

「ともあれ、思い当たるところを二、三あたって来ようか」

市三郎は出かけて行った。

その日手代の錠吉は、他の札旦那との応対で、昼飯を食うのが遅くなった。給仕をしながら、綾乃は橋爪の件について聞いてみた。台所には、他に人はいない。

「あの方の蔵米は、もう何年も先まで担保に入っているのでしょうか」

「橋爪様のことですね。あの札旦那のところは、それほどではありませんよ。一年分程度は、担保に入っていますが」

沢庵を齧りながら、錠吉は答えた。今時、まったく借りのない蔵米取りなどいないのである。それならば、充分に金談に応じることのできる相手のはずだった。

「ですから、旦那様も申し出にお応えしようと頭を捻っておいでなのですよ」

「札差として、これだけのお店を構えていながら、百両のお金がないのでしょうか」

疑問に思っていることを、口に出してみた。目の飛び出るような大金だが、ここは金融を稼業とする商家ではないかと思う。過大な利益を狙っているのではないか。綾乃から、札差を嫌い疑う根深い気持ちは消えていない。

「なるほど。外からは、そう見えるかもしれませんがね」

錠吉は笑って言うと、お代わりの茶碗を差し出した。

「百両程度の金は、いつもならあるんですよ。ですが今は春の禄米支給を間近にひかえて、札旦那の皆さんは苦しい時期にきている。毎日のように、多くの札旦那が金談に見えるのは、見ての通りです」

上総屋では百二十名ほどの札旦那を抱えているが、その半数以上がこの一月あまりの間に、顔を見せたというのである。

「すべての札旦那に、手ぶらでお帰り願っているわけではないのです。橋爪様は禄高四百俵ですから金談の額も大きいですが、他にも二十両三十両とご融資申し上げている方はいるんですよ。そして禄米支給の前に、金を返しに来る人なぞありません。そうなると、どれほどの手持ちを準備していても、これで万全とは言えなくなります。どうしても必要だと言われれば、他から金主になってくれる人を、捜してくるしかないんです」

「…………」

「金主になろうという人は、いくらでもいます。なにしろ、取りっぱぐれのない蔵米が担保なのですからね。でもその金主になりたがる人たちは、みんな欲の皮がつっ張った者ばかりです。一割八分の利率で貸そうという者など、いないのですよ」

「なるほど」

「札差でも、金の保証人になるわけですから、なにがしかの手数料を貰わなければ商いになりません。すると札旦那の負担は、さらに大きくなってしまいます。ですからそうならないように、できるだけ低い利率で貸してくれる金主を捜すようにしているのです」

「……………」

「こう言っちゃ何ですが、ほとんどのお武家様は、利息の計算についてはたいへん疎い。金の話をするのさえ、汚らわしいことのように考えている。札差は、それが役目なのだから、言われた通りに金を融通すればいい。さんざん儲けておきながら、四の五の言うなというわけなのでしょうが」

話を聞いていると、錠吉の言い分にも一理はあるように思えた。しかし、それで橋爪の急場が救われるわけではなかった。気持ちは重かった。

翌日も、橋爪はやって来た。小半日居座って、話をしていった。祝言の相手は、御納戸組頭の家である。同じ四百俵の家で家格は釣り合ってはいたが、御納戸組は将軍に近侍する役で、幕奉行のような閑職ではなかった。粗末な支度で、見くびられたくないのだと正直に言った。

それでも決着がつかず、翌日も顔を見せた。

粘り強さは、太刀捌きのしぶとさと似ていた。じりじりと追い詰めてくる。錠吉と市三郎の二人がかりで相手をした。

上総屋の言い分は変わらない。何人もの金主をあたったが、最低でも、二割六分の利率を割って貸そうという者はいなかったのである。

もちろん、それでは納得しなかった。武家は利率に頓着しない。頓着することを恥じる者が多いと言ったが、橋爪は細かかった。だが、無理を言っているのではなかった。一割八分は正規の利率である。

「それならば、上総屋が二割六分で借りれば良い。そしてこちらに、一割八分で貸せば良いのだ」

「ご冗談は、ご勘弁くださいまし」

金貸しを生業とする商人として、これでは問答にならない。しかし三度目の話し合いともなると、内容が乱暴になった。蒸し返すように、同じ話を何度もした。手持ちの金が上総屋にないことなど、橋爪は斟酌しない。

いたずらに時が過ぎてゆく。勘兵衛や喜助は、仕事が手につかない。聞き耳を立てて様子を窺っていた。

「その方ら、足下を見ているのではないか」

初めて面に、苛立ちが浮かんだ。憎悪の目が市三郎を捉えた。

動かない。

剣の名手だ。刀に手を触れなくとも凄みがあった。今にも、一撃を浴びせかけてきそうである。辺りの空気が、瞬間凍ったように感じた。

「いえ、決してそのようなことはございません」

市三郎が緊張を破って言った。橋爪の眼光の鋭さに、臆していなかった。さりとて激昂しているわけでもなかった。常の声である。

「お武家様にとっては、お刀が命。私ども商人にとっては、金が命でございます。少しでも利を生むように使いたいのは、当然でございます。これでも、ずいぶんと割り引いてもらいました」

綾乃は、固唾を呑んだ。体が硬直して動かない。

この百十両の金談について、どちらに利があるのか即断はできない。上総屋が、そうあこぎな商いをしているようには感じられないからだが、橋爪が疑うのも当然だと思えた。札差たちの奢侈な暮らしぶりを見ていれば、日々の暮らしにも事欠くことの多い蔵米取りにとっては、何を言われても俄かには信じられないはずだった。

しかし綾乃が驚いたのは、それではなかった。

橋爪は、一刀流中西道場の免許皆伝である。この長身の剣客に面と向かい合って、怖れを抱かなかった者など、これまで見たことがなかった。

剛の者でも、竹刀を合わせれば背筋が凍った。まして一介の商人が、苛立ちをあらわにした橋爪の一瞥を、事もなげに跳ね返したのである。

「覚えておれ！」

立ち上がった。框が軋んだ。

「橋爪様」

市三郎は呼び止めたが、振り向きもせず足早に店を出ていった。

「困りましたな」

勘兵衛が、誰にともなくつぶやいた。これまでに貸借関係のある札旦那とは、それが清算されない限り、何があろうと今後も付き合って行かなければならない。それは株仲間でなされた、取り決めであった。

「はい、困りました。今後のお付き合いが、面倒になります。しかしそれを怖れて、言いなりになっていては商いはできません。これからのことは、これから考えるしかないでしょう」

市三郎の言葉が、店に響いた。

七

初午(はつうま)の祭りは、二月初めの午の日に行われる。稲荷(いなり)は「伊勢屋(いせや)、稲荷に犬の糞(くそ)」と言われたほど、江戸市中には多かった。御蔵前片町にも小さな社(やしろ)があった。

初午は子供の祭りだが、奉納の発句(ほっく)を灯籠に書いたり、鳥羽絵(とばえ)に地口(じぐち)を書いたり、大人たちは多数の田楽灯籠や正一位の幟を立てた。神前には、赤飯や菜飯、焼き豆腐、芋、こんにゃくの田楽、煮染め、飯の上には梅の花を一、二輪添えて出すのを定めとしていた。

上総屋では、このしろ二尾を一組にした懸魚と、綾乃が甘酒と団子を作り、松吉が神前に供えに行った。

この頃、蔵前の通りは、ひときわ賑やかになってくる。米俵を積んだ船が、何艘も米蔵に横づけされた。背負い人足のかけ声が響きわたり、米問屋や米仲買人の姿が、あちこちに見えるようになる。彼らを相手にした屋台の食い物屋が、日ごとに増えてきた。町全体に、籾と藁のにおいが漂い始めてくるのだ。

春の蔵米支給日は、目前に迫っていた。

幕府御米蔵は、浅草と本所の二カ所にあった。浅草の米蔵は総坪数三万六千六百五十坪の埋立地に、北から一番堀より八番堀まで、船入り堀が櫛の歯状に並び五十四棟二百七十戸前の蔵が、堀に沿って並んでいた。本所の米蔵は、もと竹木の倉庫だったところに建てられ、御竹蔵とも呼ばれた。十二棟八十八戸前である。

関東、東北をはじめ全国の幕府領から船で運ばれた年貢米は、大川に沿ったこの二つの米蔵に収められた。浅草御蔵には四十万石、本所御蔵には十万石の米が、常時詰められていたと言われている。

俸禄米の支給を、『切米』という。禄高すべての米を、一度に支給することはなかった。春二月に四分の一、夏五月に四分の一、冬十月に残りの二分の一を支給した。春と夏の分を『借米』とも呼んだが、これは禄米の先渡しという意味があったからとされている。十月分を、『大切米』といった。

支給の日が近づくと、江戸城内中ノ口に米相場を書いた紙が張り出される。これを『張り紙値段』といい、幕府が蔵米の量や財政上の必要、米穀流通の問題や米相場の動き、そして幕臣の利益を勘案して決めた。この張り紙値段によって、蔵米取りが具体的に手にする金の額が決まるのだった。

蔵米取りは、各切米の当日、受領する米の量や所属する組、名前などが記された切米手形を御蔵役所に提出して、支給の順番を待つ。入口付近に大きな藁苞が立ててあり、それに手形を竹串にはさんで差しておき、順を待つ目印にしたが、これを『差し札』といった。札差の名は、ここから起こった。

数日の間に、一万数千名の蔵米取りが米の支給を受ける。長い間待たされるのはもちろんのことだが、渡された大量の現物を、米問屋に運び換金するのは容易なことではなかった。禄百二十俵の綾乃の家でも、春夏の切米でさえ三十俵もの米俵になる。

これら面倒な手間、一切を請け負ったのが札差であった。

「買取先の米問屋とは、すべて話し合いがつきました」

勘兵衛が市三郎に報告した。上総屋が扱う米受領の総量は、毎年決まっている。御役替えになった札旦那に新たな役米がついたり、なくなったりすれば、その分の米の量が変更されるばかりである。喜助は人足や馬、荷車など運搬に要する準備を完了させていた。金談に現れる札旦那の姿は、皆無に近い状態になった。

切米の代理受領と換金は、札差本来の仕事である。遺漏があってはならなかった。勘兵衛は幾度も、手代たちに段取りの確認をさせた。皆が一様にぴりぴりしていた。

これまで綾乃は、切米の日を胸の沸く期待と共に待った。だが札差という立場でその日を待つと、店内にあるのは周到な準備と緊張だった。

「橋爪様は、どうしているのでしょうかね」

勘兵衛が、言った。「覚えておれ」という捨て台詞（ぜりふ）を残して店を出て行ってから、何も言ってきてはいなかった。

娘の嫁入り支度はどうなったのか。まさかそれで破談になるとは考えなかったが、橋爪は胸に恨みと怒りを抱えたはずであった。禄の定まった武家にとって、新たな収入の道はない。金にまつわってした忸怩（じくじ）たる思いには、癒す術（すべ）はなかった。上総屋への怒りは深いはずだった。

不気味に感じた。何事も起こらないでは済まなかろうということは、綾乃だけが感じていたのではなかった。

切米の当日は、皆が殺気立つほどに忙しくなるそうな。その当日に、些細なことで因縁をつけられ、仕事が遅滞することを勘兵衛は怖れていた。

「ごめんなすって」

切米の前日になると、店先の土間に空（から）の荷車が運び込まれた。札旦那の自家用の米俵を運ぶためのものである。土間はそれでいっぱいになり、通りにも並べられた。人足頭が打ち合わせに来、米問屋の番頭が挨拶にやって来た。仕入れた大量の荒縄に、小僧は水をかけて縄の締りを補強した。

町木戸の周囲には、屋台店が昔からそこに店を構えているような顔で、商いをしている。張り上げる声が、だんだん高くなった。どんな使い走りでもするから使ってほしいと、尾羽（おは）打ち枯らした浪人者が訪ねて来る。

奥で働くだけの綾乃にも、動かなければならない用がふえてくる。橋爪のことは気になっても、上総屋の者たちは、いつまでもそのことばかりに構ってはいられなかった。

「腕の傷は、だいぶ良いようですね」

錠吉が、台所へ水を飲みに来て言った。綾乃は雑巾掛けをしていたが、その動きを見ていたらしい。上総屋で過ごすようになって、一月近くが過ぎていた。

実際に体は、ほとんど回復していた。けれども気持ちのどこかに、今にも坂東志摩守の手の者が、自分を捕らえに現れるのではないかという怖れが、消えていないのも事実だった。夜中、何かの物音で目を覚ます。夜回りの拍子木の音だったり、小僧が厠へ行く足音だったりするわけだが、一年間の坂東屋敷で溜められた暮らしの澱はそうたやすく消えるものではなかった。

夜が明けて、注意深く辺りを見詰めてみる。坂東の気配はかけらも感じられなかったが、だからといって安心はできなかった。

「私は、体だけは丈夫なんです」

「なるほど。それに『やっとう』の腕前も、たいしたもんだ」

錠吉には、追手との対決の場面を見られていた。市三郎との息の合ったやり取りで、救い出してくれたのだが、綾乃に剣の嗜みがなければ、すぐに捕らえられていた。

「上総屋には、心強い用心棒がついている。何があっても、上総屋は盤石」

いたずらっぽい目で、綾乃を見た。この男は、同じ手代でも生まじめな喜助や乙助などとは違う、やや崩れた一面を持っていた。夜遊びに出て、脂粉のにおいをさせて帰ってくることも珍しくない。切米を明日に控えて、喜助や乙助が猫の手も借りたいほどに忙しい中、一人手持ち無沙汰に手伝い仕事をしていた。

錠吉は、手のかかる強面の札旦那との金談を専門にする、対談方の手代であった。弁舌も立ち、度胸もある。どれほど凄まれようとも、怯んだ態度を見せない。それに何よりも機転が利いた。対応が迅速である。

十九の歳に、町の嫌われ者だったのを、市三郎が拾って対談方に仕込んだのだと、通いの下働きの老婆から聞いていた。酒は飲まないが、女と甘いものに目がないという。

「錠吉さん。そう人をからかうものではありませんよ」

綾乃は、睨んで見せた。話をするのが不快ではなかったが、剣の腕前については触れられたくなかった。市井で、目立たぬように暮らしていきたいと考えていた。

「ふうむ」

笑みが消えて、錠吉は綾乃の顔をじっと見詰めた。何かを思い出そうとする目だ。

「いつもは何とも思わないんだが、何かの折り、ちょっとした仕草や顔つきが、ふっと誰かに似ているような気がすることがあります。今顔を見ていて、それが誰だか気がつきました」

「まあ。誰にですか」

おもしろいことを言うと思った。いったい自分が、誰に似ているというのだろう。

「亡くなった、お夕さんにですよ」

「えっ」

微かな驚きがあった。お夕とは、六年前に亡くなった市三郎の女房である。その後市三郎には、いくつもの再婚話が舞い込んだと聞く。だが独り身を通していた。「よっぽど、惚れていなすったんだね」お喋り好きな老婆が、水仕事の合間に何度か口にしていた。

「どこが、似ているんですか」

「それですよ。こうして見ていても、実際に似ているところなんか、どこにもありはしない。でもほんの一時、仕草や顔つきが似ていると感じることがある。おかしなものです」

　お夕という女について、綾乃は詳しいことは何も知らない。けれどもそう言われてみて、気になった。流行り風邪をこじらせて死んだのだとか。

「そのことを、誰かに言われませんか」

「はい、初めてです」

　確かに誰も口にしたことはなかった。だがふと気がついた時、市三郎が遠くから自分を見ていることがあるのに気がついていた。怪我の具合を気づかってくれているのだろうと考えていたのだが、そればかりでもないのではないかと思い至った。

「あの頃は、ぐれていた私ですが、ずいぶん世話になりました」

　錠吉は、当時を振り返る目つきになって言った。

　どんな、おかみさんだったんですか。そう訊こうとしたが、店で勘兵衛が錠吉を呼んでいた。対談方とはいっても、用がないわけではなかった。

「へい」

　軽く頭を下げると、店に出ていった。

一月近くの暮らしの中で、綾乃の耳にも、上総屋で働く人々についてかなりの事柄が入ってきていた。しかしまだ知らないことも、多かった。

ともあれ明日は、春の切米の初日である。自分も、できるだけの手伝いをしなければと考えた。

八

夜が明けないうちに、上総屋の者はすべて目覚めた。耳を澄ますと、通りからも人の話し声や、馬のいななきが聞こえた。

人足たちが現れ、土間の荷車を引き出して行った。御蔵屋敷の門前に並んで、米の蔵出しの番を取るのである。ぞくぞくと荷車が集まって来るのが、店先からも見えた。店の板戸はすぐに閉められた。次に開ける時は、米手形を持った札旦那たちを受け入れる時だ。

店は、夜明けと共に暖簾を出す。

綾乃は、早々に朝飯の支度をした。それが済むと、湯を沸かす。現れる札旦那に振舞うための、湯茶の用意をしなければならなかった。顧客の半数以上が、初日の午前中にやって来ると知らされていた。

「どこの店の前でも、もう札旦那が並び始めています」

裏口から喜助が、外の様子を窺いに行って来た。屋台店も暗いうちから店を開き、駄賃を貰って使い走りをする日銭稼ぎの者も、うろうろし始めているという。

勘兵衛と喜助が、札旦那の持ってくる米手形を受け取り、帳面に記入する。受け取った米手形は、松吉ら小僧が、御蔵役所に詰めている錠吉や乙助の手元まで運ぶ。手続きを済ませると、二人は米の蔵出しに立ち会い、待機していた運び人足に米俵を託した。人、荷車、土埃(つちぼこり)、そして藁屑(わらくず)の舞う蔵屋敷門前は、殺気立ったままごった返す。ぼやぼやしていると、荷車に引っかけられて怪我をする。

朝日が昇った。松吉が雨戸を開けると、店先にいた二十名ばかりの札旦那が、なだれ込むように土間に入って来た。

「ささ、しばらくお待ちくださいませ」

勘兵衛が、声を張り上げた。米問屋に売る禄米の売却代金は、米手形を札差に渡しただけでは手にすることができない。錠吉らが米を受け取り、換金を済ませてから、勘兵衛が一人一人の札旦那に手渡す。自家用の現物の米は、運び人足が受領を受け次第、各屋敷に届けることになっていた。

急がないならば、明日以降店の者が札旦那の屋敷に届ける。だがそういう悠長なことをする者は皆無に近かった。すべてが済むのを店で待って、金を手にしてから帰って行くのであった。

店の中は、人でごった返した。おとなしく待っている者もなくはないが、おおむね声高に喋り、中には酒を飲みだす者もいた。年に三度きりの、現金が入る日であった。すべての者が軽い興奮の中にいた。

「おい、茶のお代わりだ」

店に残った小僧は、小間使いのように動き回っている。小僧だけではたらず、外から駄賃目当てに使い走りをする者までが、店に入り込んで来た。

「あなたは、店に出なくてもいいですよ」

市三郎が、綾乃に言った。店先や周辺には、常時三、四十名の上総屋の札旦那がたむろしている。早くても一刻、長ければ半日以上、彼らは待たされることになる。その中には顔を見たことのある者もいた。見知らぬ者でも、坂東志摩守の息がかかった者がないとは言えない。事情は話していないものの、綾乃の身を慮(おもんばか)った言葉であった。

気遣いが、嬉(うれ)しかった。柱の陰から、店の様子を窺った。

「おい、小娘。ぼやぼやするな」

中年の侍に、怒鳴られている十歳ほどの娘がいた。薄汚れた袷(あわせ)を着て、ちびた下駄(げた)を履いている。何度もすげ替えたのか、煮染めたような鼻緒は不揃いだった。顔も、日焼けしているのか汚れているのか、見分けがたいほど黒い。

駄賃を貰って、使い走りをしているらしかった。手に、竹の皮で包まれた団子を持っている。買い物をしてきたところなのだろう。

侍は、用が遅いと叱りつけていた。娘は、何度も頭を下げている。侍は駄賃の銭を、土間に投げつけた。

這い蹲って拾う娘を、周りの侍は声を上げて笑った。

「一文で、どんな使い走りでもいたします」

拾い終わった娘は、他の札旦那たちに向かって声をかけた。銭を投げられて、悔しくないはずはなかったが、表情にはそれを見せない。それよりも、次の用足しを受けることの方が、大事なようだった。はっきりとした声音で、めげている様子は感じられない。

この娘にとっても、今日は書き入れ時なのかも知れなかった。細かなことには構っていられない。そういう強さが、目の光の中にあった。卑屈になってはいないのである。

綾乃は、しばらくその娘から目が離せなくなった。

武家の娘でも、貧乏御家人の家に生まれれば、十にもなれば家の仕事をさせられる。炊事、洗濯、使い走りはもちろんだが、銭を稼ぐために、他人の用を足すわけではなかった。土間に投げられた銭を、哄笑の中で拾うまねはさせられない。もしそのようなことがあれば、恥を知れと教えられるのが武家の娘である。

この娘は、恥を感じる前に、次の一文の駄賃を稼がなければならない。そういう境遇にあるのに違いないと、綾乃は感じた。それは、武家娘にはない強さである。

「おい、こっちへまいれ」

初老の侍が、娘を呼んだ。何事かを託されると、預けられた銭を握り締めて店を飛び出した。

昼を過ぎる頃から、札旦那の数が目に見えて減っていった。

午前中は戦場のような興奮と混雑があったが、潮が引くようにそれは収まり、夕刻には残っている札旦那の姿は二人だけになった。

「橋爪様は、姿を見せませんでしたな」

ひと息ついた勘兵衛が、市三郎に言った。顔に一日の疲れが出ていたが、一仕事を済ませた後の気持ちの高まりも浮かんでいた。引き受けた米手形は無事受領され、換金されている。自家用の米も、各屋敷に順調に運び込まれていた。

「今日で、すべてが済んだわけではない。まだ四割ほどの札旦那が残っている。これからだろうさ」

「はい。禄米を受け取らない札旦那なんて、いないでしょうからね」

仕事の妨害を怖れていた勘兵衛だが、取りあえずはほっとしたらしかった。

「お見えになったら、落ち度がないよう、せいぜい気をつけましょう」

「そうだな。そうしてもらいましょう」

綾乃は夕餉の支度に取りかかった。この日は、菜を一品多く付けるように言われていた。筍の木の芽和えを作った。

　膳が調いかけた時、市三郎が台所へ小さな娘を連れてきた。昼間、使い走りをしていた色の黒い娘だった。

「この子に、飯を食わせてやってくださいな。腹を空かせているようです。帰りがけには、握り飯を三つほど包んで持たせてください」

　顔見知りらしかった。娘は市三郎が奥に去って行くと、板の間に膝を揃えて座り、膳が出るのを待った。近くで見ると、思いのほかあどけない顔だった。

「名前は、何ていうの」

「お、さ、きです」

　声に恥じらいがあった。店先で、駄賃仕事を呼びかけていた時とは、まるで違う娘のようだ。

　膳を出してやると、かき込むように飯を喉に押し込み、汁を啜った。

「稼いだ銭を、落としてしまったのですか」

　尋ねると、はっとしたように動かしていた箸を止めた。

「そうじゃありません。銭は持っています」

　茶碗を置くと、手で腹を撫でた。腹には、僅かな銭のふくらみがあった。再び食べ始める。今度は、味わう食べ方になった。

「おさきはね、駄賃仕事をしながら、ばあさんの面倒を見ているんですよ」

たまたま近くにいた喜助が、耳打ちしてくれた。

同じ御蔵前片町の裏長屋に、父親の手間取り大工と二人で暮らしていた。父親は大酒飲みで、娘の面倒を見るような男ではなかった。神田佐久間町（かんださくまちょう）に米問屋の土蔵があり、そこに祖母のくめがいて土蔵番をしていた。くめは母方の祖母である。おさきの母親は、大酒飲みで乱暴者の亭主を嫌がり、子を置いて逃げ出した。どうやら男がいたという話である。この祖母は、土蔵番とはいっても足が悪くて思うように体を動かせない。番小屋にいさせてもらっているだけの立場で、おさきは父親に内緒で、札旦那の使い走りや米拾いなどをして、養っているというのだった。

蔵前は、江戸一の米の倉庫を抱えていた。荷の上げ下ろしや運ぶ途中で、なにがしかの米が地べたに落ちる。それは僅かなものにしても、拾い集めていれば、娘と老婆が食いつなぐ程度の量にはなるというのである。

「うちの旦那さんは、時々こうやって、おさきに飯を食わせてやっているんですよ。満足に動けないばあさんが、土蔵番をしていられるのも、旦那が口を利いてやっているからでね」

「どうしてそんなに、面倒を見てあげるのですか」

「さあ、それは知りません。でもだからといって、おおっぴらに可愛（かわい）がるわけでもないんですよ」

おさきは、お代わりを二度した。握り飯を包んで持たせると、丁寧な礼をした。綾乃はほつれた袖口を見つけると、手早く繕ってやった。

「またおいでなさいな」

そう言ってやると、にこりと笑った。笑うと、また少し幼い顔になった。

九

二日目、三十名ばかりの札旦那がやって来た。初日の混雑を嫌がった者たちである。

「橋爪様の顔が、見えませんな」

勘兵衛が何度となくつぶやいた。昨日は、休む間もなく対応に追われた。夕刻になるまで、橋爪については思い出すこともなかったが、混雑が収まると気になるらしかった。

三日目も午後になると、店は嘘のように閑散とした。ちらほらと訪れる者があるばかりである。夕刻には、御蔵役所に詰めていた錠吉と乙助が戻ってきた。

「おかしいですな」

不安とも、怖れともつかないものが、勘兵衛の顔に浮かんでいた。これまで橋爪は、いつも初日に顔を見せていた。

「札差を、変えたのでしょうか」

喜助が言った。しかし、それはあり得ないことだった。借金を残して、札差を変えることはできない決まりになっている。もしかりに橋爪が、他の札差に切米手形を持ち込んでも、新規の札差は受け入れる前に、必ず前の札差に借金の有無の確認を取ることになっていた。その連絡は、どこからも来ていない。

「うちへの面当てで、切米の受け取りをやめたのでしょうか」

「まさか、そんなことはしないだろうよ。向こうは、娘の嫁入りで、金は喉から手が出るほどほしいんだ」

橋爪が切米の受け取りをやめたとしても、それだけならば上総屋は、どれほども困らない。俸禄米を受け取る手数料は、蔵米百俵につき金二分。米問屋に売却する手数料は同じく百俵につき金一分と定められていた。橋爪の禄は四百俵だから、春の切米は四分の一で百俵ということになる。上総屋の損失は、一両にも満たない額である。

「まあ、今に来るだろうさ」

市三郎は言ったが、橋爪はその日も姿を見せなかった。

四日目、午前中に姿を見せた札旦那は二名きりだった。この二名で、上総屋の顧客は、橋爪を除いてすべて春の切米を受領したのであった。

「やはりおかしい。何か企んでいるとしか、考えられません」

辛抱を切らしたように、喜助が言った。誰も、反論する者はいなかった。

「直取り（じきど）を、企んでいるんじゃないでしょうか」

　錠吉が言った。勘兵衛は、はっとした顔を市三郎に向けた。

　御蔵役所では、相手が札差でなくとも、切米手形を持参した蔵米取りには米を引き渡す。札差との間に、どのような貸借関係があるかなどは斟酌しなかった。それは、元々が直参たちへの俸禄米だからである。

　もし橋爪が直取りを行えば、手間はかかるが、借金の返済分や利息を差し引かれることなく、全額を手にすることができるのであった。四百俵取りの橋爪の借金は、俸禄一年分以上に及んでいた。手数料なぞ問題にならない損害を被（こうむ）ることになる。またこれを許せば、借金にあえぐ他の札旦那も、次の切米からぞくぞくと直取りに走ることは目に見えていた。

「よし。錠吉と乙助は、すぐに御蔵役所へ行ってくれ」

　市三郎が言い終わらないうちに、二人の手代は土間に走り出た。店の前は、すでに御蔵役所の塀である。通りへ出れば、門へ通じる木戸口が見えた。運び出されて行く荷車が分かるが、ここからでは誰が運び出す米俵か確かめることはできなかった。

「何としても、直取りだけはさせられません。禄米を受領された後では、何を言ったところで相手にされないですからな。訴願したところで、相手が御直参では、お奉行所は重い腰を上げないでしょう」

勘兵衛の言葉の意味は、綾乃にも良く分かった。『相対済し令（あいたいすまし）』という法令がある。金銭上の悶着は、当事者同士の話し合いとし、奉行所では訴訟を受けつけないとしたものであった。実力行使をされた後では、対応のしようがないということだ。心の臓が、じんと熱くなった。

橋爪は本当に直取りを企んでいるのだろうか。もしそうなら、理由は何であれ、借りた金を踏み倒そうという行為で恥ずべきことである。

父軍兵衛を訪ねて、屋敷へやって来た頃の橋爪を思い起こした。綾乃自身は、親しく話をしたことはなかったが、父とは剣術談議に花を咲かせていた。一度だけ手合わせをしてもらったが、見事な剣捌きだった。名門中西道場の、俊才と呼ばれた男である。その剣術家が、金のために怒り、道理に合わないことをするのだろうか。どうか、間違いであってほしいと願った。

事実ならば、草葉の陰で父も悲しむだろう。剣術家は、清廉潔白でなければならないと常日頃口にしていた。そしてそれを実践するかのように、己に厳しく生きた父であった。

「橋爪様は、まだ御蔵役所へ、禄米を取りに来ていないそうです」

赤い顔をして、乙助が走り戻ってきた。息を切らせている。

「よし、私も御蔵の詰所へ行っていよう」

市三郎は草履（ぞうり）をつっかけた。松吉がそれについて行く。

錠吉からの報告を待つ間、札差仲間にはこの件について、喜助を走らせて連絡を済ませていた。店に残ったのは勘兵衛と小僧が一人きりである。

「御蔵役所にやって来れば、もう逃がしはしません」

勘兵衛は、案じ顔の綾乃に説明してくれた。

蔵米支給の間、数日は各札差の番頭、手代や出入りの米屋、運び人足の頭など、多くの長年の顔見知りが蔵屋敷の門前や詰所に陣取っている。旗本御家人が不正な直取りをしようとすれば、力を合わせてこれを阻止する取り決めができているのだという。

「橋爪様が現れれば、門前に陣取っている連中は、素早く取り囲みます」

話が伝わっているから、動きは早い。あくまでも下手に出て無礼な態度はとらないが、切米手形は取り上げる。これを拒んで乱暴をしたり悶着を起こせば、直参として、幕府や仲間の旗本御家人に対して顔向けのできない恥辱を晒すことになる。

それは橋爪であれ誰であれ、腹を切る覚悟がない限りできることではなかった。

時間が、刻々と過ぎていった。橋爪が現れたとの報告は、まだ届いていなかった。勘兵衛は、苛立ちを隠さず店の中を歩き回った。

綾乃も、じっとしてはいられない思いで、時の過ぎるのを待った。市三郎らがどうしているかが気になる。万が一手違いがあって、直取りをされてしまったならば、上総屋は札差として面目を失う。しかし気になるのは、そのことだけではなかった。橋爪のことも、案じないではいられなかった。

まさか蔵屋敷の門前で、腕に任せて無謀なことをするとは思えない。それでも父と共に中西道場の皆伝を得たほどの剣客が、衆人環視の中で、金のために多数の札差の番頭手代に囲まれるのは、忍びがたいはずだった。

「お茶でも、いれましょう」

落ち着かない勘兵衛に、茶をいれようと立ち上がった。数歩歩いたところで、背後に暖簾を分けて入ってくる人の気配を感じた。

「あっ」

勘兵衛が、悲鳴に近い声を漏らした。

「どうした。何を驚いておる」

橋爪の声だった。綾乃は素早く店の奥に身を隠すと、柱の陰から様子を窺った。腰に両刀を差した橋爪は、手に乗馬用の鞭(むち)を持っていた。馬で、やって来たらしかった。

切米の受け取りに現れたのならば、直取りに関する上総屋の対応は杞憂(きゆう)だったことになる。市三郎らの動きは無駄骨だが、綾乃はほっとした。これで中西一刀流の剣士の、無様な姿を晒さずに済むのである。橋爪には、苦しくとも清廉潔白に生きてほしかった。

「ようこそお越しくださいました」

勘兵衛は、笑みを浮かべて言った。一瞬の驚きから立ち直っていた。さすがに番頭であった。

「がらんとしておるな。他に人はおらんのか」

険しい表情で、店の中を見回した。

「はい。所用で出かけております」

まさか橋爪を疑って、総出で御蔵役所を見張りに行ったとは言えない。何事もなかったように続けた。勘兵衛にしてみても、好き好んで事を大きくしたいわけではなかった。

「それでは、さっそく御切米の受け取りに行って参りましょう。手形を、お出しくださいませ」

「うむ。しかし、その前にこの店の主人に話がある。他の手代にも聞いてもらいたいのだが、至急呼んできてもらおうか」

「ほう。それはまた、どのようなご用件で」

「それは、会ってから話す。すぐに呼んで参れ」

恫喝(どうかつ)を含んだ声だった。店に残っていた小僧が、御蔵屋敷に走った。

しばらくして、市三郎が乙助と喜助を伴って戻ってきた。三人の顔には、微かな緊張が浮かんでいる。直取りがなくなったとしても、橋爪が次に何を企んでいるか、その見当がつかないからだ。

「過日いたした、金談についてだがな」

橋爪は、前の話をぶり返したのである。前回とは、若干内容に変化があった。今回の切米で、これまでの借金がいくぶん返済される。その分を見込んで、借り入れの額が百十両から百五十両に増えたのだった。

「この度その方らには、多額の手数料が入ったはずである。もう、手持ちの金がないとは言わせんぞ。利率八分で用立ててもらおう」

「八分ですって」

勘兵衛が、声を上げた。

「さようだ。前回の金談をすげなく断ったその方らの、わしへの詫び料を含んでおる」

表情を崩さず、橋爪は市三郎を見た。市三郎は見詰め返したまま返事をしない。八分の利率が、札差にとって問題にならない低利だということは、綾乃にもよく分かった。

「黙っていては話にならん。何とか申せ」

詰め寄った。金談は、四半刻（約三十分）に及んだ。

十

「橋爪様。ご勘弁くださいませ」

市三郎は言った。橋爪は、一方的に自分の言い分を述べただけだった。

「さようか。それならば、その方らに切米の受け取りを頼むことはできぬな」

立ち上がった。前回のような、腹を立てた様子はない。だが取りつく島のない、冷然とした身ごなしだった。素早く草履を履いた。

とうてい受け入れることのできない金談である。橋爪はそれを、承知でやって来たのであった。なぜそのような無駄なことを、しに来たのか。綾乃はそれを考えた。

その時である。姿が見えなかった松吉が、暖簾をかき分けて走り込んできた。先ほど以上に顔を赤らめ、息を弾ませていた。

「錠吉さんが、御蔵屋敷の門前で、橋爪様の命を受けて禄米の直取りに現れたご浪人から、切米手形を受け取りました。そしてたった今、無事に受け取りを済ませました」

「な、何だと」

真っ先に声を上げたのは、橋爪だった。憤怒の形相で、頰は震えていた。

橋爪は直取りを、顔を知られていない浪人者に託した。そしてこれを実行しやすくするために、自らが金談と称して上総屋へ現れ、市三郎や手代を蔵屋敷から呼び寄せ時間稼ぎをしたのだった。

市三郎が、これを察していたのかどうか、それは分からない。ともあれ錠吉が門前に残って、万が一の直取りの阻止にあたったのであった。

「おのれ！」

手にしていた鞭を、びゅうと一振りすると、足早に店を出ていった。

そしてそこで、「きゃっ」という娘の叫び声を聞いた。

上総屋の者が、店の門口に集まった。綾乃も恐る恐る、その後ろから外を見た。通りには人だかりがしていて、その中央に地べたに尻餅をついたおさきを、仁王立ちになった橋爪が睨みつけていた。

おさきの手元には、笊が転がっていて、その周りには僅かばかりの籾殻のついた米粒が散らばっている。通りの米を拾っていたおさきが、飛び出してきた橋爪とぶつかったのであった。

「無礼者。いきなり飛び出しおって」

橋爪は叫んだ。その見幕に押されて、おさきは口をパクパクさせるばかりで声も出ない。

「きさま、詫びることもできんのか」

怒鳴ると、手にしていた鞭を振り上げた。直取りをしくじった怒りが、これで一気に爆発した。

びゅうという、風を斬る音が聞こえた。容赦ない鞭の唸りである。ばしっと、肉を打つ鈍い響きが起こった。

「あっ」

叫んだのは、一人や二人ではなかった。唸りを上げた鞭が、おさきの顔面を捉えたと考えたのである。だが打たれたのは、おさきではなかった。

疾風のように、おさきの体の上に身を投げた者がいた。見ていた綾乃は、目を見張った。いや目を見張ったのは、綾乃だけではなかった。取り囲むように見ていた男や女。そして鞭を打った、当の橋爪自身だった。

「きさま。庇い立てをしおって」

顔を歪めた。市三郎の額が割れて、溢れるような血が流れ出していた。それを見ると、橋爪は逆上して、さらに次の鞭をふるった。

「おのれ！　おのれ！」

鞭を六つほど続けて肩へ打ちつける。市三郎は歯向かわず、避けもしなかった。睨み返すわけでもない。地べたに目を落として、堪えていた。けれどもそれは、橋爪の怒りを怖れているのではなかった。

打たせている。

綾乃の目には、はっきりとそれが分かった。周りにいる者は、寂として声もない。

「これで済むと思うな」

投げ捨てるように言うと、橋爪は繋いでいた馬の手綱を取り、鞍にまたがった。振り向きもせず、馬を歩ませた。

「旦那様」

橋爪の姿が消えると、まず勘兵衛が走り寄った。懐から手拭いを取り出し、切れた額に当てる。喜助と乙助が、担ぎあげるようにして店の中に運んだ。

「旦那さん」

助けられたおさきは、泣くことも忘れて、その後に従った。

「大丈夫だ。橋爪様も、これで少しは溜飲を下げただろう」

市三郎は言った。我が身に鞭を受けることで、橋爪の怒りを鎮めようとした。睨み返しもせず、避けもしなかったのは、そのためである。

綾乃は奥の間に床を敷く。横にさせると、焼酎で傷口の消毒をした。医者が来て、額の傷を三針縫った。肩の打撲には、膏薬を塗った。痛々しく赤く腫れていたが、幸いなことに骨が折れたり、罅が入ったりはしていなかった。

手当てが終わった時、初めておさきが声を上げて泣いた。自分のために市三郎が傷ついたと考え、己を責めたのだ。

「おさきちゃんが、あのお侍にぶつかったことだけで起きたことではありません。あのお侍は、旦那さんに逆恨みをしていたんです」

おさきの小さな手を、綾乃は握ってやった。

来年も再来年も、そしておそらくその後もずっと、上総屋は札旦那として橋爪と関わって行かなければならない。それは株仲間での決まりであった。借金がなくならない限り、上総屋も橋爪も関係を切ることはできないのだ。

市三郎は、あくまでも橋爪を店の顧客として遇した。商人としてのありようを、綾乃は今回の一連の接し方を見ていて、感じたのであった。

武家は、士農工商の頂点に立つ存在だと教えられてきた。たかが町人と蔑むつもりはなかったが、常に優位に立ち教え導く立場の集団だと考えてきていた。その確信が、揺らいだのである。

橋爪は、中西道場の俊才であった。しかしそれは外からの褒め言葉である。免許皆伝の裏には、若き日の涙ぐましい精進があったことを聞いている。歳月が人を変えたにしても、その剣士が、今度の勝負では札差市三郎に敗れた。

胸が詰まるほどの、衝撃だった。

金にまつわる稼業に携わる者は、卑しい者だという捉え方が気持ちのどこかにあった。しかし市三郎は札差の子として生まれ、金の貸し借りを生業として今日まで生きてきた。鞭打たれることを自ら望む者はいない。商いと駄賃稼ぎのおさきを守るために、打たれる覚悟をしたのだった。

今の綾乃には、帰る家はない、行くべき場所もなかった。上総屋で匿われるだけでなく、救われた礼というだけでなく、積極的に働きたい。市三郎の役に立ちたいと、綾乃は初めて考えた。

第二章　月踊り

一

竹帚を使って庭掃除をしていた綾乃は、桜の枝に蕾が並んでいるのを見つけた。固い蕾ではない。だいぶ膨らみかけていて、明日明後日にも、花を開きそうな気配を持っていた。寒さは、めっきり緩んできている。

庭の桜は一本きりだが枝ぶりの良い古木で、味のある花を咲かせてくれそうだった。開花が楽しみである。

二月の切米の後、しばらくは訪れてくる札旦那の姿が少なくなった。借金暮らしがすっかり板についてしまった小旗本や御家人だが、ひとまず息を継いだのである。しょせん一時のことだが、金の煩いをしばし忘れられるのは嬉しいはずだった。

「武家が、金のことで頭を悩ましてはならん。矜持を持つべきだ」

園田の家にいた頃、年寄りの誰かが言った。もっともらしい口ぶりだったが、蔵米取りの多くの者は、とうの昔にそう言ってばかりはいられない状態に陥っていた。庭に菜園を作り、青物は自給した。余計な出費は極力控え、衣類や小物は何度も擦り切れるまで使った。内職をする者も珍しくはない。それでもどうにもならなくて、札差に足を向けるのだ。

しかしこの数日は、上総屋は開店休業の状態であった。勘兵衛が入れる算盤の音は、やけにのんびりと聞こえた。

市三郎は、株仲間の寄り合いや、町役人との会合に顔を出し、出かけて行くことが多い。錠吉は別段することもなく、退屈するとふらりとどこかへ出かけて行く。

「橋爪様の娘の、お輿入れの準備は、どうにか調っているようです」

屋敷まで、暇に任せて様子を見に行ってきた錠吉は、勘兵衛に報告をした。切米の直後、橋爪の機嫌は著しく悪かったらしい。しかしそれでも簞笥や着物など、新しいものを買い入れた様子だという。出入りの酒屋の手代に、銭をやって聞き出したそうだ。

家財を処分したのではないかと、錠吉は言った。

「旦那様を打ち据えたところで、それまでの鬱憤がすべて晴れたわけではない。だが嫁入りも無事済んで、時がたてば怒りも少しずつ収まってくるだろうさ」

算盤の手を止めて、報告を聞き終えた勘兵衛は言った。

次に橋爪が現れた時、先日のことを、こちらが気に留めている風を見せてはならない。

何事もなかったように、振る舞わなければならないと念を押した。これは市三郎が、何度も言っていたことである。

鞭打たれた折りの額の出血には驚いたが、治りは思い掛けなく早かった。

時は、怒りや悲しみを少しずつ収めてくれる。それは事実だと、綾乃も考えた。両親の相継いでの死、弟郁之助の斬殺などもそうだと思うが、しかしその時間は、まだしばらくかかるような気がした。

綾乃の腕の傷も、ほとんど快癒に近い状態になっていたが、まれに疼いた。疼くと、忘れようとしている坂東志摩守の自分を見据える酷薄な目の色を思い出す。衣類をすべて奪われ、まず蠟燭の炎に照らされて目で嬲られた。逃げ場のない夜の一時を思うと、今でも胸が凍る思いがした。

あの折りの怖れ、恨み、屈辱。それも時が過ぎれば、忘れることができるのだろうか。坂東のことは、まだ誰にも話してはいない。聞かれもしないでいる。それは上総屋の人々の、自分への労りだった。

「近く、御側衆の神崎様が、この屋敷にお出でになる。夜伽をいたせ」

逃げ出す三日前、寝間を訪れた坂東が言った。粘り着くような目で、綾乃の顔と髪、足のつま先まで全身を眺め回した。

「その方を、気に入ったようだ」

歪んだ笑みを浮かべた。神崎を招いた宴席に、何度か出たことがある。五十前後の肥えた男であった。

はっとした。何という男だと思った。悋気深くて、若党と親しげに話をしただけで、執拗な折檻に及ぶ性癖を持っている。それが自ら、恥知らずにも他人に差し出そうとしていた。

神崎は坂東の遠縁にあたる者で、同じ五千石の旗本である。しかし就いている役職は、御留守居よりも格上だった。御側衆は君側第一の役で、老中待遇であった。将軍とじかに接する機会の多い役である。坂東にしてみれば、後々の出世のために歓心を買っておく必要があった。

「どうぞ、ご勘弁くださいませ」

「…………」

綾乃は拒否したが、そんな言葉など歯牙にもかけていないことは分かっていた。そう命じた後で、常にない高ぶりを示して、綾乃を征服したのであった。

坂東にとって、綾乃は人ではない。都合の良い品物である。利益を得るためならば、貸し出すことにためらいのあろうはずがなかった。

逃げる機会を探っていた。

雪の降る日を、決行の日と決めていたわけではなかった。あの日は、坂東の正妻の実家で法事が行われた。岳父の十三回忌。坂東夫婦は遅く屋敷に戻ったが、妻側の縁者がこれに付き添って屋敷へやって来た。酒盛りを始めたのである。国持ち大名の江戸家老で、坂東にとって煙たい人物だった。綾乃の部屋への訪れはあり得なかった。

だが実行にあたって、すべてのことを綾乃一人でしたわけではない。手助けしてくれる者があった。屋敷の奥向きに、行儀見習いに上がっていたお邦という娘である。芝の大店の商家の娘で十七になる。気丈な質で、前々から綾乃の扱われようを気の毒に思っていたらしい。

お邦の働きがなければ、もっと早い段階で発見されてしまったはずであった。裏門警備の中間が寝込んだ隙に、綾乃は脱出した。誰にも打ち明けてはいなかったが、近くの部屋で寝ていたためにお邦は気付いた。

「お逃げください」

怯みかけた綾乃の手を取って、裏門に導いた。門の閂を、内側から再びかけ直してくれたのである。

「どうしているだろう」

綾乃の口から、つぶやきが漏れた。坂東から受けた折檻の後、あの娘は何も言わずに、腫れた部分に冷やした手拭いをあててくれた。あの屋敷で、唯一綾乃の心を慮ってくれた人物であった。

坂東家の使用人は、折り目正しく暮らしていた。だがそれは彼らが律儀なのではなく、暴君志摩守の、専横と執拗さを怖れているだけであった。裏に回れば、主と同様に金に目の色を変え、下の者に横柄な態度をとった。これが大身旗本の家中かと、愕然としたほどである。武家社会の、荒んだ一面を見た気がした。

枝先の桜の蕾が、風で揺れている。坂東屋敷にも桜の木があった。けれども、どのような桜だったか記憶になかった。四季折々、花を愛でるゆとりなぞ、なかったからかもしれない。

庭掃除を終えて、母屋に戻った。手入れの行き届いた庭だったが、広くはなかった。

手代の喜助が、客と話をしている声が聞こえた。何気なく聞き流していたが、相手の声は女だった。

女の客は珍しい。嘗められると思うからか、相手にされぬと考えるからか、男の客がほとんどだった。

耳をそばだてた。

二

「主人の怪我は、快癒するには思いのほか手間がかかると、御医者様に言われました。出仕もままならず、同役の方々に迷惑をかけています。その御礼もしなくてはなりませぬ。物入りなのです」

　女の客は、しっかりとした声音で話していた。臆してはいない。さりとて気負い立ってもいなかった。

　柱の陰から覗いてみた。二十代半ば、綾乃とほぼ同じ年頃の新造である。汚れてはいないが、洗いざらしの袷で、足袋を履いてはいなかった。両の目の縁に、隠しようのない疲れが出ていた。

　どこかで聞いた声だと思っていたが、顔を見て思い出した。園田の屋敷の三軒先に住んでいた、松尾という一つ年下の娘である。坂東の屋敷に行く一年ほど前に、嫁に行った。相手は、禄八十俵の評定所書物方の家だった。当主である夫の葛城桝之介が怪我で動けなくなり、自ら札差へ足を運んで来たのであった。

　変事に遭遇しても、蓄えなぞない。園田の家と変らぬ家計の苦しさが、物言いから伝わってくる。

「分かりました。それならば葛城様、二分ご用立てさせて頂きましょう」

　喜助は、帳面を繰りながら応えた。用立てできる額を、調べたのである。

　客が被った被害を、不憫だと考えるから貸すのではない。蔵米を担保に、二年分に相当する額までを貸すのだ。それ以上になると、札差と札旦那の関係は泥沼になった。

　取りはぐれはないとは言っても、切米ごとに元金の一部と利を差し引いて行く。しかし札旦那の手元に、一文（もん）の銭も渡らないというような訳にはできなかった。他に収入のない小旗本や御家人は、それでは干上がってしまう。貸す側にしてみれば、いくら利息を取っているとはいえ、取れる額には限度がある。はるか先の年度にまで返済を持ち越されては、商売にならなかった。

棄捐令（きえん）では、多大な損失を被った。札差はそれを忘れていない。

「二分では、どうにもなりません」

松尾は嘆息を漏らした。なるほど二分を持ち帰ったところで、医者の払いにも事欠くに違いなかった。これでは、子供の使いである。

「せめて、二両ご用立てください。それだけでもあれば、何とかいたします」

「二両ですか……」

喜助の返事は、はかばかしくなかった。喜助はしっかり者だが、決して意地悪な男ではない。もったいをつけているのではなかった。二両貸せるだけの条件が、整っていないのだと推量できた。

「御願いいたします。少々高めの利息がついても、覚悟を決めております」

松尾は、両手をついて懇願した。商家の手代に、両手をついて物を頼むのは、武家の新造として辛（つら）いことだった。松尾はそれほどに、追い詰められているらしい。

「おやめくださいませ。そのようなことは」

手を上げさせようとしたが、松尾は動かなかった。

見ていた綾乃は、いきなり心の臓を素手で掴まれたような思いにさせられた。二両の金が、何としても入用なのだ。手ぶらでは帰れない。贅沢をするためや、楽をするための金でないのは分かっていた。そんなための金ならば、松尾は町人の前に両手をつくことはできなかったはずである。

「どうしました。お知り合いの方ですか」

いきなり、背後から声をかけられた。抑えた声だったが、市三郎だとはすぐに分かった。外出していると思っていたが、いつの間にか帰ってきていたのだ。すぐ後ろにいたことさえ気付かなかった。

「はい。子供の頃からの知り合いです」

家ぐるみで、近所付き合いをしていた。ふた親が寝込んでからも、亡くなった時も、やって来て何くれとなく手伝ってくれた。庭の菜園で茄子ができた、豆ができたと、やり取りしたこともある。

「そうですか。しかし、どうしようもありませんな」

市三郎は、はっきりと言った。店の奥で、普段綾乃に見せる顔ではなく、札差の主人の顔だった。

「はい。でも急場を救う手だては、ないのでしょうか。これほどの身代ならば、どうということのない額だと思います」

　商いのことには、口出しをすまい。そう腹を決めていたが、つい口を出してしまった。気持ちの奥にある、札差という稼業に対する抜きがたい不信は消えてはいない。その思いが、後押しをしてしまった。

「そうです。二両程度の金ならば、たとえ差し上げたところで、さしたる痛手ではありません。しかしそれは、あちら様が望みますまい」

　当然のことである。松尾は、物乞い（ものご）に来たのではなかった。自分に担保があると思うから、札差へやって来たのだ。

「金を借りるのは、恥ずかしいことではありません。それに見合う利息を払うわけですから、私どもにとってはお客様です。しかし返済が困難と分かっている札旦那に、情にかられて貸せば商いではなくなります。あなたのお知り合いならば、何とかしてさしあげたい。ですが情にかられて金を貸す商人は、いませんよ」

「…………」

「二分を、持って帰って頂きましょう。それだけの金でも、ないよりはましです。幸い薬種（やくしゅ）問屋に、昵懇（じっこん）の者がいます。安くて良い薬を案配してもらえるように、一筆書きましょう」

　綾乃のために、一筆したためると言ってくれたのである。札差としてできる、これが限界なのだと伝えられた気がした。

市三郎を相手に、それでも松尾は四半刻(しはんとき)(約三十分)あまり粘った。そして二分と手紙を手にして、しぶしぶ引き上げて行った。

後ろ姿に怒りがあった。二両という額は、松尾にしてみれば、抑えに抑えた額だったはずである。それさえも拒否された。薬種問屋への手紙に籠められた市三郎の厚意には、思いが及ばなかったように見えた。

「お怪我が、早く良くなるといいですな」

市三郎は、松尾の姿がなくなると言った。

その翌々日、庭の桜が開花した。蕾が弾(はじ)けて、淡い色が枝先に広がった。店では札旦那との金にまつわる小競(こぜ)り合いが続いていたが、庭は、ぱっと明るくなった。小さな五弁の花びらから、春の温(ぬく)もりが漏れてくる気がした。

「大川の土手の桜も、花をつけ始めています。見物人の姿も、ちらほらと見えるようになりましたよ」

庭の桜を見上げていると、松吉が教えてくれた。土手の桜は色づいて、川に沿ってどこまでも続いて行くのが見えるという。あと数日もすれば、土手は花びらに埋もれたようになる。江戸の町全体が浮き立ってきているのが、その口ぶりの中に窺(うかが)えた。松尾もほころび始めた桜の花を、見ているのだろうか。綾乃は考えた。

「さざいやさざい、蛤や蛤」

　魚売りの呼び声が、台所の中にまで響いて来た。

　桜の賑わいが増すごとに、町の様子とは裏腹に暖簾を潜って顔を見せる札旦那の姿が増えた。切米直後の長閑さは嘘のようである。

「強欲な札差め」

「儲け過ぎて、金の置き場に困っているのではないのか」

　罵り声など珍しくもない、いつもの毎日に戻った。

　札差は、蔵米取りの生き血を吸って肥え太っている。そういう怨嗟の声が、札旦那の言葉の端々に交じっている。市三郎や上総屋の者たちの言動を見ていると、必ずしも正鵠を射た批判とは思えなかったが、その恨みの気持ちが分からないわけではなかった。

　園田の家計も、やはり札差への返済に追われていた。向こう三軒両隣、札差から借財のない家はなかった。

　百二十俵の蔵米が、すべて我が家に入ったら、どれほど楽だろう。そう考えない年はなかった。札差に払う利息は、はたして妥当なものなのか。二月近く、上総屋に厄介になっただけでは、綾乃には判断がつかない。

　ふとした時に、自分の姿を遠くから見ている市三郎の目を今でも感じる。それは不快なものではなかった。こちらへの善意を感じさせる眼差しだ。だが男が好意を抱いた女にする眼差しとは、微妙に異なっているようにも思えた。錠吉は、綾乃の何気ない仕草や、顔つきが、時として死んだおかみのお夕に似ていると言った。そのことと何らかの繋がりがあると考えられるが、市三郎の実際の気持ちは分からなかった。

朝起きて洗面をする姿を、見かけたことがある。綾乃は乾いた手拭いを持って、傍らから差し出してやった。

「そんなことには、及びませんよ」

体よく断られたのである。自分のことは、自分でした。綾乃がするのは、食事の用意と洗濯、それに仕事の合間に茶をいれてやるくらいだった。もう少し、何かをしてやりたいと思うようになっていた。

上総屋市三郎という男について、考えることが多くなった。

利息の多寡の妥当性を考えに入れなければ、市三郎は商人として、また一人の人間として誠実な人物に思える。使用人からの信望は絶大だ。訪ねて来る株仲間の札差たちからも、一目置かれているように見える。橋爪や松尾に見せた対応は、なかなかできるものではないという気がした。縁もゆかりもない綾乃を危険を冒して助け、置いてくれている。坂東志摩守のような卑劣な男は論外としても、そういるものではなかった。

どこかに、思い掛けない落とし穴でもあるのだろうか。小旗本や御家人にとって、札差は不倶戴天の敵だと、考えてきた。この考えは、一朝一夕に変わるものではない。目に見える市三郎という男の像は、札差という稼業を、どこか斜に見ている綾乃には得心の行かないものだった。

三

　桜の花が、日を追うごとに咲き揃ってゆく。

　綾乃は餡を煮て、米饅頭を作った。数日前、十軒店の雛人形市が盛況のうちに終わったという話を聞いた。上総屋には、女の子はもちろん子供もいないので、雛祭りとは関わりがない。しかしせっかくの時季だから、せめて甘いものでも作ろうと考えたのだった。

「うむ。これはうまい」

　錠吉は酒がだめで、甘党である。店が閉まった後ふらふらと出かけて、脂粉のにおいをさせて帰ってくることがあるが、酒は一滴も飲まなかった。黙っていると次々に手を出して、あるだけ食べてしまいそうだ。五つほど包んで佐久間町の土蔵番小屋へ、おさきと祖母の分を届けてもらった。

　大川沿いの桜も、日に日に色取りを増していると聞いた。綾乃には見に行けないのが、残念だった。

　米饅頭は、たちどころになくなった。

江戸の町が、花見頃でどことはなしに弾んでいても、上総屋を訪ねて来る札旦那の姿はなくならない。店先に侍の姿を見ることは当たり前だが、時にはどう見ても直参（じきさん）には見えない柄の悪い浪人風体（ふうてい）の者、お店者（たなもの）、やくざ者までが押しかけて来る。

札旦那の依頼を受けた者として、金談の対応を迫ってきた。

正式な依頼を受け、家来と称する者ならば、相手をしないわけにはいかない。片肌脱いで啖呵（たんか）を切るぐらいのことは平気でして、脅したり強請（ゆす）ったりして金を引き出そうとした。この手合いを、蔵宿師（くらやどし）と言った。

利に利を重ねた借金が累積すると、数年先の俸禄米（ほうろくまい）までが担保に入る。すると新しい借金ができなくなるわけだが、それでも金が必要な場合、一時的に弁舌の立つ強面（こわもて）の男を家来として雇い、強引に金を借り出そうとしたのである。

こうした蔵宿師を専門に引き受けて対応するのが、対談方（たいだんがた）の錠吉だ。喜助や乙助は、十歳そこそこで小僧として店に住み込み、札差としてのすべての業務に関わりながら過ごしてきた。だが同じ手代でも錠吉は、十九の歳（とし）に、ぐれて町の嫌われ者だったのを市三郎に拾われた。度胸の良さと弁舌の巧みさを武器に、対談方として雇われ過ごしてきた。一人だけ、毛色の違う使用人であった。

つい今し方まで、指についた饅頭の餡をなめていた錠吉が、お店者風の蔵宿師と話をしていた。三十二、三の年頃で、きちんとした身なりをしている。濃い眉で鼻筋も通っていて、なかなかに男前だった。

　大きい声を出したり、脅したりしている様子はない。腰を低くして、相談事を持ちかけている。

　蔵宿師にも、いろいろな男がいた。外見に騙(だま)されると、とんでもない目に遭うので注意が必要だ、というのが錠吉の口癖だった。

「いかがでしょうな。こちら様には、損のない話だと思いますがね」

　いつもなら、札旦那の借入額を記した帳面を手にしながらの話になるが、手ぶらで話している。金談にしても、いつもとは話の内容が違うのかもしれなかった。

「私には、何ともお答えできかねる話ですね。主人を呼んできましょう」

　錠吉は、奥へ呼びに行った。

「やあ、忠七(ちゅうしち)さん。久しぶりじゃあないか」

　出てきた市三郎は、僅かに笑みを浮かべて言った。蔵宿師と対応する折りの、いつもの様子とは微妙に異なっていた。

「あの人は、元札差の次男坊だった人ですよ。寛政元（一七八九）年の棄捐令で店を潰され、蔵宿師になったんです」

　通りかかった乙助が、教えてくれた。綾乃は、ほうという気持ちで様子を見た。

　十六年前に発せられた棄捐令では、多くの札差が潰れた。元々が、直参の経済的窮状を救うことを目的とした法令である。長期の借財を、破棄もしくはないに等しい低利に下げるよう命じたのであった。

すべての蔵米取りは快哉の声を上げたが、生き残った札差は、以後商いのやり方を変えた。貸し渋りが始まったのである。長期貸し付けの破棄に懲りて、二年を越える先の切米を担保にした金融には、難色を示すようになった。棄捐令は、一時的には蔵米取りの窮状を救ったが、長期的にはかえって首を絞める結果となったのである。

札差の子として生まれ、棄捐令によって家業を潰された者が、今度は蔵宿師となって札差に対抗する。皮肉な運命を背負った男の持ちかけてきた話に、綾乃は関心をそそられた。

初めは小声で話していたが、それまで喜助と話をしていた札旦那が帰って、他に客がいなくなると、自然に声が大きくなった。

「その金主さんは、上総屋さんを名指しで、お金を用立てさせて頂きたいと言っているんですよ。こちらさんにして頂くことは、奥印を捺してもらうだけです」

奥印を捺すとは、借金の保証人になるということである。もちろん、何もなくて保証人になどなりはしない。今後の切米を担保に取るのだ。

「利息の交渉は、私がいたします。貸金額の一割の礼金を取ってもらって、札旦那には、利息と共に先引きして頂きます」

利率は、札差と蔵米取りの関係ではないから、規定通りの一割八分というわけにはいかない。借り入れる者の必要度と緊急さに応じて、それは上下してゆく。だがそれだけならば、どこの札差でもしているので、上総屋でも珍しいことではない。

「すると返済期日は、次の切米の支給日となりますな」

「いや、それが……。金主さんのご都合で、半月ばかり前になります」

「ほう。しかしそれでは、返済できる札旦那はいませんよ。一番苦しい時だ。わざと、そういう期日にするわけだな」

「はい、そうです。そこで元利合計を新しい元金として、借用証文を書き替えて頂きます。もちろんその時にも、上総屋さんでは一割の礼金を取ってもらいます」

「なるほど、貸金が大きければ、かなりの利益になる」

「ええ、そうですが、そのさい古い証文期間の最後の月を、新証文の最初の月に組み込んで行います」

「月踊り（つきおど）りだな」

「さようでございます」

月踊りとは、一カ月分の利息を二重に取ることだ。

「あこぎなやり方だな。うちでは、そういう金談はしていない」

利率にもよるが、もしこの金を借りれば、たちまちのうちに身動きが取れなくなることは目に見えていた。収入に変動のない旗本御家人には、逃れる術はない。

「はあ。ですが、どこの札差さまでも、そのくらいのことはしておりますよ」

忠七は、少しも顔色を変えずに言った。端整な顔つきだった。

「これでは、話に乗る札旦那はいないでしょうな」

市三郎は、投げ捨てるようにつぶやいた。その通りだと、綾乃も思った。

橋爪が執拗に利率にこだわり、負担を避けようとしたのは、後々の返済を考えたからである。そのへんの理屈は、子供にも分かるはずだった。

「いや、それがそうでもありません」

相手の不機嫌さに、気付かぬ風で続けた。口元には、笑みさえ浮かんでいた。

「こちらの札旦那の中から、私が捜して参ります。騙すのではありません。きちんとお話しして、条件を承知して頂いた上で話を進めるのです」

「…………」

「お返事は、今なさらなくて結構です。札旦那を見つけた上で、また参ります」

何も言わせぬうちに、帰って行った。蔵宿師が、札差とつるんで蔵米取りを嵌めようという相談であった。自信ありげな物言い。はたしてこの条件で、本当に金を借りる者がいるだろうか。だが……。追い詰められれば、高利と知りつつ手を出す札旦那がいないとは限らない。

そう思いついて、あっと声を上げそうになった。

綾乃が、坂東志摩守の屋敷に上がったのも、高利の借金のせいだった。母の薬代のためにに、奥印を捺してもらって、金主から金を借りた。死を前にして、贅沢をさせたわけではない。ぎりぎりの療治を受けさせただけだが、利は利を生んで、身動きのできないところへ来てしまった。

客のいない、がらんとした店先に向かって、勘兵衛がため息をついた。綾乃と同様、話を聞いていたのである。

「あの人は、札旦那の味方なのでしょうか。札差の味方なのでしょうか」

「おそらく、どちらの味方でもあるまい。忠七さんは、直参と札差のすべてを恨んでいるんだろうよ」

市三郎が応えた。

「棄捐令で店を潰されたのを、根に持っているんでしょうな」

十六年前といえば、ずいぶん昔のことだという思いがある。綾乃はまだ十歳で、両親や近所の大人たちがひどく喜んでいたのを覚えている程度だった。それ以前の札差は、儲けた金の力を誇示して、奢侈な暮らしぶりを人目に晒してきた。あの時潰れた札差への同情は、巷にはまったくなかった。借金を抱えた蔵米取りは喜んだが、その思いはよく分かる。

しかしそれ以後、救われたはずの蔵米取りの暮らしは豊かになったかというと、そうではなかった。富裕な江戸町民の暮らしぶりが派手になっても、直参の暮らしは以前にもまして逼迫していた。

上向く気配さえない。いったいあの法令は何だったのだろうか。

忠七は、棄捐令によって家業を潰され、生きる基盤を失った。強欲な商いの報いと言ってしまえばそれまでだが、潰された者には、潰された者なりの恨みがあるのも事実だろう。一枚の法令によって、長年蓄えてきた財貨が、無に帰したのである。

「上総屋でも、あの時は難渋しましたな。うちも、潰れるのではないかと思いました」

勘兵衛の声に、昔を偲ぶ気配が表れていた。忠七の家だけではない、この上総屋にも恐慌をきたしたことだろう。

「まったくです。あれがあったから、二年より先の切米では金子の用立てをしないと決めました。返済も難しくなりますしね」

「それにしてもご先代も、旦那様も、よく踏ん張ってこられた。店はここまで、持ち直してきたんですからな。あの時旦那様は、たしか十三歳でした」

「そうです。驚天動地のことでした」

直参の俸禄米に関わって生きている町人たちにとっては、十六年前の出来事は、まだ胸の中に生きている。武家育ちの綾乃には、それが驚きだった。

四

市三郎は午後になって、株仲間を束ねる月行事のもとへ、用談に出かけた。

大川堤の桜は八分咲き。河岸に莚を敷いて、宴を張っている者もいるようだ。団子屋に飴売り、稲荷寿司の屋台店が出張っていると、松吉は見てきた様子を興奮気味に話した。

川風はまだ冷たいが、桜に浮かれた人々には、そんなものは気にもならないのかもしれなかった。上総屋の札旦那たちも、桜に浮かれているのではなさそうだが、どうしたわけか姿を見せない。

綾乃は、勘兵衛に茶をいれて出した。

忠七の提案は、あまりに蔵米取りを嘗めたやり口であった。市三郎がその提案に難色を示したのは、当然だという気がする。武家にとって歓迎された棄捐令は、札差に大打撃を与えた。十六年もの歳月のたった今でも、その恨みを忘れないがゆえの提案だと言えるだろう。どれほどの損害を、札差に与えたのか。そして上総屋はどうやって窮状を凌いだのか、綾乃には想像のつかないことばかりだった。

幾分なりとも、その折りの模様を聞かせてもらおうと考えたのである。

「六年以前までの貸付金はすべて帳消し。五年以内の分は、これまでの三分の一に下げて永年賦とする。早く言えば、借金の棒引き命令ですな」

気軽に話を始めてくれた勘兵衛だが、話しているうちに、抑えていた怒りがぶり返した顔になった。

「棒引きになった貸金の総額を、株仲間の寄合いで合算したことがあります。いかほどになったと思いますかな」

「さあ」

千両箱はおろか二十五両の切り餅一つでも、綾乃にとっては目の飛び出るような大金である。

「株仲間の内で、最も多くの損害を出したのは、八万三千両で伊勢屋という店でした。忠七の実家堺屋は、一万七百二十両。すべての店を合わせると、およそ百二十万両にもなりました。江戸広しとはいっても、百軒ほどしかない札差がこれだけの被害を受けたんです。十両盗めば首が飛ぶ、このご時世にね」

「……………」

「上総屋も一万四千両の被害を受けました。それでも潰れないで済んだのは、上州に大口の融通をしてくれる金主を摑むことができたからです」

綾乃は目を見張った。もちろん額の大きさについてだが、何よりもそれだけの資金を、それぞれの札差が持ち合わせていた点にも驚かされた。これらはすべて、蔵米取りに貸し付ける中で得られた金子に違いない。札差を憎む立場からすれば、暴利の報いということになる。綾乃にしても、その思いは大きかった。

だが札差の立場に立ってみると、家屋敷はもちろん商いの株を手放しても、穴埋めは難しかっただろう。青天の霹靂である。

「これだけの損害を受けてしまったら、もう商いなぞはやっていられません。店を畳まざるを得なかった者が、多数出てきたわけです。札旦那に金を貸すどころか、札差が借金取りに追われるはめになりました。そこで御公儀は、御助成と称して二万両の貸し下げを、札差相手に低利で行った。しかし百二十万両の棄捐に対して、二万両の貸し下げでは話になりません。まあ、一方的な札差いじめの御触れでしたな」

ぶり返した怒りを抑えるように、勘兵衛は手元の茶を啜った。

「それで、貸し渋りとなったわけですね」

「そうです。金談には慎重になりました。五年も六年も前の貸金を残していては、いつ再び同じ御触れが出てくるか知れたものではない。先行き二年までの貸しにすれば、落ち着いた貸し借りの関係になると考えたわけです」

「なるほど」

「それに札差も、あこぎに儲け過ぎました。十八大通などと呼ばれて、金を湯水のように使い、いい気になっていた者が何人もありました。目をつけられたのです。ですからご先代も、今の旦那様も、札旦那を騙してまであこぎに儲けようとは考えていません。うちでは金主を求めた奥印を捺しての金談でも、利息が二割五分を超えるものは、原則として扱っていません。ご直参あっての札差ですから、高利に苦しませるようにはしたくありませんし、お役に立つことで堅実な儲けをさせて頂ければ良いのです」

「忠七さんは、蔵米取りに復讐するために、高利高札、月踊りなどという高利貸しのやり口を企んでいるのでしょうか」

「そればかりではないでしょうがね。やはり金がほしいんですよ。そして信じがたいことだが、あんな無茶苦茶な条件でも、金を借りようとするご直参がないわけではないということです」

そう言われると、うなずかざるを得なかった。綾乃には忸怩たる思いがある。

享和から文化（一八〇一〜一八年）にかけて、諸物価は高騰したが、米相場は下落していた。おおよそ百俵三十五、六両のものが、張り紙値段でも三十両程度にまで下がっている。切米の取り分も、返済する元利の合計を差し引くと、三分の二ならば当たり前、半分を割ることも珍しくない状況だった。

質素倹約にも限度がある。家来を減らし、武家の権威を示す馬までも手放して、それでも身動きができない家計であった。やけになって、まるで無頼の徒のような行いに走る直参まで現れた。

園田の家も松尾の実家も、棄捐令後、一時は家計の危機を脱した。けれどもそれは、ほんの僅かな間だけだった。武家の暮らしが一向に回復しない理由は明白だ。収入の道を、蔵米のみに依存しているからだ。

増収を図るためには、禄の高い役に就かねばならない。しかしそれには、生まれながらの家柄と強運、それに堅固な引きが必要である。これらのない者は、定まった禄高に甘んじなければならなかった。

「旦那様は、御触れが出た時は十三だったそうですが」

市三郎は、札差を襲った未曽有（みぞう）の厄難を、どう乗り越えたのか。上総屋の被った被害も一万四千両だったという。八万三千両と比べれば少ない額だが、驚異的な数字であることに変わりはない。

「それまでは、何不自由のない若旦那でした。ですが十三歳ともなれば、起こった出来事を、きちんと受け入れることのできる年齢です。被害の大きさを察して、御触れの出た次の日から、店の仕事を一緒にしました。大旦那様は、金の手当てに奔走。金主からは、問い合わせとも脅しともつかない金の督促が続きます。札差は奥印を捺して、保証人になっていますからな。大旦那様がいなければ、殺気立った金主は、若旦那を前にしての談判です」

「十三歳を前にしてですか」

「そうです。しかし気丈でした。ひ弱な跡取りに見えましたが、いざとなると目に涙をためて睨(にら)み返し、ないものはないと断じました。そして夜になると、よっぴいて損金の計算をしたのです。札旦那一人一人の、細かい仕事でした」

棄捐令が発布されたのは、寛政元年九月十六日だった。損金の正確な数字も弾き出せないうちに、十月の大切米の準備を始めなければならなかった。

何が起ころうと、切米の受け取りと換金の代行は、札差の本業である。

蔵米の受け取りと換金の手数料は、合わせて百俵につき三分。蔵米を受領し売却するまでに使役する馬方や車夫、舟持ち運送方の人件費、蔵前米屋との交渉などを計算に入れると、利益はたかが知れていた。しかし手抜きは許されない。少しでも手抜かりがあれば、札旦那の罵声が飛び、損害の補償を要求された。

市三郎は、小僧や人足たちと一緒に荷車を押したという。棄捐令に関わる札差の被害について、ざまを見ろという者はあっても、同情する札旦那は皆無だった。

例年なら、切米によってこれまでの貸金の元利が戻ってきた。これが収益の源である。しかしこの時ばかりは、ないに等しい状態に陥ったのである。

「立ち直るのに、長い月日がかかりましたな。あの時の損金の補塡(ほてん)にあてた借財は、いまだに返済を続けています」

「えっ、いまだにですか」

「ええ。なんせ一万四千両の損失ですからな。数年の間にもう一度同じ御触れが出たら、上総屋も確実に潰れていたでしょう」

無理な金談には応じない。これは鉄則だが、市三郎が目指したのは、できる限り低利で貸し出せる金主を数多く確保することだった。金を貸したい富裕な商人は、いくらでもいる。しかし低利で安定的に貸し続けてくれる金主を捜すことは、至難の業だった。

「旦那様は、関八州（かんはっしゅう）を巡り歩くなど、珍しくなかった。

二十歳（はたち）の時に神田（かんだ）にある米屋の娘お夕さんと、祝言を挙げました。しかしこの時でも、店はまだ万全とは言えませんでした」

「なるほど」

「お夕さんは、よく働きましたな。旦那様が遠出をできたのも、おかみさんがしっかりしていたからですよ。病がちになった先代の面倒も親身になって見ました」

「六年前に、亡くなったと聞きましたが」

「はい。どうということのない、流行り風邪（はやりかぜ）をこじらせて亡くなりました。おかみさんは具合が悪かったのですが、そのことを口に出さなかったのです。もともとは、丈夫な方だったんですが、それが仇（あだ）になりました。気がついた時には、高熱が引かずどうにもなりませんでした」

「…………」

「旦那様はちょうどその時、上州に条件に合った金主の方を見つけかけていましてね。たびたび行き来をしていたのです。ですから、おかみさんの病状に気付かなかったのですが、後にご自分を責めましてね。それからは、いくらお薦めしても、後添い(のちぞい)をお持ちになりませんでした」

「そうでしたか」

「私は、何としても上総屋の跡取りを作って頂きたいのですがね」

勘兵衛はぼやくように言った。さんざんお上(かみ)のやり方に怒りをあらわにした後だが、ようやく声の調子が常に戻った。

棄捐令は、一万四千両という損害を上総屋に及ぼした。だがその余波は、後々になって市三郎の女房に対して思い掛けない病をもたらし、おかみの不在という後遺症を上総屋に残したのだった。

綾乃は、お夕という女を想像してみた。美しい女だったのだろうとは思ったが、実際の顔形は浮かんでこようはずもなかった。

五

「上総屋、その方らを儲けさせてやろうと思うてな。金談に参ってやった」

居丈高に言う札旦那を前に、喜助は御愛想(おあいそ)を返しながら帳面をめくっていた。三十半ばの小旗本である。大きな声を出し、よく笑った。身なりも悪くない。しかし借りていった金額は、二両二分一朱と細かかった。

半刻（約一時間）ほど前には、五十過ぎの白髪の濃い男が、同じ場所に座っていた。喜助に対して卑屈なほどに笑みを浮かべ、恐縮した体で金を借りていった。

自慢話ばかりをする者から、やたら威張り散らす者。窮状を縷々と訴える札旦那まで、いろいろな侍がいた。それぞれの話に耳を傾け、必要な相槌を打たなければならない。打ってはいけない相槌もある。

計算高い者から、まったく無頓着な者まであって、いざ返済をする段になって、利率や礼金について苦情を言う札旦那もあった。

金を借りる以上、証文をよく見てすべてを承知した上で署名をするべきだ。札差ばかりを責めても始まらない。上総屋で暮らすことになってから、武家の金の借り方にも問題があると綾乃は感じるようになった。

桜の花びらが、空を舞っている。桜の木のない場所でも、花びらがどこかから飛んできた。

錠吉に連れられて朝飯を食べに来たおさきが、額に痣をこしらえていた。

小柄な身なりで、いつも何か使い走りのようなことをしていた。近所の子供たちと遊んでいるという話を聞いたことがない。

「いったいどうしたの」

　初めは転んだと話していた。しかし転んでできる痣ではなかった。綾乃が、坂東につけられた痣と似ていた。

　飯を食べさせてから、額に軟膏を塗ってやっていると目に涙をためた。昨夜、酔っ払ったおとっつあんに、ぶたれてできた痣だと判明した。

「なんでぶたれたの」

「あたしが、ばあちゃんのために、お使いをしているのがばれたから。おとっつあんは、ばあちゃんに関わっちゃいけないって」

　おさきの祖母くめは、母方の祖母であった。母親は、亭主の大酒飲みと乱暴を苦に、男を作って逃げ出したのである。

　ろくな食い物も与えられなかったおさきが、祖母を頼ったのは当然だが、くめは足が不自由で身動きが取れなかった。この数カ月は寒さも手伝って、ひどく悪い状態だった。正月に引いた風邪も、まだ治っていないという。

「上総屋の旦那さんが、薬をくれたんです。そしたらだいぶ良くなったんですけど、ばあちゃんすぐに動いて、ぶり返しちまって」

「それじゃあ、今日も寝ているの」

「そう。朝飯を作ってやらないと」

綾乃は、軟膏を皸のできた手の甲にも塗ってやり、あらためてくめのために粥を炊いてやった。おさきは、その土瓶を大事そうに抱えて帰って行った。

　見送っていると、錠吉が説明してくれた。

「まがりなりにも、親のいる子ですからね。表立っての面倒を、旦那さんは見ないようにしているんです。あの子の父親は弁造といって手間取り大工ですが、仕事のない日は酒びたりの乱暴者です。逃げた女房を恨んでいて、おくめさんに近づくと殴ったり蹴ったりするようです」

「それでも、おくめさんの世話を焼いているわけですね」

「ばあさんは、おっかさんに逃げられた孫娘が不憫でならないんでしょうが、残念なことに体が言うことを聞かない。他に身寄りもない。それでも弁造には頼れないから、結局はおさきをあてにすることになってしまうんです」

「分かりました。今晩にでも、私が様子を見に行ってあげましょう。手伝えることが、あるかもしれない」

「ほう、それはあの子が喜びます。しかし、大丈夫ですか」

　外に出れば、知り人に顔を見られる可能性は大きかった。

　屋敷を抜け出してもう二カ月になる。だが坂東はまだ、自分を許し諦めていないことは、はっきりしていた。発見されればただでは済むまいと考えられるが、夜陰に紛れて

いかという気持ちが芽生えていた。素早く移動すれば、大丈夫ではないか。怯えてばかりいては、身動きもできないではな

「それなら、今夜は私が土蔵小屋まで連れていってあげましょう」

錠吉は言った。市三郎に劣らず、おさきをよく可愛がる。

夜風はさして冷たくはない。月明かりを跳ね返した桜の花びらが舞うのを見るのは、昼間の桜の落下とはまた違う趣があるだろうとも思った。

夕餉の片付けを済ませてから、錠吉と店を出た。

さすがに、蔵前の通りを歩き始めると、緊張した。人通りは少なくない。浅草寺界隈へ繰り出そうという人の波があった。行き過ぎた者が、いきなり振り返って自分の名を呼ぶのではないかとはらはらしたが、何事もなかった。

ただ自分が、人の目を逃れて暮らしている者だということをあらためて実感させられた。父親の形見の樫の杖を用心のために持って出た。

神田川に架かる浅草橋は渡らず、右折する。橋を渡って御門を抜けると両国広小路の繁華街に繋がってしまう。昼間のような明るさが目の先にぼうと浮かんで、渡れと言われても渡る気にはなれなかった。

川に沿って歩いて行くと、すぐに人気のない河岸の道となった。初めてほっとした。左手に、新シ橋を見て過ぎると佐久間町の家並みに出た。この辺りには材木商薪炭商が

多く、ひっそりとしている。材木置き場や土蔵が目立った。四半刻ほどの道のりで、おくめの住む土蔵小屋に着いた。

「ありがとう。来てくれたんだね」

綾乃だと知ると、おさきが飛び出してきた。土蔵小屋は、一間（約一・八メートル）ほどの土間の向こうに、畳を五、六枚横に敷いた細長い小屋だった。天井も低い。片側は、土蔵の壁である。

中に入ると、ぷんと饐えた汗の臭いがした。提灯の明かりで照らすと、小屋の奥に痩せた老婆が寝ていた。

「お手数をかけて……。か、上総屋さんの旦那様には、いつもお世話になって」

おくめは起き上がろうとしたが、体が言うことを聞かなかった。嗄れた声で、言い終えてからしばらく咳き込んだ。弱々しい咳である。声を聞いただけで、風邪をこじらせているのが分かった。

市三郎に命じられて、様子を見に来たと考えたらしかった。

そのまま横にさせておく。額に手を当ててみると、尋常ではない熱があった。

作ってきた握り飯を湯で溶いて粥にし、おくめに食べさせた。食欲はなかったが、無理に口に運んだ。おさきは、綾乃の手の動きをじっと見詰めていた。声を出さない。

暗い小屋の中で、一人で看取っていた心細さが、胸に響いた。

「もう、大丈夫だからね」

おさきにはぼた餅を出してやり、錠吉と綾乃も一つずつ相伴した。おさきは腹が減っていたようである。瞬く間に、三つのぼた餅をたいらげた。口の周りに餡をつけ、笑みを見せた。甘いものに目のない錠吉も、さすがに遠慮をしたのか、二つ目には手を出さなかった。

綾乃がおさきの笑顔を見たのは、初めてだった。

その後で、綾乃は掃除をした。一応おさきがしていたようだが、子供の仕事である。煤けた厄除け稲荷のお札が、べたべたと壁に貼りつけてあった。汗臭い衣類の洗濯を済ませ室内に干し終えると、一刻(約二時間)ほどの時が過ぎていた。

その間に、錠吉がどこかから炭を一抱え持ってきた。火をおこして火鉢に入れ、寝床の傍らに置いた。小屋の中が、徐々に暖かくなった。

「また寄せてもらいますよ」

おさきを連れて、三人で御蔵前片町に戻ることにした。

神田川に沿った道を歩き始めると、おさきが綾乃の手を握った。ためらいがちの、どこかおどおどした握り方だった。綾乃は、ぎゅっと握り返した。

まだ幼かった頃、父軍兵衛に連れられて中西道場へ剣術の試合を見に行った。終わって酒宴になり、帰りは遅くなった。夜の道を二人で歩いたのだが、その時軍兵衛は自分の手を握ってくれた。大きな、ごつごつとした手だった。力を入れられると痛かったが、綾乃は我慢をして歩いた。夜道が、子供心に少しも怖くなかった。

そういう父親との思い出を、おさきは持つことができないのだと思った。

長屋の木戸口まで送った。おさきの家の明かりは灯（とも）っていず、弁造はまだ戻っていなかった。

綾乃は錠吉と上総屋まで戻った。蔵前の通りを行き来する人の姿は、ぐんと少なくなっていた。裏木戸から庭に入った。建物に入る前に、綾乃はずっと気になっていたことを尋ねた。

「どうして旦那さんは、陰ながらとはいえ、あの子の面倒を見ているのでしょうか」

おくめは、いつも市三郎に世話になっていると礼を言った。おさきは働き者だったが、十やそこらの子供に、大人を養う力があるはずはなかった。

「さあ、はっきりしたことは分かりませんがね」

錠吉は、少し考える風を見せてから続けた。

「六年前に亡くなった、おかみさんのことはご存じですよね。そのおかみさんとの間に子供はありませんが、それは生まれなかったということではないんですよ」

「どういうことですか」

「私が上総屋へお世話になる前のことですから、聞いた話ですが……。生まれてすぐに、亡くなったとの話です。月足らずで生まれてしまったそうですが、その子は確か女の子だったと聞いています」

「そうでしたか」

市三郎がお夕と祝言を挙げたのは、九年前である。すぐに子供ができたのならば、生きていれば、おさきとほぼ同年齢に育っているはずだった。

ためらいがちに手を握ってきた、おさきの手の温もりを思った。それはまだ、綾乃の手の中に残っている。

水仕事や庭掃除をしている時、ふっと自分を見詰めている市三郎の視線を感じることがある。あの目は、台所の片隅で出してやった飯をかっ込んでいる、おさきを見ている時の目と同じだ。今になって、綾乃は気がついた。

市三郎は、お夕を亡くした後、その原因が己にあると我が身を責めたとか。女房と子供を思う気持ちの厚い男だが、綾乃の胸をかすめた一瞬の思いは、名状しがたい孤独だった。

六

翌日も、昨夜と同じ刻限に、綾乃は佐久間町のおくめの土蔵へ出かけた。道は分かっていた。今度は、一人で出向いた。

表通りを歩いている間は、用心のために提灯に火をつけなかった。誰か知り人に見られるのではないかという怖れは、昨夜に比べるとだいぶ減っていた。

米に梅干、それに古い掻い巻きを一枚持って出た。まだ高熱があるなら、掛けてやろうと思った。足早に歩いた。

小屋ではやはり、おさきが寝ているおくめを看取っていた。額に手を当ててみると、まだ熱かった。しかし、昨日ほどではなくなっている。

火鉢の上に、土鍋が載っていて、中に粥が残っていた。

「近所のおばさんが、夕方持ってきてくれたの」

おさきは、秘密を漏らすように言った。二人を見守ってくれている者が、他にもいることが分かってほっとした。話を聞いて、米運び人足の女房だと知れた。おさきも晩飯を、食べさせてもらったそうな。

おくめに着替えをさせ、薬を飲ませた。

何くれと手伝いをするおさきの体が、ぷんと臭った。汗と埃の交じった臭いである。いつも、うっすらと感じていた。湯を沸かして、髪と体を洗ってやることにした。

くすぐったがったり、気持ちよさそうに目を閉じたり、恥ずかしがったり、反応は忙しかった。おさきの体は、まだ女の体にはなっていない。しかし湯で洗ってやると、つややかで柔らかな肌になった。

仕上げに髪を結ってやる。ほっそりとした面立ちだが、鼻筋が通って目元も愛らしい。年頃になれば、美しい娘になるのではないかと思った。

そろそろ帰ろうとしていると、小屋の戸口を、いきなり開けた者がいた。

「おや、あんたは」

四十年配の太った女である。綾乃の顔を見て、ひどく驚いた目をした。

綾乃は、自分は上総屋の手伝いをしている者で、おくめの様子を見に来たのだと伝えた。すると女は、ようやく顔に笑みを浮かべた。夕方、この小屋へ粥を運んでくれたおばちゃんだと、おさきが教えてくれた。おくめの様子を、見に来てくれたらしい。

「あんまり、ある人に似ていたもんだからさ。びっくりした」

女は言った。

「おや、誰にですか」

綾乃は思い当たることがあって、問いかけた。女は、今度は側(そば)によってじっくりと綾乃の顔を見直した。

「ごめんなさいね。よく見てみると、似ていない。第一ご新造さんは、お武家の髪型ですよね」

口の利き方が改まった。女の言うとおりである。着物は古着を揃えてもらったが、着方や髪型は前のままだった。

「よく見ると、あんまり似ていませんでしたがね。似ていると思ったのは、上総屋さんの亡くなったおかみさんにですよ。あたしもうちの亭主も、生きていた時にゃあ、たいそうご厄介になりましたからね」

女は気の良い、お喋(しゃべ)りな質(たち)らしかった。亭主は昔から切米の折りには、上総屋で荷運びの仕事をしていたという。その縁で馴染(なじ)みとなり、親しく面倒を見てもらうようになった。

「うちの亭主は、昔は怠け者でさ。雨が降った、頭がちょいと痛い、それですぐに仕事を休もうという男でね。でもそんなんで休まれちゃ、おまんまの食い上げですからね。そのままにはできません。上総屋の旦那もおかみさんも、仕事には厳しくて、うちの亭主も二人のことを怖がっていたんです。ぐずぐず言う日は、あたしがおかみさんの所へ言いつけに行きました。すると襷掛(たすきが)けしたおかみさんが、すりこ木持ってね、亭主を追い出しに来てくれたんですよ」

「…………」

「へたな言い訳すると、おかみさんは本当にすりこ木で尻をぶちましたからね。亭主は、青い顔して出かけていきました。あの人は、きれいな人でしたが、怒るときれいなだけに凄(すご)みがあってさ。でも、亭主が崩れた米俵の下敷きになって足の骨を折った時は、旦那さんと一緒に親身になって面倒見てくれました。上総屋さんに関わっていた人なら、あのおかみさんに一度や二度は世話になっていますよ」

「気丈な方だったのですね」

「そりゃあそうです。神田の米屋の娘で、ちゃきちゃきの江戸っ子でしたからね。札差っていやあ、あこぎな金貸しだって言う人もいるけど、あのおかみさんを見ていると、そんな感じはしなかった。それが流行り風邪で、あっけなく逝っちまってね。惜しいことをしました」

　お夕がよくできた女房だったとは、錠吉からも聞いていた。人足を、すりこ木を持って追いかけるのは、武家の新造には見かけない。だが、上総屋を支えていたおかみだということは、充分に理解できた。市三郎は安心して、金主探しの旅に出たことだろう。風邪で命を落とそうとは、思いもしなかったはずである。

　札旦那には、決して親しまれている上総屋とは言えないが、町の人の話を聞けたのは幸いだった。

「おたくさまは、上総屋さんでどのような？」

　女は急に、綾乃に興味を持ったらしかった。値踏みするように見詰めた。物見高い性格でもあるようだ。

「はい。それでは、この子を送りがてら、帰らせて頂きます」

　坂東に繋がる人間だとは思えなかったが、あれこれ聞かれるのは、やはり具合が悪かった。挨拶を済ませると、おさきと土蔵小屋を出た。

歩いていると、おさきが手を握ってきた。ごく自然な握り方だった。

闇の中に、二人の足音が響いた。神田川から、夜風が吹き上げてくる。もう、震えるような冷たさはなかった。提灯の淡い明かりの中を、桜の花びらが舞っていた。

綾乃は歩きながら、今の女の話を、頭の中で反芻した。襷掛けをした、一人の女の後ろ姿がぼんやりと見えている。

お夕が死んだ六年前といえば、綾乃は二十だった。病がちの母親に代わって家計の切り盛りを、さかんにしていた頃である。婚期を失しかけていることには気付いていたが、食うにかつがつの暮らしで、母の病のことと夕餉の膳のことばかりを考えていた。

お夕が、流行り風邪をこじらせて死んだのは、おそらく今の自分と、同じ年頃だったのではないかという気がする。

「はたして私は、お夕さんのような女に、なることができるのだろうか」

胸の内で、つぶやいた。そしてどきっとした。

お夕と自分を比べている。市三郎の顔が、脳裏に浮かんだ。

七

洗濯物を干していると、チッチッチロロと小鳥の囀りが聞こえてきた。声のした方を見ると、屋根の庇の上に雀よりやや大きいくらいの鳥が止まって、鳴いている。濃い栗色に赤の交じった羽の色が美しい。頬白だった。

一羽きりで、これからどこへ飛んで行こうとしているのか、迷っているようにも見えた。籠から逃げてきた飼い鳥かもしれない。

心地よい音色なので、綾乃は手を休めて耳を澄ませた。だがいざ聞こうとすると、頬白は高い空に向かって飛び立って行った。

洗濯を終えると、綾乃は市三郎と勘兵衛に茶をいれて出した。朝のうち、札旦那の姿はなかった。店先から、春の風が流れてくる。すがすがしい風だった。

風邪をこじらせたおくめの容態は、ほぼ完治に近い状態になっていた。持病の足の病いについては手の施しようもなかったが、おさきと綾乃でした看病が功を奏したらしかった。気候が良くなったことも大きいかもしれなかった。胸を撫で下ろした。

市三郎と勘兵衛の話し声が、店の中に響いている。回向院で始まった、青山善光寺のご開帳の賑わいについてが話題だった。

暖簾を分けて、人の入って来る気配があった。二人の会話が止まった。

「おや、忠七さんじゃないか」

店から市三郎の声が聞こえて、綾乃は出てきた店の様子を奥から振り返った。富裕な商家の番頭風の出で立ちは変わらない。濃い眉に整った顔立ち、酷薄そうだが見ようによっては利発に見える眼光。あこぎな儲け話を持って店に現れたのは、半月ほど前だった。

忠七は、一人で来たのではなかった。しかも連れは男ではない。洗いざらしの木綿の袷。その顔を見て、綾乃は声を上げそうになった。

松尾である。

「いつも、お世話になっております。今日は、先だってお話しした件で、お客様をお連れしました。こちらさんの札旦那葛城桝之介様のご新造様です。お顔はご存じでしょうが」

何も言われる前に、忠七は履物を脱いで畳の間に上り座った。口元に笑みを浮かべている。松尾も同様に、その隣に座った。思い詰めた顔をしていた。

「先日申し上げましたご金談については、こちら様はすべてご承知です。金主様もたいそう喜んでおいでですので、後は上総屋さんが、奥印を捺してさえ頂ければ、この話は決着となります」

顔には笑みを浮かべているが、目には狡そうな輝きがある。有無を言わさない強引なものが口ぶりにあった。忠七は、懐から一枚の紙切れを取り出した。すでに必要事項が墨書された、借用証文である。

「ちょっと待ってくださいな。あんたいったい、何を言っていなさるんだ」

気色ばんだ勘兵衛が、声をはさんだ。苛立っている。この件については、市三郎はまだ承諾をしたとは言っていなかった。取りあえず話を聞いたというだけの状態で、忠七は引き上げて行ったのである。

「困りますな。こういうことをされては」

苦々しげに、勘兵衛は続けようとした。しかしその時松尾が、畳に両手をついた。

「お願いでございます。何としても、三十両の金が入用なのでございます」

喉の奥から、絞り出したような声だった。松尾が金に窮していることは、半月ほど前に金談に訪れたことで分かっている。不慮の事故で夫が怪我をした。その治療代に、二両が必要だというのが金談の内容であった。

三十両とは、いったいどういう風の吹き回しだ。

「主人は、崩れてきた石垣で肩と腕の骨を折りました。骨は、徐々に治りかけていますが、痛めた腕の筋は具合がよくありません。そのため筆を持ちましても、これまでのように文字が書けなくなりました。このままでは、お役を失います」

松尾の夫は、禄八十俵の評定所書物方だった。筆が持てなくなっては、お役は務まらない。

「幸い、近くお役替えがあると聞きました。しかるべき方にご相談しましたら、御天守番衆に空きができるとのことでした。早速に御願いいたしましたが、手土産が何もなしでは、話がどうなるか覚束ないのです。ここはなんとしても、御用立てを頂きたいのです」

　お役を失すれば無役となり、小普請金をお上に上納しなければならなくなる。逼迫した家計の中で、これは痛い出費だ。出世の道も完全に絶たれる。天守閣の守衛を主たる業務とする御天守番衆は、平穏時には花形の役ではない。だが禄高は百俵であった。この二つの違いは、大きい。

　三十両の金は、禄八十俵の家にとって、ほぼ一年分の収入に値する。堪えがたい出費だが、御天守番衆として出仕し直すと覚悟を決めたと受け取れる。二十俵の増収をないものと思えば、借金はいずれ返済できると踏んだのか。

「そうでございますか。しかしご借用の条件を、本当に分かっているのでしょうか」

　浮かぬ声で言うと、市三郎は借用証文を手に取った。

「期限は六カ月限り。今年は八月が閏月ですのでその月となりますが、秋の大切米までは二月の期間があります。これでは借り直しをしなければなりませんな。しかも利息は、金一両について月二匁。これは年利にすると四割となります」

　松尾はこれを聞いて、はっと顔を上げた。承知してはいたのだろうが、利率を聞いて、あらためてその値の大きさを感じたのかもしれなかった。四割は、札差から普通に借りた場合の倍をはるかに超えた率だった。一年や二年で、返せるものではない。利息は元金に繰り込まれて、さらに次の利息を産んで行く。

高利貸しそのもののやり口だ。

「それに、ここには記されていませんが、奥印を捺した礼金が一割の先引きとなります。これは、どこでもしている当然の礼金ではありますが、証文の切替のたびに必要となるのですよ」

「…………」

松尾の顔が、歪んだ。今にも泣き出しそうに見えたが、それは綾乃の勘違いだった。居住まいを正すと、もう一度市三郎に両手をついた。思いつめた目で見上げたが、声音はしっかりしていた。

「では上総屋殿。札差としてご融通くださいませ。それならば、利率は規定の一割八分となりましょう」

市三郎が、何かを言おうとした。しかし帳面を手にした勘兵衛が、言葉を切った方が早かった。

「おたく様は、すでに二年先の切米まで、担保としてお預かりしております。この上三十両というのは、できない相談でございます」

番頭の勘兵衛は、情に動かされる男ではなかった。札差の番頭としては、当然の言葉なのかもしれなかった。松尾の目に、涙の膜が浮かんだ。

それまで黙っていた忠七が、片膝を乗り出した。

「そこでです、上総屋さん。奥印を捺して頂きましょう。せっかくの御天守番衆のお役を、今失しては後々の後悔になってしまいます」

　後半を、松尾に向かって言った。はっとした松尾は僅かに瞑目したが、しぶしぶうなずいた。それを見て、市三郎が言葉を引き取った。

「それならば、数日待って頂きましょう。事情も事情ですからな。もっと低利で貸す金主を、捜してきましょう。うちでは、いくら奥印を捺すだけの金談でも、利率が二割五分を超えるものはやっておりません」

「いや、それでは間に合いませんよ」

　忠七が、じりと松尾に詰め寄った。強い口調だった。

「よくお考えください。もし同じように数十両の金を土産に持って、こちらより先に願いの筋を申し上げに行った者がいたら、どうなりましょうか。一刻も早く、金を持参して、お頼みをしなければならないのではないですか」

　松尾は青ざめた。瞬きもせずに、忠七を見返している。これではまるで脅しだった。何としてもここで、この金談をまとめる腹である。

「さあ、どうなさるんです。このままでは、無役に落とされるのは、目に見えているではありませんか。ご主人様も、これはとうにご承知のことです」

　そう言ってから、懐から袱紗包みを取り出した。松尾の膝の前に置く。そしてゆっくりと包みを解いた。中から出てきたのは、きらりと輝いた、三十枚の小判だった。

「これを持って、すぐにでも、御天守番衆のご依頼に行かれるべきです」

「分かりました」

松尾は小判を見て、息を呑んだ。肩が小さく震えた。覚悟が決まったということであった。

「お待ちくださいませ」

柱の陰で聞いていた綾乃は、店に飛び出した。堪えていた堰が切れたのである。忠七らの前に座り込んでから、初めてはっとしたが、引っ込むつもりはなかった。

「三十両で、お役が手に入るというのは、確かな話なのでしょうか。松尾様、いかがでございます」

「あっ、あなたは……。綾乃様、いったいどうしてここに」

驚きの顔で、こちらを見た。しかし、それにかまってはいられなかった。

「ご挨拶は、後でさせて頂きます。ご存じのように、私の里は無役でございました。しかし父の死後、弟に良いお役を世話しようという方が現れました。藁をも摑むつもりでお願いしましたが、それには四十両の礼金が必要だと言われました。園田の家に、四十両の金なぞあるわけがありません。札差から奥印を捺してもらい、あなたと同じ四割の利率で借り入れたのです。高利なのは分かっていました。でも、役にさえ就けば何とかなると考えていたのです」

「………」

「しかし、お金を渡しても、何の沙汰もありませんでした。依頼の相手に、何度も催促をしましたが、返事は貰えません。仕舞いには、会ってもくれなくなりました。四十両の受け取りなぞ、貰うことはできません。どこにも泣きつくことはできず、借金だけが残りました。私が大身旗本の屋敷へ、側室として行かざるを得なくなったのは、その利息の払いができなくなったからです。そのことは、ご存じのはずではありませぬか」

園田の家で起こった金にまつわる事件については、誰にも話しはしなかった。しかし近隣に住んでいた者たちは、数日の後には、すべての事情を知り尽くしていた。

「いかがですか。三十両で、必ずお役は手に入るのですか。確約をされたのですか」

「いえ。そ、それは……」

狼狽した。役を得んとして、しくじった話は枚挙に遑がない。

「そうでしょう。それにこの金談は、高利でもありますが、それだけではないのです。期限が過ぎるごとに一割の礼金を支払うだけではありません。その都度元利合計を新しい元金にして借用証文を書き替えさせます。そして旧証文の最後の月を、新証文の最初の月に組み込んでしまうということも企んでいるのです。これは月踊りといって、一月分の利息を書き替えごとに二重取りをするものです。とんでもない借金を、抱え込むはめになるのですよ」
「でも。それならばどうすれば良いのでしょう」
肩を落とした。顔を歪めている。あれこれ思いあぐねて、判断ができなくなっている
のだ。息遣いが荒い。
「待ってもらいましょう。いったいあなたは、誰なんですか」
忠七が、綾乃を睨みつけていた。ぞくっとするほど、鋭い眼光だった。冷たさの中に、
憎しみがあった。
「松尾様の、古い知り合いです」
睨み返した。激しい怒りがあった。こういう男が、かつがつ暮らしている蔵米取りの、
その上前を撥ねている。
お前は、人の滓だ。蛆虫だ。
そう思って睨み続けた。正義はこちらにある。お前は人を、嵌めようとしているだけ
だ。役取りにしくじった後の松尾の身の上に、爪の先ほどの慮りも寄せてはいない。松
尾も、自分が坂東の屋敷へ行くはめに陥ったのと同じ轍を、踏むことにならないとは言
い切れないだろう。
全身に怒りが込み上げてきた。それは、単に松尾の金談についてだけではない。綾乃
自身が受けた、高利貸しへの消しがたい怒りであった。

引っ込め。お前なんか、引っ込め。
どれほど、睨み合ったことだろう。しかし……。忠七は怯まない。
忠七の目の奥からも、汲み尽くせぬほどの憎しみが湧き上がってくる。後ろめたさなぞ、欠けらほども持ってはいない。粘り着くような目が、綾乃の目線に絡みついてくる。それには、追い詰められた者の切実ささえ交じっているではないか。

　これは、どうしたことだ。

まるで真剣を携えて、向かい合っているようだ。

　儲け話のために、それほどまでに憎しみを持ち続けることができるのか。いやそうではない。この金談で忠七に入る金は、多くても数両。決して少ない額ではないが、この男は、金だけのために動いているのではなかった。直参の侍に、激しい憎しみを持っているのだと気がついた。

「よろしい。こうしましょう」

　市三郎が、待ったをかけた。待ったをかけられなかったならば、睨み合いはいつまで続いたか分からなかった。

「今日は、これでお帰り頂きましょう。明日までじっくりお考え頂いて、それでもご入用だというのならば、再びお越しください。いかがでしょうか」

「はい」

松尾は、縋るように市三郎の顔を見るとうなずいた。

「喜助。お屋敷まで、お送りしなさい。忠七さんは、今日はもうこちら様とは関わってはいけません。よろしいですね」

忠七が、松尾を送ろうとするのを呼び止めた。毅然とした声だった。あれこれ言い募ろうとすることに釘を刺したのである。

腰を上げかけた忠七は、ふて腐れたようにぺたんと尻を落とした。

八

綾乃は、松尾の後ろ姿を見送ると、すぐに奥に引き下がった。気付かなかったが、いつの間にか、他にも札旦那がやって来ていたのである。松尾の金談にばかり頭が行っていて、これに気付かなかった。

「何ですかい、あの女は。いちいち口出しをされては、かないませんな」

四半刻ほど、市三郎を相手に管を巻いてから、忠七は帰った。

綾乃は自室に戻って、頼まれていた乙助の繕い物を始めた。裾のほつれを見つけて、直してやると預かっていたのである。興奮が残っていて、うまく針が使えない。手を留めて、松尾のことを考えた。

怪我をした夫と、今日一日話し合うことになるだろう。決めるのは自分ではない。金で役を買うのは不正だが、高利を覚悟でどうしてもというのならば仕方がない。園田の家でもしたことであり、珍しいことではない。ただその金が捨て金になってしまっては、身も蓋も無かった。

そして忠七の、粘り着くような目の光が瞼に残っていた。しぶとい男だった。坂東志摩守もしぶとい男だったが、そのしぶとさには違いがあった。忠七には、追い詰められた者の切実さが籠もっていた。

札差の家に生まれ、棄捐令によって家業を潰した。十六年前の恨みが、いまだに根を張っていることに、綾乃は衝撃を覚えた。

しばらくして、足音がした。振り返ってみると、錠吉だった。

「ちょっと、気になることがありましてね」

綾乃が縫い物を片付けると、座った。

「忠七とやり取りをしている間、もう一人札旦那がいたのに気付いていましたか」

「いいえ。後になって、気付きました」

嫌な予感がした。ちらと見た限りでは、知った顔ではなかった。

「私が相手をしていたのですがね。どうもあなたを知っている様子でした」

どきりとした。こちらは知らなくとも、向こうがこちらを見知っていることは、珍しくはない。特に坂東家に出入りしていた者ならば、自分の顔を知っている者は少なくなかろうという気がした。

「名は何と」

「天木様です。勘定方の札旦那です」

「存じませんが」

名を訊ねられたというのである。仲働きの者だと答えて、名前は教えなかった。逆に錠吉が、顔見知りなのかと聞き返すと、天木は慌てて首を振ったそうな。

「私の、取り越し苦労ならばいいんですがね」

蔵宿師を相手に、仲働きの女中が睨みあったのである。どんな女だと、興味をそそられたとしても不思議はない。しかし、やはり気になった。

坂東屋敷を逃げ出してから、二カ月あまりがたつ。その間、捜索の手から逃れることができたのは、上総屋の奥にじっと潜んでいたからに他ならない。だが考えてみれば、札差は多数の武家を相手にした商売である。出入りする者の中に、坂東志摩守と繋がる者が一人もいないと考える方が不自然だった。

この二月の間、坂東は自分を捜し続けている。探索の手が、実はすぐそこまで来ているのではないか、そんな怖れが綾乃の胸を捕らえた。

坂東屋敷の様子を、知りたいと思った。けれども、自ら忍んで行って様子を探ることはできない。誰かから話を聞けないか、そう振り返ってみて一人の娘の顔が浮かんだ。

他には、聞き出せる相手はいない。行儀見習いに上がっていたお邦である。

「お願いがあります」

綾乃は、錠吉にお邦を呼び出す手だてをはかったのだった。


広い川面に、荷船や猪牙舟が艪の音を立てて行く。白い航跡が静かに水面を揺らし、映っている空の青や雲の色を散らした。両国橋を見上げると、小さくなった人の行き来が見え、喧騒が伝わってきた。堤に植えられた桜はあらかた花びらを落とし、緑の葉を芽吹かせ始めていた。風が柔らかい。

綾乃は錠吉に連れられて、上総屋裏手の掘り割りから舟で大川へ出た。昼間の明るいうちに、こうした広い場所へ出るのは久しぶりだった。舟は両国橋を潜り、川下へ向かって行く。左手にいくつもの船庫の並んだ御船蔵が聳えていた。

新大橋を越えると、川幅が広くなった。右岸に沿って舟が進むと、大名屋敷に挟まった支流に入って行く。二つ目の橋の手前で、舟を下りた。川は十字に交差して、対岸に白塗の土蔵が並んでいるのが見えた。

「ここですよ」

行徳河岸の船宿で、お邦と会うことになっていた。錠吉に導かれて、綾乃は『川甚』と看板の吊された建物に入った。

錠吉はやり手だが、坂東屋敷に住み込んでいるお邦と、連絡を取るのは難しかろうと想像していた。しかし三月は、御殿女中の宿下がりの時期でもあった。行儀見習いに上がっている娘は、みなこの日が来るのを楽しみにしていた。

お邦は、芝神明町の蠟燭屋の娘である。錠吉がこの家に連絡を取ると、幸いなことに今日は、宿下がりで戻って来ていると分かった。明日には、屋敷へ戻らねばならない。急遽、会う機会が持たれた。

「綾乃様、よくご無事で」

一人になって部屋に入ると、先に来ていたお邦が言った。安堵の色が、はっきりと顔に浮かんでいた。髪かたちも町方の娘の作りになっている。二月前の雪の夜の出来事が、ひどく昔のことに思われた。

「あなたも。私を逃がしたことがばれるのではないかと、はらはらしていました」

お邦は、賢い娘である。綾乃の健勝を確かめると、それ以上の余計なことは訊ねなかった。間に入った錠吉も、上総屋の名前を出してはいない。

「あの夜の殿様のご立腹の様子は、近ごろにはないものでした。手ぶらで戻られた用人の石黒殿を、幾度も打擲なさいました。地べたに倒れてからは足蹴にされて。あまりの激昂ぶりで、どなたも止めることができませんでした」

「そうでしたか」

石黒八十兵衛は三十代半ば、譜代の用人である。腹心だった。何をするにも一目置いていたが、それを殴り足蹴にしたというのは、坂東の怒りの深さが尋常ではないことが伝わってきた。

「御側衆の神崎様へのおもてなしを、綾乃様にさせる約束がはたせなくなった。それがご立腹の最大の理由です。殿様はさらに上の役を望んでいますから、神崎様のご機嫌を損ねたのが、いたくご不満なのでしょう」

「なるほど。そうだろうと思っていました」

「家中の者に、八方手を尽くして捜させました。園田様の遠戚にあたる家まで、虱潰しに当たったと聞いています。でも、何の手掛かりも摑めませんでした」

「…………」

「そこで業を煮やした殿様は、南町奉行所の与力のもとへ、密かに探索の依頼をしました。かなりの金子を、包んだようです。ご機嫌の悪いのが続いています。二カ月たった今でも、三日にあげず、石黒殿を奉行所へ様子を聞かせに行かせているとのことです」

町奉行所までが自分を捜しているとなると、心胆を寒からしめた。いずれほとぼりの冷めるのを待つ覚悟でいたが、二月という期間は、何の足しにもなっていないことが、お邦の話で分かった。

「綾乃様を、殺しても飽き足らぬやつと言ったそうです。雪の中を追いかけて怪我をした中小姓も、打擲された石黒殿も、綾乃様を恨んでいます。どうぞこれからも、身辺には気をつけてくださいまし」

「ありがとう。でも、あなたも気をつけてくださいね」

「はい。でも私は、近くお屋敷をお暇することになりました。あの屋敷にも、愛想が尽きましたので」

お邦の気持ちはよく分かった。借金があるわけではない。実家は、富裕な商家である。親が納得すれば、いつでも引き取ることができるのだった。

思いついて、天木なる侍が、屋敷に出入りしていないかどうか訊ねた。お邦はしきりに思い出そうとしたが、該当する者は思い浮かばなかったようである。繋がりのない者であることを願った。

四半刻ほど話をして、二人は別れた。


この日の夕刻、松尾は再び忠七に伴われてやって来た。一日一夜の熟慮の末、やはり借りることにしたというのであった。

「しかし、あの約定では奥印は捺せません」

市三郎はつっぱねた。すると今度は、忠七があっさりと身を引いた。先日の書きかけの証文を、破いて見せたのである。

「二割七分まで引き下げましょう。月踊りなどといったやぼなまねはいたしません」

金談がまとまらなければ、忠七の利益はない。そのことを踏まえた対応をしたのだろうと綾乃は考えた。しぶとい男だと思った。

「なにとぞ、お願いいたします」

松尾も両手をついて懇願した。泣き腫らしたような顔であった。

「仕方がありませんな」

市三郎はつぶやいた。上総屋ではごく稀にしか扱わない利率だが、他の札差では特別な数字ではなかった。

「よろしいのですか」

勘兵衛が念を押した。

「ありがとうございました」

返事を聞かないうちに、忠七は声を張り上げた。

そしてさらに二日後の夜、上総屋の店先に、札旦那ではない侍が姿を現した。頭巾を被った坂東志摩守と用人の石黒である。勘兵衛の茶碗を下げようとしていた綾乃は、悲鳴ともつかぬ驚きの声を上げた。

天木という先日の札旦那は、怖れていた通り、坂東に繋がる人物だったのである。

第三章　御蔵蜆

一

　坂東志摩守は、無遠慮に店の中をひとわたり見回した。頭巾は取らない。黒羽二重の紋付きに、魚子の羽織を着、鼠色をした竪縞の仙台平の袴を穿いていた。用人の石黒八十兵衛の他に、供を一人連れている。見覚えはない。身のこなしに隙がなく、腕の立ちそうな若い侍だった。

「このような場所に、おったのか」

「…………」

　低い声だが、綾乃の背筋を冷たくさせるには充分だった。

　綾乃を睨つけた。鋭い刺すような眼光で、その中にはっきりと凶暴なものが沸いているのが分かった。全身の怒りと苛立ちが、頭巾の奥の双眸から迸り出たのだと思った。

　恰幅の良い胸厚な体軀。高い上背。人を人とも思わぬ振る舞い。幾夜苛まれ、怖れたことだろう。我欲の塊、人の皮を被った獣。

もう何があっても、我が身には指一本触れさせはしない。屋敷を抜け出すにあたって、そう誓った。その思いは、一日たりとも忘れなかった。歯を嚙み締めて見詰め返した。

こんな男に、押し潰されてなるものか！

だが、上総屋に迷惑をかけることはできなかった。助けてもらい、世話になった。傷ついた体と心を癒してもらった。場合によっては、このまま店から逃げ出さなければならないとも考えた。

その覚悟はできている。

「どう足搔いても、おまえはわしから離れることはできん」

不敵な笑みが、口元に浮かんだ。それは醜く歪んで見えたが、眼光には射すくめられるような圧迫があった。獲物を追い詰めた猛禽の目である。

己の力を信じて疑わない、そういう傲慢さと強靭さが潜んでいる。これまでも、持ち合わせた財力、人脈のすべてを使って、思い通りに生きてきた。

負けてはならないと叱咤する。しかし見詰め返すのが、やっとだった。少しでも気を緩めれば、そのまま攫って行かれそうだ。ひどく長い時間がたったように思われた。その間、いたぶられているようにさえ感じた。

重なり合った目線を先にはずしたのは、しかし坂東だった。ゆっくりと踵を返すと、そのまま店の外へ出て行った。綾乃は、はっと息を継いだ。俄かに足が震え始めた。

綾乃の存在を確かめ、潜んでいる場所を見に来たのだと知れた。石黒だけが土間に残った。

「この店の、主人に会いたい」

勘兵衛は事を察して、慌てて奥の間の市三郎へ知らせに走った。店中の者は、見慣れない武家と綾乃との異変を感じて、息を詰めていたのだ。

待つ間、石黒はちらりとも綾乃に目を向けなかった。降りしきる雪の夜に、闇を分けて追って来た。あの時、連れ戻そうとして手を出した二の腕に、樫の杖で激しい一撃を浴びせた。手加減はしなかった。捕らえようと迫って来る者には、誰にでもそうしただろう。

倒れはしなかったが、体が傾ぐほどの痺れと痛みを与えた。顔が驚きで歪んだ。綾乃の小太刀の腕前については、坂東屋敷の者たちには知られていなかった。思いもしない、反撃だったはずである。そして屋敷に戻り、坂東の打擲と足蹴を受けた。

石黒は、奥の間に通された。床の間を背にして座らせたが、茶はもちろん座布団も出さなかった。

「さて、どういうご用件でございましょうか」

石黒に向かい合っているのは市三郎と勘兵衛、その後ろに綾乃が座った。障子は開け放たれている。庭から枸橘の花の香が匂った。

「綾乃殿を引き取りたい。それがしは、御留守居役坂東志摩守様の用人である」

　尊大な口ぶりだった。石黒の高飛車な物言いを、綾乃は何度も聞いている。出入りの御家人や商人はそれだけで震え上がった。けれども、市三郎は覚悟を決めていた。自分を守るつもりでいることが、背中を見ていて分かった。

「はい。元は、大身お旗本のご側室だったと聞いております。しかし今は、この上総屋でもろもろのお手伝いをして頂いております」

　市三郎は応えた。丁寧に頭を下げたが、どこかで相手を軽んじていた。相手は札旦那ではない。客ではないという態度である。それは石黒にも伝わっていて、顔が怒りに赤らんだ。激昂する札旦那を相手に、商いをしてきた札差である。こけ脅しに迫って綾乃を引き取って行こうという腹を、とうに見透かしていた。

「元ではない、今もだ」

　叱咤した。声が大きくなった。

「さようでございましたか。存じませんでした」

「本日連れて帰る。用意をしてもらおう。素直に渡せば、匿ったことは問わぬことにしてやろう」

　市三郎は、ちらと綾乃を振り返った。

「それはありがたいことです。ですが、できませんな。こちらはお屋敷へ帰ることを、望んではいません」

平然と言った。言いにくいことを言ったという響きではなかった。

「な、なんだと。これは、坂東志摩守様のお指図だぞ。殿は園田の家に、大枚の貸し金がある。それを承知で申しているのか」

「はい。しかしそのお指図の方が、無理でございます。金を貸した先の園田家は、とうに廃絶しております。すでにない家への貸し金など、何の意味がありましょう」

「そ、そうか上総屋……。だが逆らうと困るのは、その方だぞ」

腹立ちが言葉になった。膝の上で、握り拳を震わせた。石黒も、主人に似て下の者に対しては短気で堪え性がない。町人なぞ、取るに足らない者だと考えている。それだけに、怒りは強く深いはずだった。

ここでの一部始終は、尾鰭をつけて報告される。激怒した坂東は、報復の矛先を上総屋に向けるだろう。

「困る、とはどういうことでございましょうか。大身旗本のご側室が屋敷を抜け出した。こちらの方が重大事でございましょう。なにしろ御家の不始末。表立った騒ぎになれば、坂東様の御名前に傷がつくことになりまする。お困りになるのは、私どもではございません」

「おのれ……」

片膝突き出して言葉を呑んだ。興奮が高まると、この男の顔は赤くはならず青くなる。

市三郎を睨みつけたが、しばらくして、ほんの少し肩から力を抜いた。

「よろしい。それではその方らに、三十両を渡そうではないか。せっかく捕らえた鴨を、高く売りたいのであろう」

「…………」

「ふん、さすがに計算高い札差だ」

市三郎の僅かな沈黙を、承諾と取ったようである。見くびった目になった。すると市三郎が声を上げて笑った。さも愉快だという笑い方だった。

「石黒様とやら、お見下しになってはいけません。そのような端金で、嫌がる女子をお渡しするものではございませんよ」

「…………」

「いかがでございましょう。事が表沙汰になれば、坂東様の御名前に傷がつきます。私どもは、一切口を閉ざします。ですからそちら様も、なかったこととしてお諦めくださってはいかがでしょうか」

「き、きさまっ！　言わせておけば」

青白い顔に、脂汗が浮いた。そのまま持ち帰れば、今度は主に何をされるか知れたものではない。一度抑えた怒りが、あらためて吹き出したようだ。

刀を取って立ち上がった。鯉口を切ろうとしている。

だがその程度では、市三郎も勘兵衛も怯まない。札差の店先でなら、珍しくもないことである。

「おい、お客様のお帰りだ。お見送りをしなさい」

市三郎が言うと、隣の部屋から待っていたような錠吉の「はい」という返事が聞こえた。姿を現す。すぐにでも、飛び掛かれる体勢を整えていた。喜助や乙助の顔も見える。店中の者が、事が起こった場合に備えて、待機していたのであった。

「後悔するなよ」

投げつけるように言うと、足音を荒らげて石黒は去って行った。床の高い軋み音が耳に残った。

「塩を、撒きましょうか」

見送った錠吉が、戻ってくると言った。腹を立てていた。一人の女を捕らえるために、四人の侍が刀を抜いた。あの夜のことを思い出したのかもしれなかった。

「しかし、面倒ですな」

はあという、勘兵衛の小さなため息が漏れた。案じ顔である。

金談にしくじって、捨て台詞を吐いて去って行く札旦那は多い。いちいちそれを怖れていたのでは、札差の商売は成り立たない。事が起これば、札差仲間が手を携えて力を合わせ、立ち向かう段取りもできていた。また土地のご用聞きや同心にも、何かのためにと付け届けを惜しまず渡している。しかし石黒の捨て台詞には、これまでの幾多の脅しとは異なった威圧を感じたのは事実だった。相手は幕閣に繋がりのある、御留守居役を務める五千石の大身旗本である。

「そうですね。何かを企んでくるでしょうな。しかし、そう表立ったことはできないはずです。向こうも家中不行き届きで、面目を失うわけですからね」

もっともな言い分である。市三郎は、状況をよく見ていた。石黒は、金まで出そうとしたのである。力ずくで連れ出すつもりならば、交渉になど来なかっただろう。しかし勘兵衛の危惧も、当然だった。

「あまりなことをして来たらば、こちらもそれなりの対応をしてやればいいんです」

錠吉が口をはさんだ。普段は表に出さないが、この男は権力ずくにものを言う侍を憎んでいる。好き嫌いがはっきりしていた。

「起こったことを、一つ一つ片付けて行けばいいんです。多少の手間はかかりますがね。これまでも、そうやって商いをしてきました」

市三郎は、綾乃に向き直って言った。脅しを、口先だけのものと軽く捉えてはいない。しかし坂東に対して、歯向かうつもりでいる。そういう男を目の当たりにするのは初めてだが、それが武家ではないのが、綾乃にとっては驚きだった。

二

それから数日、雨が降った。濡れながらも盤台を担いで初鰹を売り歩く、魚売りの姿があった。背は鉛青色で腹は銀白色の魚体は、まだ肥えてはいない。目の飛び出るような高値だが、値切る者はいなかった。蔵前の札差の家では買い求めることがよくある。あこぎに儲けている、贅沢だといわれるゆえんだった。

四月八日の灌仏会には、綾乃は新茶を煮て仏に供え、卯の花を節分の柊のように店の門口にさした。松吉ら小僧に、甘茶を作ってやった。

憤って出ていった石黒だったが、まだ嫌がらせのようなことは起こっていなかった。ついに坂東に居所を知られてしまった。けれども遅かれ早かれこうなることは、分かっていたような気がした。

「なに、気にすることはありませんよ」

錠吉も励ましてくれた。

けれども何をしでかしてくるか、執念深い坂東の性癖を思うと、気持ちを緩めるわけにはいかなかった。市三郎はあくまでも庇おうとしてくれているが、頼り切ることはできない。戦うのは、あくまでも自分一人だと考えた。

綾乃はもう、店の奥にばかり引きこもってはいなくなった。やって来た札旦那に茶も出すし、店の内外の掃除もするようになった。金談を待ってやって来る札旦那に、用事を頼まれることもあった。同じ武家の出だから、苦しい蔵米取りの家計の事情が分かる。その気持ちが、僅かな言葉尻にも出た。

「なかなか、気働きの利くお女中ではないか」

時には繰り言を聞いてやる。女気のない上総屋だったから、おおむね客の評判は悪くなかった。

「どちらのご妻女でござるかな」

よく問われる。綾乃は笑って答えない。しつこく問われた時は、家の禄が召し上げられて働くようになったと話した。ほとんどの者は、それで納得した。

『さよう、然らば、御もっとも、そうで御座るか、確と存ぜぬ』

何もせず、言質を取られるようなことはいっさい言わない。保身に徹していれば、禄を失うことはない。しかし、些細な言動から家を潰す者がないわけではなかった。跡継ぎの問題や、思い掛けないしくじりをしてしまうこともある。浪人となった侍の悲惨な暮らしぶりは、苦しいとはいっても蔵米取りとは比較にならない。

綾乃を見る札旦那たちの目に、ちらと同情がよぎる。

「その方が、坂東様のお屋敷にいた女子か」

札旦那の一人に声をかけられた。四十前後の、御徒衆（おかち）である。喜助との金談を済ませた後だった。値踏みするような目で、綾乃を見た。

「さようでございますが」

知っている者に、隠すつもりはなかった。むしろ相手が、どういう出方をするのか探っておきたかった。

「身の程を知らぬと、この店は潰れるぞ」

「あの方は、何を企んでいるのでしょうか」

「さあ、分からん。しかしその方らは、怒らせたようだ」

詳しく訊（たず）ねようとしたが、男はそれきり立ってしまった。脅したのではない。己の思いを口に出しただけだと察しられた。しかしそれ以上の話を続ける気持ちは、ないようだった。

「お待ちください」

声をかけたが、振り返らなかった。不吉な予感がした。上総屋が潰れるという話は、聞き捨てならないことだった。

「ちょっと、来てもらいましょうか」

気がつくと、すぐ後ろに勘兵衛が立っていた。厳しい顔つきをしていた。今の札旦那とのやり取りを、聞いていたらしかった。

人気のない台所で話をした。

「坂東志摩守という旗本の噂は、私も他から聞きました。やり手の人物のようですが、質は悪そうですな。執念深そうだ。それに幕閣の中にも、ごく近い縁者があるそうではないですか。敵に回すには、厄介な相手です」

「はい」

「私は、あなたのような気働きの利く人が、上総屋にいるのは良いことだと考えています。あなたがいると、札旦那の顔つきが、どことなく柔らかになる気がしますしね。旦那様も、錠吉たちも、いてくれることを喜んでいる」

勘兵衛は、そこで言葉をいったん止めた。僅かに迷う風を見せたが、話を続けた。

「できることなら、長くいて頂きたいのです。あなたの事情も、よく分かっていますから……。しかし私は、番頭です。この店を守らなくてはなりません。上総屋を潰してしまうかもしれない火種を抱えていることには、承服できかねます。できるだけ早くに、出ていってもらいたいのですよ」

あっと声が出かかった。店を守ることを第一に考える立場にあれば、当然の申し出だった。そういう考えの者がいることに、思いが及ばなかった。坂東に抗することばかりに、頭が行っていた。

「分かりました」

と、綾乃は応えた。己のことばかりを考えていた自分に、恥じる気持ちがあった。

綾乃がいるからといって、必ず店を潰されるとは限らない。しかし坂東志摩守を敵に回すのは、大きな危難に立ち向かうことに他ならなかった。本来の稼業にも、支障をきたすだろう。

番頭として棄捐令以後、身を粉にして働いて、潰れかけた店を立て直した。いきなり現れた武家女の抱えた悶着に、巻き添えを喰って再び店が傾くのは、承服しがたいだろう。

市三郎や錠吉はともかく、喜助や乙助は石黒が来て以来、綾乃への接し方が微妙に変わったと感じていた。坂東によって起こされるはずの危難に、口にこそ出さなかったが、不安を感じているのは明らかだった。

「さっそく今夜にも出て参ります。お世話になりました」

出て行くことにためらいはなかった。市三郎や錠吉にはもちろんのこと、勘兵衛にも感謝の気持ちは大きかった。今日まで、縁もゆかりもない自分を気持ちよく置いてくれた。数年来、あこぎな高利貸しとしか意識していなかった札差に、筆舌には尽くしがたい世話になったのである。

「これは些少ですが」

勘兵衛は懐から、紙に包んだ金子を出して、板の間に押し出した。

綾乃は深く頭を下げたが、受け取りは拒否した。金を貰うつもりはなかった。店を出た後のことを慮ってくれた、勘兵衛の気持ちだけは有り難く貰うことにした。

荷物など、何もない。女が一人数カ月暮らせる程度の金と、父から貰った樫の杖があるきりである。しかし体がもとに戻った以上、何をやっても生きて行く覚悟はあった。ただ、松吉から繕い物を頼まれていた。おさきには、苗売りから朝顔の苗を買ってやる約束をしていた。この二つだけは、はたして行きたかった。

松吉の繕い物を済ませ、いつものように晩飯の用意を済ませた。苗売りの声がなかなか聞こえないので気を揉んだが、暮れ方近くに振り売りの声を聞いて、通りに飛び出した。台所の片付けを済ませ、使っていた部屋の掃除をした。そしてそっと上総屋を出た。誰にも、挨拶はしなかった。

裏木戸を出る時、一抹の寂しさがあった。だが自分が店を出ることで、上総屋が被らなくともいい危難を避けることができるのならば、それは綾乃にとっても何よりのことだった。この店は、いつまでも蔵前のここにあってほしい。

背後に枸橘の花のにおいがした。表通りに立って、さてどちらへ行こうと思案をしていると、声をかけられた。

市三郎だった。どきりとした。

「どこへ行くのですか」

「はい、すぐそこまで用足しに」

「用足しに、杖を持って行くのですか」

そう言われて、返答に窮した。

「戻りましょう。話をしておきたいことがあります」

有無を言わせぬ響きがあった。市三郎の居間で、話を聞くことにした。勘兵衛も、呼ばれてやって来た。

「勘兵衛があなたに話したことについては、聞きました。番頭として、当然のことを言ったのだと思います。しかし私は、それでもここにいてほしいと考えています。それはあなたのためにではなく、私のためにです」

「どういうことでしょうか」

腑に落ちない話だった。

「私には、お夕という死んだ連れ合いがありました。ご存じでしょうか」

「はい、聞いておりました」

お夕という女に、自分は似ているところがあるという。しかし、似ているところがあるから庇おうというのならば、それは受け入れられないことだと思った。店を傾けてまで守らなければならない理由ではない。

「お夕は、どうということのない風邪をこじらせて亡くなりました。それまでは体の丈夫な女でしたから、寝込んでいても気にも止めなかったのです」

　この話は、前に勘兵衛から聞いたことがある。棄捐令以後、傾いた店を立て直しつつあった。より低利で貸してくれる金主を求めて、市三郎は関八州を歩き回っていた。ようやく都合の良い金主に巡り合えた。その頃お夕は、流行り風邪をこじらせたのであった。

「あれは体のことを、私に何も言いませんでした。気丈に振る舞っていたのです。明日から数日旅に出るという日に、珍しく朝から寝込んでいました。よほど辛かったのでしょうな。ですが私には、一日寝ていればじきに良くなるからと笑って言いました。私は、実はその時、お夕の病状が、只ならぬ状態にあるのではないかと感じていたのです。顔つきを見ていれば分かりました。しかし気付かぬ振りをしたのです。一日寝たぐらいで良くなる症状ではないことを知りながら、後を託して江戸を出たのです。私はせっかく掴みかけた金主を、手放したくなかった。その金主がいれば、札差としての商いがやりやすくなる。そればかりを考えていました」

「…………」

「あの頃、どこの札差も棄捐令に懲りて、長期での多額の金融を拒むようになっていました。貸し渋りをするようになっていたのです。札旦那は、反発の度合いを強めました。助けられた棄捐令さえ、恨みの対象にして、強談判で札差に迫ってきたのです。私がいなければ、お夕を出せと怒鳴ります。具合が悪かろうと、熱があろうとお構いなしです。

そのことを分かっていながら任せて、いや押しつけて、私は旅に出たのでした」

市三郎はそこで、自らの怒りを抑えるように、ふうと太い息を漏らした。

「商いは、うまくいっています。あの時の金主とは、今でも強い繋がりを持って関わっていますが、お夕はそれがもとで亡くなりました。たかが風邪をこじらせたくらいで、死ぬわけがないと、自分に都合の良いようにこじつけたのです」

「いいえ、あの時旦那様は」

勘兵衛が何かを言おうとしたが、市三郎は目でそれを封じた。

「もし、あの金主を摑めなかったならば、上総屋は潰れてしまうかもしれない。そういう場合だったら、私は自分の命を捨ててでも店を守ろうとします。それは商人としての、身上です。お夕の命でも同じことです。共に死んでもかまいません。けれどもあの時、あの金主がいなくても、店は潰れなかった。苦しい状態が、もう少し長引いただけだった。そうではないですか、番頭さん」

「は、はい。確かにそうでした」

「私が後悔しているのは、その点です。お夕は、死なせずに済んだはずでした。このことは、六年の間ずっと私の胸を締め付けてきていました」

「…………」

「ですから綾乃さん。あなたの何気ない素振りから、お夕の姿を感じた時は驚きましたよ。蘇(よみがえ)ってきたのではないかと考えたくらいでした」

　庭から、風が吹いてきた。柔らかい風である。枸橘の香が、ほのかに交じっていた。行灯(あんどん)の灯芯が微(かす)かに揺れた。市三郎は綾乃にひと膝近づいた。

「そういう訳ですから、あなたのために、上総屋を潰すわけには行きません。しかしただたいへんだ、苦しいというだけで、あなたを追い出すこともできないのです。坂東志摩守は、力のある悪辣な男です。何をするか分からない不気味さがありますが、表立って何かをしてくることはありません。あの男にも面目がありますからね」

「…………」

「凌(しの)げるだけは凌いでみましょう。やるだけのことをやらずに、あなたを追い出せば、私は救えるかもしれなかった女の人を、二人も見捨ててしまうことになります。江戸の蔵前でお武家を相手に店を張る商人としても、情けないことです。それでは死んでいったお夕に、あの世で会って言い訳ができません。あなたに手を貸そうとするのは、私のためでもあるのですよ」

　綾乃には、応えようがなかった。情の濃い男だと思った。顔を、見詰め返した。

「分かりました」

　綾乃がものを言う前に、勘兵衛が言った。覚悟を決めた声だった。

「上総屋にいて頂きましょう。旦那様の気持ちは分かりました。できるだけのことをしてみようではありませんか。いずれにしても一度は匿ったわけですから、その恨みが続く限りは、たとえいなくなっても何かをして来ることでしょう」

市三郎は、うなずいた。

まだ二十半ばという歳で亡くなった、お夕という女のことを綾乃は考えた。

三

土蔵の壁際に、鉢植えが三つ並んでいた。細く割った竹の棒が差してあるが、まだ蔓が絡まるには間がありそうだった。苗は、ようやく一寸半（約四・五センチメートル）ほど伸びたばかりだった。

昨夜、松吉に届けてもらった朝顔の苗を、おさきが鉢に植え直した。傾きかけた日が、苗を照らしている。

晩飯の菜にした筍の煮付けは、やや多めに作った。綾乃は小鉢に分けて、おくめとおさきのために持って来た。おさきの姿は、まだどこかで手伝い仕事をしているのか見えなかった。おくめが、丁寧な礼を言って受け取った。

気候が良くなって、寝込むようなことはなくなったが、持病は相変わらずで、物にすがらなければ立つのも億劫らしかった。

煮付けを置くと、綾乃はすぐに上総屋への道を足早に歩いた。なるべく人通りの多い道を選んで行く。坂東の手先が、見張っていないとも限らない。道行く人を見る目が、注意深くなった。

「おや」

福井町の通りで、錠吉の姿を見かけた。昼過ぎに、市三郎の用で、どこかへ出かけていた。その帰り道だと思ったが、一人ではなかった。若い娘と一緒である。御本手縞の着物に赤い帯が似合っていて、垢抜けている。

娘はどこかつんとした顔つきで、錠吉がしきりに何やら話しかけていた。怒らせた娘の、ご機嫌取りをしている気配だった。頑固な札旦那を相手に、金談をしている時のような張りつめたものはない。だがご機嫌を取り結ぼうとしている様子は真剣で、思い掛けない一面を見た気がした。斜め前数間のところにいる綾乃に気付かない。

錠吉は、深夜脂粉のにおいをさせて戻ってくることがある。酒は飲めないが、どこかの商売女を相手にしてきているのだと考えていた。

しかし娘は、堅気の町娘である。見覚えがあった。浅草橋の手前茅町二丁目にある、甘味屋の娘だ。四十年配の母親と二人で、小店の商いをしていた。おくめの住む土蔵への道すがら、店の掃除をしている姿を見かけたことがあった。

歩みを緩めて、そのやり取りを眺める。二人は、昨日今日知り合った仲ではなさそうだった。娘の様子に、遠慮のない甘えと不満が出ていた。

「あれは、そんな女じゃない。ただの知り合いさ」

声が聞こえた。錠吉は言い訳をしていた。けれども、何を言われても納得しないふうに見えた。娘は明らかに錠吉を好いている。好いていながら、男に対して腹を立てていた。気の強い意地っ張りな質らしく、けんもほろろの様子である。

「あんたの顔なんて、もう見たくない」

言い訳に痺れを切らした娘は、錠吉を置き去りにして、甘味屋の方向へ走った。下駄の音が響いた。

「くそっ。調子に乗りやがって」

追いかけて、錠吉は『くず餅』と染めぬかれた幟のあるところまで走ったが、そのまま通り過ぎて、上総屋へ帰って行った。油を売っていたわけだが、帰りの刻限が気になったようである。

綾乃は、その後ろを歩いて行った。店の前を通りかかった時、走り込んだ娘が暖簾を分けて外を覗いた。去って行く、錠吉の後ろ姿を眺めたのであった。

寂しげに見えた。店の中まで、追いかけて来てほしかったのだと察しられた。勝ち気な娘の顔は、そういう表情をすると、ひときわ美しく見える。

「おや、いらっしゃい」

ふらっと、綾乃の足が近寄った。娘はそれを、店に来た客だと思ったようである。中に招かれて、そのまま店に入った。樽の腰かけに座ると、くず餅を注文した。

「あれ、あなたは上総屋さんの」

くず餅を持って来て、娘は初めて気付いた。店にいる綾乃の姿を、見たことがあるらしかった。

「上総屋の奥で、手伝いをしています」

名乗って頭を下げると、顔を赤くした。

「じゃあ、錠吉さんとのやり取りを、見られちまったんですね。ああ恥ずかしい。……あたし、おぎんといいます」

笑うと、年が一つ二つ若く見えた。十七、八だろうか。そして、じっと綾乃の顔を見た。

「似ていませんね。錠吉さんたら、亡くなったおかみさんに似ているって言うんですけど。あの人、嘘つきだから」

「お夕さんを知っているんですか」

昨夜、市三郎からお夕にまつわる話を聞いた。江戸っ子気質の元気のいい女房だったという話は、前にも聞いたことがある。その女房を、今でも愛しんでいるのだと感じた。自分に手助けするのは、あるいは本当に、市三郎自身のためでもあるのではないかと考えた。

「はい。甘いものが好きで、よく食べに来ていたのを覚えています。小僧だった喜助さんや乙助さんを、連れて来ることもありました」

「優しかったんですね」

「いや、そうじゃないんです。使用人を甘やかすような人ではありませんでした。連れてこられる小僧さんは、たいてい泣きながら店に入ってきました」

「まあ」

「さんざん叱られて、場合によってはすりこ木で尻をぶたれて、謝った後で、連れて来てもらっていたんです。さすがにここでは、叱ったりしませんでしたけど」

「じゃあ、やっぱり優しかったんですよ」

お夕という女は、市三郎にもきめの細やかな接し方をしたのだろうと思った。その痕跡は、六年たった今でも、男の気持ちの中に残っている。

自分は、誰かにそういう接し方をしただろうかと考えた。すると父親と弟の顔が浮かんだが、死んでしまった二人には、もう再び相まみえることはできなかった。そういう相手のいない暮らしは、どこか味気ない。綾乃は胸の奥で、そうつぶやいた。

「小僧さんたちは、みんなおかみさんを怖がっていて、そして好きだったんです」

「じゃあ、錠吉さんも、きっとそうだったんですね」

「そうかもしれません。でもあの人狡(ずる)いから、しくじりをしても、うまく言い逃れをしていたのかもしれません」

きっとした言い方になった。腹に据えかねる何かがあるのだ。

「でも、おぎんさんは、錠吉さんが好きなんでしょう」

「ええ、それはそうなんですけど。でも、あたしあの人と、別れようと思っているんです」

まんざら嘘とも言い切れない口ぶりだった。錠吉は、いつにない真剣な口ぶりで言い訳をしていた。おぎんの心の動きを、察していたのだ。

「あの人の何が嫌なんですか」

言いたくなければ、言わなければいいと思った。どうするかは、おぎん自身が決めることである。出されたくず餅に手をつけた。きな粉と蜜が、たっぷりかかっている。錠吉は、さぞかし喜んで食べたに違いなかった。

「初めて口を利いた人に言うのもなんだけど。でも、あの人を、よく知っている人だから」

おぎんはそう言って続けた。賢そうな目をしていた。

「あの人、二人でいる時は、とっても優しいんです。まめに顔を見せてくれるし、きっぷもいいし。でも……。よそでいろんな女の人と遊んでいるんです。あたしのことを好きだと言ったその口で、他の女の人が喜ぶようなことを、平気で言って歩いているんです。女誑(おんなたら)しなんですよ」

なるほど、それならば腹も立つだろう。自分は、何人もいる女のうちの一人に過ぎない。そう考えたとしても、不思議はなかった。だが、さきほどの錠吉の顔付きを思い出すと、あながちそうとばかりも言えない気がした。

錠吉は、確かに女好きだが、情無しには思えない。もちろんそれは、綾乃が声をかけられる女としての対象に、入っていないから感じるのかもしれないが、それだけのことではなかった。手代としての仕事ぶりや、おさきに対する態度にも、あの男なりの情の持ち方があるような気がした。おぎん自身、そうは言いながらも、別れてしまうのにどこかためらいがある。それは男の優しさに、嘘とばかりは思えない、真摯な響きを受け取っているからではないのか。

「別れるのを、そんなに急ぐことはありませんよ。錠吉さんは、おぎんさんが大勢の女の人の中の一人なら、じきに顔を見せなくなります。でもそうじゃなければ、また何かんだ言って、この店にやってきますよ。何度愛想尽かしをしたってね」

「そうでしょうか」

錠吉もおぎんも、人を愛することに、ぎごちなさがある。しかし、互いにそういう相手を持っている。幸せではないかと思った。

四

「いつまで待たせるのだ。無礼だぞ」

店の中に、濁声が響いた。

「そうだ。同じ客とばかり、長話をしおって」

「あこぎな儲けを企んでおるから、話が進まんのだ。札差は、我ら札旦那の便宜をはかるために、商いを許されておる。それを忘れているのではないか」

待ちくたびれた札旦那が、茶をいれ替えに出た綾乃に苛立った声を投げかけた。もう一刻（約二時間）以上も待っている。一人が痺れを切らすと、他の者も遠慮のない声を上げた。

「申し訳ございません。今しばらくでございますから」

綾乃は、頭を低くして答えた。額に汗が滲んでくる。

待たされている札旦那は六名いた。声高に苦情を言い合う者、土間をうろうろ歩き回る者、刀を抜いて反りを見る振りをしながら脅しをかける者など様々だが、いずれも初めから居丈高な態度だった。いつもとどこかが違う。

店を開けると同時に、四名の札旦那が金談に現れた。錠吉ら三名の手代が相手をし、一人には待ってもらった。しかしすぐに二人三人とやって来、今の人数になった。そこで勘兵衛や市三郎も、相手をすることになった。

どれも話が長い。綾乃はついつい、話に耳を傾けた。

二年先の禄米まで、すでに担保に取られている者には原則として金は貸さない。これは今日まで、幾度も話し分かってもらっていたはずだが、頑固に聞き入れなかった。しかも要求する利率が一割に満たない低利で、金額は一年分の禄高をはるかに越える高額である。貸金が少ない者は、さらにこれに輪をかけた要求をする。百両を、年利三分で貸せという者までいた。今日の札旦那が持ち込む金談は、無体なものばかりだった。

端で聞いているだけでも、悪意が伝わってきた。

だがだからといって、札旦那を怒鳴りつけることはできない。あくまでも下手に出て納得をしてもらい、妥協のできる線で金談をまとめなければならなかった。

話は、どこまでも平行線である。朝店を開けたと同時に来た札旦那も粘って、金談は一向に進まなかった。

「ごめん」

暖簾を分けて、新しい札旦那が店に入ってきた。二人連れである。土間に出してある縁台は、待ちくたびれた先客で埋まっていた。松吉が、奥に積んであるものを運び出した。切米の時に近い混雑を示し始めた。

「皆様、急にいかがなされたのでしょうか」

顔見知りの札旦那を見かけて、綾乃は声をかけた。このようなことが、偶然起こるとは考えられない。何かの企みが、この騒ぎの中に潜んでいる。

「さあの。皆、物入りなのだろうよ」

にべもない答え方で、そっぽを向かれた。綾乃の脳裏をよぎったものは、坂東志摩守の報復ということだった。札旦那らに無茶な金談を持ち込ませ、嫌がらせをしようという魂胆なのではないか……。

しかし証拠はない。気配を見守るほかはなかった。

正午近く、ようやく市三郎と錠吉が、粘った札旦那を一人ずつ帰すことができた。どちらも話がまとまったわけではなかった。取りあえず引き下がるといった様子で帰って行った。しかしその間にも、待っている客はさらに増えて十二名になっていた。

対談している札旦那が引き下がらないので、待たされている者の数は減らない。喜助や乙助の顔は、当初の興奮した赤味を帯びた色から青白いものに変わった。内心うんざりしている。しかしそれを顔に出せば、何を言われるか分からなかった。昼飯時になって、待っている方は弁当を使ったり、食べに出て行ったりするが、店の者はそれどころではなかった。厠へも行けない状態が続いている。

「わしらは、暇を持てあましてここにいるのではないぞ。早く話を済ませろ」

「そうだ！」

「その方らは、我ら札旦那の役に立とうという気持ちが、いったいあるのか」

再び、激昂した声が上がった。框を、拳固で叩く者がいる。中には、ただ面白がって気勢を上げる者もいた。

市三郎や勘兵衛は、ちらと騒ぐ者の方へ目をやる。しかし、相手にはしなかった。対談相手の話を聞き、言うべきことを繰り返した。外側から見ているだけでは、いつもと変わらない話しぶりに見えた。動揺していた喜助や乙助が、その姿を横目で見て、徐々に落ち着きを取り戻した。

一人、また一人と、無茶を言っていた札旦那が引き上げて行くようになった。どうしても金が必要でやって来た者は、常と変わらない借用条件で納得し金を借りて行く。しかしやって来た多くは、是非にも金が入用な者ではなかった。騒いだだけで、結局金談をしないで引き上げて行った者もいる。

集って、難癖をつけにやって来たのは、明白だった。話の内容がどうであれ、それが札旦那による金談である以上、拒むことはできない。その部分を衝いてきたのである。

「手間のかかるやり方を、考えてきましたね」

最後の札旦那を帰すと、乙助が言った。外はとっぷりと暮れていた。店の中は、先ほどまでの騒がしさはなくなって嘘のようにしんとし、一同疲れ果てた顔をしていた。誰も、昼飯を食う暇はなかった。小僧の一人は、何か絡まれでもしたのか、目の下に殴られた跡の隈ができている。上総屋の長い一日が、ようやく終わった。

「坂東志摩守の差し金でしょうね」

錠吉が言った。すべての者が、そう考えていた。

「そうでしょうな。しかしこの程度では、上総屋は小動もしない。これからもこういうことがあるでしょうが、今日のように凌いで行けばいいのです」

勘兵衛が言った。綾乃は、あっという思いで、その顔を見た。

店から出て行ってくれと、自分に頭を下げたのは、つい数日前である。だが市三郎のお夕に関わる話を聞いてからは、そのことをおくびにも出さなくなった。そして今は、店の者たちを引き立てようと、気持ちを鼓舞する言葉を述べた。綾乃のために言ったのではない。本心は、余計な悶着を起こすことを望んではいないのだ。

主人を思う気持ちに、胸を打たれた。

「大丈夫ですよ。この程度で、音を上げるようなことはありません」

錠吉が笑って見せた。腹立ちを、闘志に向けている。

「坂東のやつができるのは、しょせんこの程度です。一日一日を凌いで行けば、向こうもじきに諦めます。我慢比べですな。ここは一つ、五千石の大身だろうが何だろうが、旗本の脅しなぞ怖れるに足らぬということを、見せてやろうじゃないですか」

「ええ、そうですね。やってみましょう」

喜助も言った。一時は乙助と共に、青白い顔で札旦那と対応していたが、徐々に普段の姿を回復した。疲れた目をしていたが、怯んではいなかった。

喜助も乙助も、腕っ節と度胸の良さでは錠吉に一歩を譲るが、十一、二の歳から武家を相手の札差稼業で過ごしてきた。二本差しを、ただむやみに怖れるという風は持ち合わせていなかった。それでは、札差稼業が務まらないことを知っている。

「腹が空きましたね」

錠吉が、綾乃の顔を見て言った。

五

翌日も、その翌日も、十五、六名の札旦那が押し寄せた。まともな金談に訪れた者もなくはなかったが、大方は嫌がらせだった。悪相の中間若党を伴って来る者もある。図体のでかい男ばかりが、二十名以上、店先にたむろしている。声高に喋り合い、我鳴り合い、やじを入れた。

市三郎らは、また初めから同じ話を蒸し返させられる。対応している五人のうち、一人でも根負けして言いなりの金談をまとめれば、そこから店は崩壊して行く。

「いくら待たされても、わしは構わぬがな。この者たちがじれて、何をしでかすか分からぬ。乱暴者で、手がつけられぬのじゃ」

相撲取りのように大柄な若党を指さして、中年の札旦那が言った。初日、半日以上粘った男であった。店を脅すために、わざわざ雇い入れたのである。

若党は土間をうろうろ歩き、すれ違った松吉を、肩が触れたと言って頬を張った。小柄な松吉は、羽目板に叩きつけられた。

「大丈夫です」

気付いた綾乃が走り寄ると、悔し涙を目にためていたが、気丈に言った。今は、店の正念場だと分かっている。向こうは、痺れを切らした上総屋の者が手出しをするのを待っていた。

店に居並ぶ札旦那の顔を、綾乃は一人一人見詰めて行く。連日顔を見せる者たちは、ほとんどが同じ顔ぶれである。無役小普請組の者が多いが、勘定方もいれば番方もいる。おおむね禄高百俵以下の御家人で、坂東志摩守とどういう繋がりがあるのかは、見当もつかなかった。

「おおかた、金で請け負ったんでしょうがね。ご直参も、堕ちるところまで堕ちたもんですよ」

錠吉が言った。直参のすべての者が、こういう者ばかりではない。綾乃も同じ出だが、眼前にいる男たちを見ていると、言い訳はできなかった。

暖簾を分けて、三十半ば、いかにも浪人者といった風体の男が店に入ってきた。月代も伸び、衣服も尾羽打ち枯らしたもので垢じみていた。ひとわたり店の中を見回すと、対談中の市三郎や勘兵衛に声をかけようとした。しかし誰からも、ちらとも振り向いてもらうことができず、やむなく土間の隅の縁台に空きを見つけ、固太りな体を割り込ませた。

いかにも場違いな身なりだが、この男も、歴とした上総屋の札旦那だった。九十俵取りだが、先代からの小普請組で、上総屋の常連であった。とうに二年分以上先の蔵米を担保にして金を借りている。それでも味噌の代が払えぬ、子供の薬代を貸せと小銭を貸りにやって来た。

綾乃とも顔見知りであった。茶をいれて出す。

「噂通りの、混雑だのう」

きょろきょろと見回しながら、権田はため息交じりに言った。長年の貧乏暮らしで金には意地汚いが、腹黒い男ではなかった。前に、おさきにぼた餅を作ってやった時、たまたま店に来ていて、そのお裾分けに子供にいくつか持たせてあげたことがある。

「これでは、いつになったら、わしの金談ができるか分からんな。困ったの」

ぼやきの多い男だが、嫌がらせの仲間ではないらしかった。ただ、ひどく苛立っていた。

「この騒ぎについては、ずいぶん評判になっているのでしょうか」

権田の漏らした「噂通り」という言葉が気になって、綾乃は訊いた。他の札差仲間では、すでに知らない店はない状態になっていた。親しい店では、何名か手代を貸そうかという話まで出ていた。

「わしはな、大身の旗本が金を遣って、この店に嫌がらせをしていると聞いた」

「権田様」

早口で言った。茶を、音を立てて啜る。

「その旗本の名前が、お分かりですか」

「なんでも伴野とか坂東とかいったな。この店に、恨みがあるようだ。だがこれでは、わしらのような、まともに金談をしたい者にとっては迷惑な話だ。それで、この状態がまだ続くならば、町奉行に訴えて出ねばならんと、息まいている者がいる」

「町奉行へ、訴えて出るのですか」

「そうだ。上総屋は、速やかに札旦那の話を受け入れ、金談を滞らさぬようにせよという達しを、出させようというのだよ」

「まあ、なんと……」

怒りで、体の芯がじんと熱くなった。訴えて出ようと息まいている者も、坂東から金を握らされているに違いなかった。

無理難題を押しつけて、するつもりもない金談をこじらせているのは、金で雇われた札旦那たちである。それを、いかにも上総屋の貸し渋りのように見せかけて、奉行所の手で追い詰めようというのは姑息なやり方だった。

「後悔するなよ」

坂東の用人、石黒が吐いた捨て台詞を思い出した。南北どちらの奉行所にも、坂東に近い者が、要職に就いている。いよいよ牙を剝いてきたのだと感じた。

勘兵衛が、一刻半（約三時間）粘った客を帰した。しかし次に向かい合って座った男も、三日続けて顔を見せている嫌がらせの一人だった。

「何とかならんのか。わしは、早急に金が必要なんじゃが」

権田が、ぼやきの声を上げた。

同じような日が、さらに四日続いた。やって来る札旦那の数は変わらない。だがこちらの五人が、常に誰かしらの相手をしなければならないのに対して、向こうは十数人が順ぐりに話をして行く形になる。疲労の度合いは、比較にならなかった。

話がこじれて、客がいなくなるのが五つ（午後八時頃）を過ぎることも珍しくなくなった。

一同、もう疲れの色を隠せない。勘兵衛の顔色は、黄色くしぼんだ半病人のそれになった。

「ごめんなさいよ」

札旦那の姿が消えた頃、同じ御蔵前片町で札差を営む、太田屋茂左衛門（おおたやもざえもん）が市三郎を訪ねて来た。六十半ば、一見温厚そうで笑顔を絶やさない。細面（ほそおもて）で白髪の老人だが、機転の利く商い上手（じょうず）と言われていた。片町で商いをする札差の世話役として、月行事（がちぎょうじ）を務めている。上総屋の先代とは、若い頃遊び仲間だったと聞いたことがある。

奥の部屋に通す。勘兵衛と手代の三名が呼ばれた。茶を出した綾乃は、気になって廊下の陰で話を聞いた。今度の騒動についての話だとは、すぐに分かった。

「難渋を、しておいでのようですな」

茂左衛門が、いたわるように言った。手に扇子を持っていて、小さな音をたてた。まだ暑くはなかったが、四月半ばになろうとしていた。上総屋よりも、多数の札旦那を抱えている。手代を手助けに出そうと言ってくれたのは、この人であった。

市三郎は、上総屋の問題として、丁寧に断りを入れていたが、感謝をしていたのは事実だった。

「はい。連日のことですのでね。しかし向こうも、そういつまでも続けるとは思えません。もう少しの辛抱だと考えております」

「なるほど、そうですか」

腕を組み、考える風を見せた。慰めに来たのではない。それは顔つきを見ていれば、綾乃にも分かった。

「面倒なことになりました。奉行所から、この度の騒動についての問い質しが、私のところに来たのですよ」

権田の話を聞いてから、この件については市三郎に報告してあった。いつかこういうことがあると覚悟を決めていたが、実際に茂左衛門から告げられると身の引き締まる思いがした。

「まだ、どういう処分をしようというのではありませんが、このまま行けば、面倒なことになります。何か、凌ぐ手立てはありますか」

「私どもに、非はありません。当たり前の利率、返済可能な額であれば、すぐにでもお貸しする用意がございます」

「なるほど、そうでしょう。しかしそれでは、奉行所への返事にはなりますまい。札差とご直参との悶着となれば、どちらが正しいかという問題ではなくなります。商いの仕方不届きとなれば、泣きを見るのは上総屋さん、あなただけです」

茂左衛門の言うことは、誤ってはいない。坂東の嫌がらせだが、それを表に出して抗弁しても、相手にはされない。確たる証拠があっても、それは握り潰されるだろう。札旦那から持ちかけられた常軌を逸した利率、金額、どれを話しても、奉行所はそれで分かったとは言わないと、はなから承知していた。

「太田屋の旦那様。しかしそれでは、私たちは、いつも長いものに巻かれなければならないのでしょうか」

錠吉が、堪えかねた声を上げた。怒りで、語尾が震えている。

「札差は、札旦那あっての稼業です。お役に立って当たり前。そのためにお上から許された商売ですから、百遍でも二百遍でも頭を下げて、金策をいたします。しかしそれでも、お武家の内証は楽にならない。これは札差が、札旦那の懐を吸い上げて、あこぎに儲けているからだと世間ではとらえています。でもそれは違います。棄捐令というただ一つのお達しで、多くの札差は築き上げた産をなくし、一家離散の憂き目を見ました。かろうじて潰れなかった店も、莫大な損害を受けました。しかしそれに対して一片の憐れみもないままに、少しでも貸し惜しみをすれば、不心得と責められたのです」

「…………」

「私どもは、お武家様に頭を押さえられております。それは我々の上に立つご身分だからに違いありませんが、筋の通らないことをなさる方々が多々おられます。理不尽なものは理不尽。それを申し上げてはいけないのでしょうか。今、嫌がらせに来ている札旦那の言う通りに金を貸せば、上総屋は必ずや早晩潰れることになります」

言い終えると、洟を啜り上げた。他の者は、声を出さなかった。しばらくの沈黙があって、茂左衛門が声を出した。

「言いたいことは、分かりました。お奉行所へは、無茶な金談はしていないと伝えておきましょう。しかし、このままにしておくことはできません。悶着にけりをつける手立てを、早急に考えなければいけませんな」

「分かりました」

市三郎は頭を下げた。

茂左衛門を送り出した後、一同は夕餉を食べた。皆疲れている。口数の少ないまま、食べ終えた。

誰もが、今回の騒動の大本が綾乃にあることを知っている。しかしそれを口に出す者はいなかった。恨みがましい目で見る者もいなかった。

錠吉の先ほどの話は、綾乃のためだけに、札旦那との悶着を戦っているのではないことを教えてくれた。おそらくそれは、勘兵衛ら他の者にも同じ思いがあるのではないかという気がする。しかし自分がいなければ、事は起こらなかったのも事実であった。

脳裏に坂東志摩守の面貌が浮かぶ。濃い眉の下に、酷薄に光る目。張り出た頰。

「身のほどを知れ、わしが何を望んでいるのか、それだけを考えろ」

怖れと憎しみの向こうから、声までが蘇った。

あの男が捕らえようとしているのは、自分だけだ。市三郎や錠吉らは関わりがない。

飯を咀嚼する静かな音を聞きながら、綾乃はそう自分を責めた。

六

洗い物をしていると、錠吉が裏木戸から外へ出ていった。昨夜も、その前の晩も一人で出かけ、町木戸の閉まる刻限に脂粉のにおいをさせて戻ってきた。

酒は飲まない男だから、飲み屋へ行くわけではないだろう。先日綾乃は、おぎんという娘に会った。錠吉は愛想尽かしをされたが、娘は言葉とは裏腹にまだ好いていた。愛想尽かしをしながらも、それでもやってくる男を待っている。

おぎんに会いに行ったのならば、それでいい。錠吉自身も好いているはずだ。しかし深夜、身に纏(まと)わせて帰ってくる脂粉のにおいは、素人(しろうと)娘のそれではなかった。

このままだと、二人の間は崩れていくかもしれない。崩れて仕方のないものならば、崩れれば良いのだ。しかしそれが嫌ならば、手を尽くして守っていかなくてはならないと、綾乃は思う。

そして、上総屋での自分の暮らしについて考えた。

ここでの暮らしは、得がたいものである。一年間の坂東屋敷で積もった暮らしの澱(おり)を、洗い流してくれた。そういう場所は、他にはなかった。守り切れるものなら、守っていきたい。

市三郎は、綾乃のために店を潰すことはしないと言った。けれども今のままでいけば、太田屋茂左衛門の言ではないが、上総屋は泣きを見る。

「私が、この家を出ていけばすべてが済む」

小さく、声に出してみる。出ていくことは、わけのないことである。だがそれをしないのは、今度の出来事に、市三郎の亡くなった女房お夕へのはたせなかった思いが、絡んでいると考えるからであった。

お夕を死なせてしまった悔いが、六年もの間市三郎を苦しめてきた。その苦しみを減じる手助けになればという願いがある。もっとも、そのために留まっているとするならば、自分に都合の良い解釈だという気もした。

自分の部屋に籠もる。勘兵衛はとうに家へ帰り、市三郎は出かけていた。喜助や乙助の話し声は聞こえない。店の中は、しんとしていた。

繕い物を済ませて、寝床に入る。だが目が冴えて眠れなかった。

戸が開く音がした。うつらうつらとしていた綾乃は、目を覚ました。市三郎が戻ってきたのかと思って、起き上がった。お茶でも、いれて出そうと考えたのである。

台所に出てみると、男が土間で水を飲んでいた。錠吉だった。

「おぎんさんに、会ってきたんですか」

そう言うと、驚いた顔をした。おぎんを知っていることを、まだ話していなかった。

「一度は、顔を出したのですが、相手にしてもらえませんでした」

「それで、他の女のところへ行ったわけですね」

寄ってきた錠吉の体から、白粉のにおいがした。おぎんは母親の甘味屋で手伝い仕事をしていたが、唇に紅を引く程度で白粉をつけてはいなかった。

「ええ、そうです。いけませんか」

居直った口の利き方をした。錠吉のそういう言い方を聞くのは、初めてだった。

「おぎんさんと、話をしました。あの娘は、あなたを好いています」

「そうでしょうか。おぎんは、汚いものを見るような目で、私を見ます。今夜もそうでした」

　僅かに驚く様子を見せたが、綾乃はかまわず続けた。

「それでも錠吉さんは、おぎんさんの顔を見たくて、出かけていったのでしょう」

「そうです」

　ふて腐れた言い方になった。口ぶりに微かな甘えが潜んでいる。綾乃は、自分に甘えているのだと感じた。

「邪険にされて、それで他の女のところへ行ったわけですね。でもきっとおぎんさんは、そういう錠吉さんの後ろ姿を、見ていたのではないかという気がします」

「どういうことですか」

「あの人は、邪険なことを言ったりしたりしても、あなたには、余所の女のところへ行ってほしくはないんです。何があっても、自分のところにだけ来てほしいんです」

「………」

「そういう日が、あと何度か続けば、あの人が錠吉さんを見る目は、まったく違ってくるはずです」

「なるほど、そうかもしれません。でも私には、それはできそうもありません。私はおぎんを好いていますが、どこかで信じ切れないでいるものがあります」

くぐもった声で言った。気がつくと、ふて腐れても居直ってもいなかった。板の間に、ぺたんと尻を落として座った。綾乃は、向かい合って座った。

「なんで、信じられないんですか。良い娘さんなのに」

「私は、おぎんだけを信じられないわけではないんです。私は女が好きで、側に誰かいてもらわないと、落ち着きません。そして、この女でなくてはと思うと、すべてがほしくなるんです。でもそうなるとどこかで、この女はいざという時、自分を見限るのではないかという怖れにかられます。そうなるぐらいなら、誰でもいい、取りあえず側にいてくれて話を合わせてくれる他の女が、ほしくなるんです。その気持ちには、歯止めが利きません。本当に好いている女でなければ、何をされても怖くはありませんからね」

声には出さず、自嘲気味に笑った。

「女の人に、見限られたことがあるんですか」

そう問うと、錠吉はもう一度口の中で笑った。話そうか話すまいか、迷っている様子だった。

綾乃は、錠吉の目を見詰め直した。話したくないことまで、聞こうとは思っていない。そのことを口に出そうとした時、錠吉は口を開いた。

「何度もありますが、最初は実のおふくろです。まるで汚いものを見るような目で、見られてね」

「…………」

「親父が早くに亡くなって、私はおふくろに育てられました。そして十一の時に、錺職人の家に奉公に出されたんです。そこにはご多分に漏れず、意地の悪い兄弟子がいましてね。さんざんいじめられました。でも藪入りの日には、おふくろの顔が見られると辛抱していました。おふくろは、子供の自分が言うのも何ですが、ちょっといい女でしてね。それが自慢でした。小さい頃から、外でいたずらや喧嘩ばかりしていましたから、よく叱られました。おふくろは私を、口汚く罵ったもんです。おまえなんて、とっとと何処へでも行っちまいなってね。でもそれを、本心ではないと思っていました」

「…………」

「でも、藪入りの日に戻ると、いないんですよ。どうしたって隣の住人に聞くと、前の晩に、男と出て行ったたって……。話を聞いた時は、膝が震えました」

「好いた男がいたということですね」

「そうです。せめて義理にでも、一日待ってくれれば良かった。そうすれば顔が見られた。でもそれさえしなかった。離れて暮らせば、どんな親でも恋しくなる。どれほど顔が見たい、話をしたいと思っていたか分かりゃしません。でも、何処へでも行けと言った言葉が、紛れもない本心だったとようやく気付いたんですよ。その晩私は、藪入りから戻ってきた意地悪な兄弟子を殴って、錺職の家を飛び出しました。そして気がついた時には、地回りの下働きをする町の嫌われ者になっていたわけです」

鍵吉は立ち上がると、もう一度土間に出て水を飲んだ。飲む度に、喉が鳴った。

おそらくおぎんは、錠吉が怖れるような女ではないだろうと感じる。ただ、自分のことだけを見詰めてほしいのだ。

また母親には、我が子に伝えようのない事情が、あったのかもしれない。もちろん、十やそこらの子供には、重い出来事だったことは身に沁みて分かる。しかしいずれにしても、昔の出来事だ。母親との関係については、どうしようもない。

だが……。おぎんとの間については、まだ決着はついていなかった。自分は、何かの役に立てるのだろうか。

そして一つだけ、はっきりしたことがあった。錠吉はおさきを、市三郎に劣らず可愛がった。それは、おさきも母親に逃げられた子だったからだ。

それぞれの者が、それぞれの荷物を背負って生きている。綾乃は、錠吉の後ろ姿を見ながらそう思った。

七

「おや、蜆ですね」

錠吉が、朝餉の味噌汁の実を箸ですくい上げると言った。

「こりゃあ肥えている。御蔵蜆ですね」

「そうです。たくさん食べてくださいな」

綾乃は応えた。御蔵蜆は、大川の御米蔵付近で取れる蜆をいう。

御米蔵には、大川に面して一番堀から八番堀までの横堀がある。日に何十艘もの俵物の船が漕ぎ入れて、米を蔵へ積み入れたり、または蔵から船へ積み込んで行く。船から米俵を運ぶ度に、なにがしかの米が川に落ちる。その米を食べているので、御蔵付近で採れる蜆は大きくて味が良い。町の人々はこれを御蔵蜆と呼んで珍重した。

毎日五升（約九リットル）と採ることはできない。滋養があると評判だから、他の蜆と比べて値段は五倍以上でなかなか手に入りにくかった。

常時十数名もの札旦那が、無茶な金談を持ちかけて、日がな居座るようになって十日近くになる。待っている間も何かにつけて罵声を吐き、難癖をつけ、騒ぎ合う。主人の市三郎から小僧の松吉らに至るまで、疲労困憊は極に達していると思われた。

皆は今回の騒動を、商売上の悶着と捉えて対応していた。だがこうなった因は、綾乃にある。せめてできることはしたいという気持ちで、早朝、蜆売りを訪ねて求めてきたのだ。じかに自分が責められるよりも、辛い日々である。じっとしてはいられない気持ちだった。

店の表戸を開ける。今日も、待っていたように六名の札旦那が店に入り、四半刻(しはんとき)(約三十分)もしないうちに、十名ほどの者が土間の縁台で待つ形になった。

長い一日が始まる。いつまで続くのだとの思いは、誰の胸にもあった。

日差しを受けた藍染め暖簾が、柔らかく風に揺れている。久しぶりに、風が店の中を通り抜けた。

どうしたわけか、昼を過ぎた頃から店の中が急に閑散とし始めた。あれだけいた札旦那の姿がないのである。待っていた者の多くは、用談もせずに帰って行った。縁台だけが、煙草盆(たばこ)と空(から)になった湯飲みを載せて土間に並んでいた。

「どうしたんです」

「それが、一人二人と姿が見えなくなって」

松吉も、戸惑った様子で綾乃に応えた。店にいるのは、喜助と錠吉が相手をしている札旦那だけである。しかしこの二人も、これまでのようにことさら粘ることもなく引き上げて行った。

「気味が悪いですね」

ほっとするよりも、不安そうな目で乙助がつぶやいた。一同の目が、店の入口に吸い寄せられる。暖簾の向こうは、明るい初夏の日差しが輝いているばかりだった。

そこに、一人のお店者(たなもの)の姿が現れた。暖簾を分けて、店に入ってくる。羽織をきちんと身に付け、履いた白足袋に汚れはなかった。濃い眉に鼻筋の通った二枚目。蔵宿師の忠七だった。

「いつぞやは、たいそう御世話になりました」

市三郎へ、丁寧に頭を下げた。一月ほど前のことである。忠七は高利の金談をまとめようと、松尾を連れて上総屋へやって来た。まさに暴利といっても過言ではない条件で話を進め、その金談は決着のつく寸前までいった。しかし綾乃の忠告で話は流れた。後になって大幅に譲歩することで話はまとまった。だが上総屋も、店でする金談の利息の上限二割五分を超す利率で奥印を捺すことになった。

あの時、店に出た綾乃を見ていた札旦那が、坂東志摩守に繋がる男だった。現在の騒動の発端になったのである。

「掛けさせて貰いますよ」

忠七は、ちらと綾乃に視線を走らせてから、市三郎に向かい合うように框に腰を下ろした。口元に笑みを浮かべているが、腹の底は分からない。

「静かですな。ここ数日来の騒ぎが嘘のようだ。切米の時ならばともかく、普段の札差の店は、こんなものではないですか」

「まあ、そうでしょうな」

「ご主人を含めて、お店の方たちはお疲れの顔をしている。よく頑張っておいでだ。でもこのままですと、札旦那との間に大事が起こりかねませんね。気の短い方もおいでのようだ。私はそれを、案じております」

余計なお世話だが、話していることは間違っていなかった。松吉が殴られて目の下に隈を作る、という程度ではすまない事件が、起こらない保証はなかった。

「どうです。この騒ぎを、そろそろ収めませんか」

口元から、笑みが消えた。忠七はこの話のために現れたのであった。

「私は、麴町善国寺谷通りのお旗本、坂東志摩守様のお使いで参りました」

坂東と忠七が繫がることに、驚きはなかった。悶着を知って、忠七がかけ合ったのに違いない。上総屋にしても、今のような日が続くのは迷惑だが、坂東の方でも長引くことを望んでいないのは明らかだ。取りあえず脅して困らせ、それから用談に入る。坂東らしいやり方だった。

「殿様は、ともあれ綾乃様を引き渡せとおっしゃっておいでです。そうすれば、助けたことも、匿ったことも水に流そうというお考えです。承知をして頂ければ、明日からいつもの店先に戻ります」

「…………」

「しかしもし、返してよこさないというならば、何をしても奪い返し、この店も潰してみせると話しています。どうでしょう、大身旗本に、これだけ歯向かったのですから、そろそろ矛の納め時ではないですかね。大切な店を潰してしまっては、身も蓋もありません」

「なるほど」

「私は、札差の店が潰れるのを見るのは、こりごりです」

　忠七は棄捐令で、札差だった実家を潰した。そして、その恨みをぶつけるように、やり手の蔵宿師として札差に対抗するようになった。時には先日のように、札旦那をも自ら借金地獄の淵(ふち)に誘い込もうとする。

「忠七さん。あなたの言いたいことは、よく分かりました」

　市三郎は言いながら腕を組んだ。言葉尻に、はっきり怒りがあった。そういう気持ちを表に出すのは、珍しかった。

「ですがね、お返しするわけにはいきませんな。店を潰すと脅されて、はいそうですかと渡してしまっては、私の立つ瀬がありません」

「そうでしょうか」

　忠七も負けずに、市三郎を見返した。眼光の鋭さは、相手を怯ませてしまうほどの力を持っている。優男(やさおとこ)だが、やり手の蔵宿師として名を知られている由縁であった。

「店さえ残っていれば、立つ瀬なぞいくらでも後になって作ることができます。坂東志摩守様の力を、侮ってはいけません。あの方は、どんなことでもしてきますよ。それだけの力を、持っているのですから」

綾乃は、あらためて坂東の面貌を脳裏に描いた。嫌な男だが、力を持っているのは事実だった。それは市三郎や忠七よりも、よく分かっている。

胸を突き上げてくるものがあった。それはこの数日、綾乃の気持ちを追い詰めてきていた。自分さえいなければ、店は平穏無事に過ぎて行くという考えである。それは札差という稼業に対して、わだかまりがなくなったわけではない。ただ上総屋を、潰したくなかった。自分のために店を傾かせては、市三郎に対して申し訳が立たない、そういう思いだった。

闇の中の、降りしきる雪道から救われた。亡き女房お夕の面影を自分に感じたからにせよ、細かな心遣いで、その後も坂東の配下によって傷つけられた体と、一年の屋敷暮らしで苛まれた心を癒してくれた。この三月(みつき)ばかりの上総屋での暮らしは、今や掛け替えの無いものとなった。

市三郎が自分のためにしてくれたことを思うと、息苦しいほどの気持ちになる。そこにあるのは、単なる感謝や礼の心だけではなかった。

思いが傾いている。市三郎にとって大切なものは、自分にとっても大切なものだ。我が身の行く末とを天秤(てんびん)にかけることはできない。守りたい、何があっても……。

どうしてそんな気持ちになったのか。それは、好いているということではないのか。

胸が、潰れるように痛む。

綾乃は初めて、自分の本心を垣間見た。市三郎のためならば、坂東屋敷に戻ることさえ厭いはしない。

「私が屋敷に戻れば、上総屋には咎め立てをしないのは、まことなのですね」

気持ちを振り絞って、綾乃は言った。忠七は向き直った。

「そうです。一切手出しをしないというお言葉を、頂いています」

「それならば、私は……」

「お待ちなさい」

市三郎が、言葉を遮って言った。強い言い方だった。その声に確かな意志を感じて、綾乃ははっとした。

「行く必要はありません。坂東志摩守は、戻ったからといって、私を許すような男ではない。それは前にも話したことがありました。口約束を破るなぞ、何とも思わない人間です。違いますか」

そうだった。あの男は、そういう男だった。行き場のない怒りと苦渋が、体の中を駆け巡った。

「しかしね、このままでは、本当に済みませんよ」

しらけた声を、忠七は上げた。組んだ足を、揺らしている。それまでの慇懃さは消えて、露骨な脅しの口調になった。

「ここへ来る前に、月行事の太田屋さんへ行ってきました。あそこへは、お奉行所から今回の騒動について、厳しい問い質しが来ているそうですぜ。札差が無理難題を言い立てて、札旦那を困らせていると……。いずれ奉行所も動き出す。そうなると片町の札差は、こちらを見限らざるを得なくなる。それでもいいんですかい」

「よくはないさ。しかし、どちらに転んでも坂東は許さない。それならば、向こうが諦めるまで踏ん張るしかない。それだけだ」

「ふん、後で悔やむぞ」

「いや。渡した方が、後で悔やむ。さあ、話が済んだら帰ってもらおうか」

市三郎は立ち上がった。そのまま振り向きもせずに、店から奥へ入って行った。

「身のほど知らずが……」

言ってから、忠七は綾乃を睨んだ。鋭い眼差し（まなざし）だが、怖れは感じなかった。市三郎の覚悟のほどを、目の当たりに見た。そのことの方が、気持ちの中で大きかった。

八

翌日店にやって来た札旦那は、二十名余りになった。昨日まで見なかった新顔が、六名ばかりいる。店先は、切米の時とまったく変わらない混雑となった。

切米なら、どれほど忙しくとも三、四日で混雑は下火になる。だが今回は、その目途（めど）はまるで立たない。

客への茶の接待や挨拶は、綾乃の大事な仕事の一つになっている。奥向きの掃除や水仕事もあるが、これはその合間にした。小僧を除いたすべての者は、やって来る札旦那に挨拶をしている暇はない。四人の小僧は使い走りを頼まれるが、手が回らずよく怒鳴られた。

水仕事を済ませて店に顔を出すと、居並ぶ札旦那の中に交じっておさきの姿が見えた。日焼けした小作りな黒い顔に、痩せた体。それが中年の札旦那の肩を揉（も）んでいる。駄賃目当ての手仕事だが、相手は気難し屋の男である。勘気（かんき）に触れれば、何をされるか知れたものではない。綾乃は気になって、ちらちらとそちらを見たが、叱られる様子もなく肩を揉んでいた。

ちょうど稲荷寿司屋（いなりずしや）が、屋台を引いて店の前を通りかかったところらしい。でっぷりと太った若い男が、店の中に入ってきて売り声を上げた。じろりと睨みつける者もいたが、男は気にしなかった。

「毎度、おおありがとうございい」

買ってくれた客に、顔が崩れるかと思われるほどの笑みを浮かべて品を渡し、銭を受け取った。通りがかりの小商人とはいっても、上総屋がどうなっているか分からない訳ではない。しかしそれを怖れもしないで、商いのために顔を見せる者は少なくなかった。おさきも、その一人に違いなかった。四半刻もすると、中年の侍からしっかりと駄賃を取って、他の札旦那の使い走りのために店から出ていった。

綾乃と目が合うと、貰った駄賃を恥ずかしそうに懐にしまった。

数日前に上総屋の思い掛けない騒動を知って、子供なりに案じて様子を見に来た。気にするな、市三郎のことだから、無茶な札旦那たちもじきに帰って行くだろうと話しておいた。まだその通りにはなっていないから、心を痛めているのは分かったが、用を頼まれれば断ることはしなかった。何があろうとも、おさきは祖母くめと自分が食うために、銭を稼がなければならない。そういう強さが、十歳そこそこの娘の中に、すでにあった。

しばらくして、おぎんが重箱に蓬餅を入れて売りに来た。練りの良いこした餡がくるまれている。愛敬の良い娘が売るのだから、これはよく売れた。

その時、錠吉が相手をしていた札旦那との話が済んだ。粘りに粘った客が、ようやく重い腰を上げたのだが、錠吉は蓬餅を売るおぎんの姿に気がついた。その姿を、しばし目で追った。

「何をいたしておるのじゃ」

次の札旦那に言われるまで気を取られていたが、おぎんはちらともそちらを見なかった。小僧らと、用談の済んだ札旦那を見送ったのだから、いったん錠吉の手が空いたことに気付かないはずはなかったが、知らんぷりをしたのである。

錠吉が次の札旦那と金談を始める。すると今度は、おぎんがそちらを見た。

「あの人は、精いっぱい働いています」

綾乃が側へ行って言うと、おぎんはうなずいた。

「はい。ああしている姿は、とても凜々しく感じます」

素直に応えた。凜々しいという言葉は、まさに言い得ていると思った。親ほどの年齢の武家を相手に対峙して、少しも怯んではいない。理を通して話をしている。

これまで綾乃は、凜々しいという言葉から浮かぶものは、武家が剣の修行をしている姿ばかりだった。けれどもおぎんに言われてみると、凜々しく感じるのは何も剣の修行をしている武家の姿だけではない。たとえ町人でも、真摯に事に当たろうとする時、同じように見えてくるのだと感じた。

目の前で、どうやって上総屋の者を困らせようかと手ぐすねひいている札旦那たちには、凜々しさなどかけらもない。たとえどれほどの剣の腕前があったとしても、坂東から金を貰い、寄ってたかってこの店を潰そうとしているだけである。どう転がろうと、自らが失うものは何もない。卑しい男たちだ。

「おぎんさんは、あの人の生い立ちについては、聞いているのですか」

つい先日錠吉から聞いた、母親の話を思い出して言った。

「はい。おっかさんは、藪入りに帰ってくる前の日に、男の人と長屋を出て行ったそうです」

「あの人には、ためらいがあります。女の人を、信じるのが怖いのです。そのためらいを、慈しんであげることはできないのでしょうか」

「辛かったのは、分かります。でもだからといって、他の女のところへ行くのを許せというのは、身勝手です」

目に、涙の膜を浮かべていた。しかし泣いたわけではなかった。

先日錠吉から話を聞いた時、綾乃は自分が二人のために、何かできないかと考えたのだが、それは無理だった。二人の間は、二人が歩み寄っていくしかない。背を押してやっても、信じる信じない、許す許さないの問題はどうにもならないだろう。

「あい済みませぬ」

背後に女の声がした。振り向くと、三十過ぎの武家の新造だった。ほつれた髪にかさついた顔、洗いざらした木綿の着物に、すり切れかけた粗末な帯が巻きついていた。おどおどした目で、綾乃を見た。

「はい。どのようなご用でしょうか」

「私は、権田の家の者でございます。主人は、顔を見せてはおりませんでしょうか」

権田は、上総屋の札旦那の一人である。禄九十俵だが小普請組で、いつも尾羽打ち枯らした垢染みた身なりをしていた。今の騒動が始まった数日後、この黒幕が坂東だということを教えてくれた。いつものこととはいえ、あの日も金がほしそうで、ひどく落ち着かない物腰だった。勘兵衛から、もうこれきりだと厳しく念押しされて、二朱の金を借りて行った。

「いいえ、今日は顔を見ておりませんが、何かあったのですか」

「昨日、金を用立ててくると申して出かけたきり、戻って参りません。家には、借金取りの者が来て居座って、帰って行かないのです」

べそをかいた声になった。

権田は、市井の高利貸しから金を借りたようだ。金がないと言いながら、酒臭い息をさせて店にやって来ることもあった。無役の小普請組だから、仕事なぞは何もしない。日がなぶらぶらしているだけである。根は悪い男ではないが、札差へ来て金をせびるのだけが仕事に見えた。だがそれでも暮らして行くことができたのは、権田が直参の蔵米取りだったからである。何をしなくとも、年三度の切米の時には米と金が手に入った。

「ともあれ、捜してみるしかありません。ここへ来ても、権田様はもう金を借りることはできません。他を回っているはずです」

「貸しては頂けない」

「そうです」

「どれほど困っていても、札差からは貸して頂けないわけですか」

「はい。すでに二年以上先まで、権田様の切米は担保に入っております」

はっきりと応えた。嫌がらせに来ている札旦那たちとは、質の違った頑迷さがある。

「……………」

張りのない顔が、呆然となった。何かを言いたいのだが、どう表現したら良いのか分からないといった様子だった。

「でも、どこを捜したら良いのでしょう。捜してどこにもいなかったら、どうしたら良いのでしょうか。お金は返せないのです」

泣き顔になった。

初対面の綾乃に、恥じらいもなく甘えていた。綾乃よりも五つ六つ年上で、女としても分別盛りの年齢である。激しい苛立ちが、胸に湧いた。やり場のない苛立ちだった。

「しばらくお待ちください」

小走りに、台所脇の自分の部屋に行く。押入れの布団の傍らに、父親から貰った杖と風呂敷に包まれた僅かな荷があった。その風呂敷を解いて、中から財布を取り出した。小判が三枚と何枚かの五匁銀が入っている。坂東家から抜け出すにあたって、当座の暮らしの糧にするつもりで蓄えた金であった。幸い今日まで、小判に手を付けることはしないで済んできた。

そのうちの五匁銀二枚を摑んで、店先に戻った。権田の新造は、綾乃を待っていた。手のひらに二枚を握らせた。

「借金取りには、これを渡して、今日は帰ってもらうのです。そして今後のことは、ご主人が戻ってから、きっちりと話し合わなければなりません。その気にさえなれば、何だってできますよ。場合によっては、御家人株を売っても良いのです。もう切米は入らなくなりますが、それも身から出た錆(さび)です。これは他でもない、あなたたちが切り抜けなければならない事柄なのですから」

綾乃が金を渡さなければならない筋合いなど、なかった。しかしそれでも金を出したのは、新造の頑迷さの中に、しばらく前までの己の姿を垣間見たからであった。しっかりしろと頰を張って、元気づけをしてやりたい気持ちがある。しかしそこには、持って行き場のない憤りがあるのも事実だった。

多くの蔵米取りは金に窮している。その背景には様々なものがあるが、物価高や米安、あこぎな札差など、多くの場合、己以外の者のせいにする風があった。綾乃自身もそうだった。

だが考えてみるまでもなく、当の蔵米取りにも何の責もないとは言えない。己の口を糊(のり)するために、おさきや稲荷寿司売りのような強さもしぶとさも持ち合わせることはなかった。権田の新造は、そのことを知らせてよこした。綾乃の胸に兆した憤りは、自分を含めた無力な御家人へのものだったのかもしれなかった。

九

「うむ、助かった。もう少し手間取るかと思ったが、うまく話がついた」

初老の札旦那が、笑顔を見せた。丸一日待たせる結果になったが、勘兵衛が相手をして金談が纏まった。嫌がらせの連中ではなかった。

まともに金談をしようとして来た客を、結果的に待たせることは少なくない。嫌がらせか、そうでないかは一日瞭然だったから、まともな金談には迅速な対応を心がけた。

忠七が来た次の日から、四、五日は札旦那の数が増えた。だが当初から難癖をつけに来ていた者たちには、気持ちに緩みが生じてきていた。半月になる。坂東から金を得て来ているだけの者だから、しょせんは日銭さえ手に入れば良しとする者たちだった。決着のつかない問答に、飽いてきたのだ。

奉行所からの取り調べも、上総屋には来なかった。月行事の太田屋のところへは苦情が行ったのは事実だが、茂左衛門は市三郎がまっとうな取り引きをしていることを証言して、食い止めてくれた。口ではいろいろ言ったが、株仲間としての結束の固さを示してくれたのである。

「もう少しの、辛抱です」

札旦那たちの緩みに気付いた錠吉が言った。疲れた顔をしていたが、しぶとい男だった。そして情況を見るに敏な男でもあった。

「そうです。どうなることかと案じていましたが、私も乗り切れるような気がしてきました」

この数日食欲もなく、黄ばんだ顔色になっていた喜助も笑みを浮かべた。

しかし店の者たちの疲れも、隠しようのないものになった。勘兵衛の家は、店からほど近い福井町にあったが、近ごろは店で寝泊まりした。店と家との行き来を面倒がったのである。女房が、洗濯物を取りに来た。おたねという四十過ぎの肥えた女で、ずけずけとものを言うが気性はさっぱりとしていた。

「いなけりゃあ手間がかからなくていいけどさ、男手がないと夜は物騒だからね」

勘兵衛の好物だという、こんにゃくの煮付を置いていった。

札旦那がいなくなると市三郎に一日の報告をし、帖付けを済ませる。晩飯を食い終えると、早々に床についた。四人の小僧は店の屋根裏部屋に、三人の手代は帳場裏手の七畳ほどの部屋に床を敷く。錠吉だけは、毎夜のように出かけて行ったが、町木戸の閉まる頃には戻って来た。

綾乃はいつものように、戸締まりをもう一度確かめると床についた。庭から卯の花の香が、僅かに匂ってくる。花の香に気付いたのは、久しぶりだった。裏庭の先は、掘割りになっている。塀の向こうから、小さな艪音（ろおと）が聞こえた。静かな夜だった。

いつもは、床に入るとすぐに眠りに落ちた。しかし今夜は、坂東のしかけた嫌がらせを上総屋は凌ぎ切れるかもしれないという思いがあって、すぐには寝つけなかった。喜助の言ではないが、一時はどうなるかと案じたのは事実だった。

微かな興奮がある。坂東に立ち向かうなぞ、これまでは及びもつかなかった。だが市三郎や錠吉は、力を合わせてそれを行おうとしていた。執念深い坂東志摩守が、これで引き下がるとは思えない。けれども臆さず怯まず、着実な踏ん張りを見せて行く姿に粘り強さを感じた。さしもの坂東も、そう遠くない時期に諦める時が来るのではないか、そういう気がしたのであった。

あれこれ考えているうちに、いつの間にか眠りに落ちた。

どれほど眠った頃だろうか、物音が聞こえた。うつらうつらとした意識の中で、初めはそれが夢か実際の音なのか分からない。だが地べたを擦（こす）る人の足音を察して、目が覚めた。庭先に、誰かがいる。それも一人ではない。

はっとして飛び起きた。家の中は、しんとして静まり返っている。耳を澄ますと、勘兵衛の鼾（いびき）が家の奥から聞こえてくるだけだ。綾乃は押入れを開けると、父の形見の樫の杖を取り出し、握り締めた。

ゆっくりと障子を開け、台所の板の間に出た。その時、庭に面した廊下の戸板が外された。音を立てない。草鞋履き黒装束の男が三人、建物の中に入り込んだのが見えた。三人とも、すでに抜刀していた。

「賊です！　賊が入り込みました」

綾乃は叫んだ。男たちは瞬間たじろいだが、すぐにその声を目がけて殺到してきた。刀を小脇に構えたまま突きかかってくる。最初の賊の刀を、杖で撥ね上げた。足をかけると、勢いづいた賊は前のめりに板の間に転んだ。

息つく間もなく、次の切っ先が綾乃の目の前に飛び込んできた。鋭い踏み込みで、床が軋んだ。引けばそのまま突かれる。屈み込むようにして前に出ると、杖の先を突き上げた。間一髪。鈍い音がして、刃先が杖にあたった。綾乃は体を捻って横にかわし、男の腹を杖で打った。

「うっ」

呻き声を上げた。賊の顔を見ようとすると、その時初めて頭巾を被っていることに気付いた。人の乱れた足音と、叫び声が聞こえた。店の者たちが起き出してきたに違いなかった。廊下の戸板が数枚蹴破られていて、月明かりが部屋に差し込んでいた。

「このやろう」

寝起きの錠吉が、声を上げた。棒のようなものを持って、綾乃に最初に打ちかかってきた賊と向かい合っていた。その横には、すりこ木を握り締めた乙助が身構えていた。二人とも寝巻きの胸ははだけていたが、必死の形相で歯を食いしばっている。

三人いた賊の、もう一人の姿が見えない。奥の部屋に、走り込んで行ったようだ。市三郎や勘兵衛が、どうなっているのか気になった。しかし綾乃のいる場所からは、様子を窺うことはできなかった。

杖で腹を打った賊が、体を立て直して、綾乃に向かい合った。刀を青眼に構えて、じりと詰め寄ってくる。こちらも杖を青眼に構えた。長身で肩幅のある男だった。覆い被さってくるような威圧があった。腰を据えて向かい合うと、思い掛けない手練である。一点の隙もなかった。

拙速な攻めをすれば斬られる。そういう予感が兆した。押されるようにして、半歩後ろに下がった。狭い暗闇の室内である。地の利は綾乃にあった。それがなければ、手も無く打ち据えられてしまうだろう。息を詰めて対峙した。容易には動けない。

「ぎゃあ！」

その時、奥の部屋から男の叫び声が聞こえた。どさりと、誰かが倒れた気配があった。綾乃は咄嗟に耳をそばだてた。自分が襲われた以上の、恐怖にかき立てられた。市三郎か勘兵衛のどちらかが、斬られたと感じたからである。

だがその隙を、賊は逃さなかった。

「きえいっ」

裂帛の気合いと共に打ち込んできた。完全に、敵の間合いの中にいた。引くことも前に出ることもできなかった。闇を斬り裂いて、切っ先が迫ってくる。だが狭い室内が幸いした。切っ先は部屋の長押を擦り、思いのほか伸びなかった。横に凌いだ綾乃の肩先を、空を斬って行き過ぎた。

賊は素早く構え直した。二の太刀が、今にも迫ってくる。力を溜めた刀が振り上げられた。その時、店の戸板を何かで激しく叩く音が聞こえた。

「大変だ。盗賊だ！」

「みんな起きてくれ！　人殺しだ」

松吉ら小僧たちが、てんでに大声を張り上げて叫び始めた。戸板を叩く音は、寝静まった町中に響きわたった。

目の前の賊に、明らかな動揺が表れた。綾乃は身構えたまま間合いを開いた。ちっと、賊は舌打ちをした。すぐ近くで短い指笛が鳴った。すると相手の賊は、刀を身構えたまま庭に走り出た。打ち込む間を与えない、鋭い身ごなしだった。錠吉が立ち向かっていた賊も、気がつくと庭に出ていた。

「待ちやがれ」

叫んで庭に出た錠吉だが、賊の動きは素早かった。三人とも、軽々と塀を乗り越えた。掘り割りに舟を待たせておいたらしい。鮮やかな艪音が聞こえて、それは瞬く間に闇の彼方に紛れて行った。

「大変だ、番頭さんが斬られている。だ、旦那さんの部屋だ」

喜助が這うようにして、廊下に出てきた。足を斬られたらしかった。

「な、何だって」

綾乃と錠吉は、はっとして顔を見合わせた。そして奥の市三郎の部屋に駆け込んだ。長身の賊と対峙していた折り、男の叫び声とどさりと倒れる音を聞いた。あの時、勘兵衛は斬られたのだった。

部屋の中では、市三郎が倒れた勘兵衛の腕の付け根に、手拭いを巻きつけて止血をしていた。

「まだ死んではいない。医者を呼ぶんだ」

振り向くと言った。はっきりとした声音だったが、市三郎も頬と腕それに胸先に切り傷ができていた。弾かれたように、錠吉が部屋を飛び出した。

賊は、坂東が放った刺客だと分かった。綾乃は、全身の血が凍えて行くのを感じた。

第四章　轍(わだち)の行方(ゆくえ)

一

明かりを灯(とも)した。倒れた勘兵衛の姿が、浮かび上がった。

脇腹と肩を斬られていた。横ざまに倒れ、顔から血の気が失(う)せている。紫色になった唇が微(かす)かに震えるので、生きていると分かった。

「しっかりして……」

綾乃の口から、悲鳴ともつかぬ声が出た。縋(すが)りついて顔を寄せる。体を揺すろうとしてはっと我に返った。身につけた寝巻きを、血がべっとりと濡(ぬ)らしている。

布団を敷き直して、そろそろと寝かせた。畳にはいくつもの血の染みができていた。

初めて部屋の中を見回す。襖(ふすま)にも血が跳ね散り、障子の桟(さん)はどれも無残に壊されていた。掛け軸は下半分が引き千切れている。初めて見る部屋のようだった。

市三郎も、体のあちこちに切り傷を作っていた。襲ってくる賊(ぞく)の刀を、枕や乱れ箱を盾にしてかわした。勘兵衛ほどの深手を負うことはなかったが、体のそこここをちりちりと斬られた。

喜助は大腿部を、乙助は腕を斬られていた。二人とも言われるまで、自分が斬られていることに気付いてさえいなかった。

錠吉に叩き起こされた医者は寝巻き姿だったが、寝ぼけてはいなかった。三十半ばの痩身の男だ。蘭方の医者だという。雪の夜に綾乃が担ぎ込まれた時も、この医者が手当てをしてくれた。

傷口を手際良く消毒し、針で縫い合わせた。指先にためらいはない。勘兵衛の低い呻き声が、闇に響いた。

「思いのほか深手でした。臓物を傷つけている疑いがあります。今夜は様子を見守りましょう」

市三郎や喜助、乙助の手当てを済ませてからも、残って様子を見守ってくれた。傷が臓物にまで及んでいれば、命に危険があるという。今夜いっぱいが山場だった。勘兵衛は青白い顔にうっすらと脂汗を滲ませて眠っていた。苦しいのか痛むのか、時おり顔を歪めた。

大腿部の傷が思い掛けず深かった喜助は、手代部屋の布団に横になっていたが、他の者は勘兵衛の病間近くに呆然と座り込んでいた。荒らされた家の中を、どうにかしようという気力はまだ誰にも芽生えていなかった。

「くそっ。坂東め」

乙助が、洟を啜り上げながら怒りに堪え切れぬ様子で吐き捨てた。乙助は肩先を四針ほど縫った。抜き身の刀を前に気丈に立ち向かったわけだが、この程度の怪我で済んだのは、考えてみれば幸いだった。

「あいつら、皆殺しを狙ったのでしょうか」

錠吉が、誰にともなく言った。賊は、忍び込んだ時から刀を抜いていた。思いもよらない荒技に出た、ということになる。

綾乃は、最初に叫び声を上げた時、自分に襲いかかって来た二人の賊の剣筋について考えていた。鋭い突きの一撃だが、はたして自分の心の臓を狙っていたかどうかを思い起こすと、何とも言えない気がした。あれほどの腕前の者が、闇の中とはいえ一の太刀をしくじり、綾乃の杖に腹を打たせた。その後は体勢を立て直したが、初めから殺そうとする気持ちはなかったように感じられるのだ。特に二人目の賊は、手練だった。

「さあ、どういうつもりで押し入って来たのか……。ただ脅すだけのつもりだったのか、あるいは綾乃さんを攫って行くつもりだったのか」

市三郎が応えた。熱っぽい顔をしていた。深手ではないとはいえ、体中かなりの個所を斬られていた。綾乃はそのことも気になっていた。

「どういうことですか」

思い掛けない話を聞いたという顔で、錠吉が訊いた。

「初めから殺すつもりでいたのならば、私も番頭さんもとうに斬られていたのではないかという気がしてね。賊は倒れた番頭さんを見て、驚いた風を見せたような気がする」

綾乃と同じ思いを、市三郎も感じていたことになる。

「あんた！」

その時、走り込んでくる女の声があった。勘兵衛の枕元に座ると、もう一度「あんた」と呼びかける。福井町に住む女房のおたねである。松吉が、知らせに行ったのだった。

息を切らせていた。走って来たのだ。涙を浮かべてはいなかったが、それは泣き顔と言ってよかった。体を揺すろうとして、医者に止められた。

「助けてください。この人が死んでしまったら……」

目に涙が、じわじわと湧いた。本物の泣き顔になった。

「そのために、私はここで、看取っています」

医者は、力強い声で言った。おたねはそれで、いくらか気を取り直した。あらためて勘兵衛に向き直る。じっと見詰めた。指のひらで、額の脂汗を拭った。

行灯の灯芯が、じりじりと焦げる音がした。勘兵衛は微かな呻き声を漏らした。弱々しい声で、聞く者の耳には命の危うさを感じさせた。おたねの背筋が、引き攣るように震えた。はっとした顔をして、綾乃に向かって振り向いた。

「あ、あんたさえ、いなければ……」

恨みの籠もった目が、綾乃の全身を突き刺した。目に、新たな涙があふれ出る。それを拭いもせずに続けた。

「うちの人は、こんなことにはならなかった。上総屋さんが、苦しい目に遭ったのも、みんなあんたのせいじゃないか」

綾乃は心の臓を、いきなり鷲摑みにされたように感じた。高鳴る前に、押さえつけられたという思いである。

驚きではない。おたねの言う通りだ。自分の気持ちの奥底にも、同じ思いが潜んでいた。それが、おたねの口を借りて出てきたのだった。

「はい。こんなことになるなんて」

今さら詫びたところで、どうなるものでもないことは分かっている。ただ一時も早い快癒を願うばかりだが、その責めは受けなければならないと考えた。坂東志摩守が憎い。しかしその思い以上に、おたねは自分を恨んでいるはずだった。

「落ち着きましょう。どう言ったところで、ご亭主の容態が良くなるわけではないのだから」

医者が諫めた。おたねは、医者にも食ってかかろうとしたが、急にがくんと肩を落とした。啜り泣きの声を漏らしながら、勘兵衛の顔を見詰めた。

綾乃はそのまま身を固くしていたが、我が身を奮い立たせて立ち上がった。責めはいくらでも受けるつもりだが、いつまでも自分が、嘆いたり悔やんだりしていても始まらないとは分かっていた。取りあえず台所へ出て、湯を沸かした。せめて起きている者たちに、熱い茶をいれてやろうと考えたのである。

しばらくすると、土地の岡っ引きが眠そうな目をした子分を連れてやって来た。四十年配の、鷲鼻の男で留造といった。

「ひでえことをしやがる」

「いずれとっ捕まえて、ぐうも言えねえようにしてやりまさあ」

口では威勢の良いことを言ったが、調べは簡単だった。半刻（約一時間）ほどの間、建物の内外を見、市三郎らの話を聞くと早々に帰って行った。形ばかりの取り調べだった。

上総屋が、坂東志摩守に目を付けられていたことは、連日の店の様子を見ていて誰でも知っている。奉行所の誰かから耳打ちされて、詳しい事情さえ分かっていることも想像できたが、いっさい関わらずに今日まできていた。今夜の押し込みも、坂東の差し金に違いなかったが、自らその名を口にすることはなかった。

「こんなことを企むのは、坂東の他にはいやしない」

思い当たる者がいないかと問われて、痺れを切らせた乙助が言った。すると留造は、乙助を睨み据えた。

「証拠は、あるのか」

鷲鼻を鳴らした。腰の十手を抜き出して、乙助の鼻先に突きつけた。

「い、いえ。それは」

「それなら、めったな名を口にするんじゃねえ。おめえ、牢屋へぶち込まれてえのか」

逆に、凄まれた。

この岡っ引きには、これまで何くれとなく袖の下を渡していた。もう少し力になってもよさそうなものだったが、金と権力にはめっぽう弱い男である。また面倒なことにも関わるのが嫌いな質であった。市三郎も、他の者たちも、それでもう何かを訴えようとはしなくなった。力添えを期待できる相手ではなかった。


夜が明けて蔵前の通りが賑わい始めた頃、医者は帰って行った。勘兵衛の容態は、どうにか峠を越した。

薬箱を抱えて帰って行く後ろ姿を見送って、綾乃はようやく安堵の涙を流した。もし勘兵衛の身に異状があったら、生きてはいられないと考えていた。

店は開けられなかった。奉行所の正式な役人がやって来て、取り調べをした。途中いつものように何名かの札旦那が現れた。あらかた嫌がらせの常連の顔だったが、役人の姿を見て帰って行った。

「あこぎな金貸しをしているからだ」

「これで、少しは身に応えただろうぜ」

聞こえよがしに言う者もいたが、騒ぎにはならなかった。

役人には、留造もついてきた。丁寧に、庭や家の中を調べて行った。確かな証拠があれば、坂東を訴えることができる。綾乃も錠吉も、賊の身元を知らせるものが落ちていないかと捜したが、見つけることはできなかった。

坂東志摩守の名は、誰の口からも挙がらなかった。名を挙げて糾弾する時は、動かぬ証拠を握った時でなければならない。皆が、そう考えているのだった。

昼過ぎには役人たちも帰り、動ける者で片付けをした。畳にこびりついた血は固まって、雑巾で強く擦らなければ落ちなかった。建具屋や経師屋を呼んで、新しい障子を入れさせ、襖を張り替えさせた。夕刻すべてが済むと、建物の中はひっそり閑となった。一同疲れ果てて、欲も得もなく眠り込んでしまった。

「旦那さま」

新しい茶をいれて奥の間に持って行くと、市三郎が畳につっぷして眠っていた。床を延べて横にならせようとする。額に手を当てて、綾乃は「あっ」と声を上げた。

ひどい熱だった。額だけではない、全身が火であぶられたように熱い。

「だ、大丈夫ですよ」

気がついた市三郎は、笑みを見せた。自分で着物を脱ぐと、敷かれた布団に横になった。綾乃が手を添えてやると、強く握り返した。

「少し眠れば、じきに良くなります。騒いではいけません」

浅手とは言え、かなりの個所を斬られていた。にもかかわらず、役人への対応や後始末に動き回った。これまでの疲れもあったはずである。それらの弊が、一気に吹き出したのだと思われた。

「分かりました。どうぞ休んでください。私が、看取っております」

綾乃がそう言うと、市三郎は握っていた手を放した。恥じらいの顔を、綾乃に見せた。

「いや。あなたも疲れている。眠ってください。私には構わず」

赤い顔に、もう一度笑みを浮かべた。それでも見守っていると、小さな鼾を立てて眠りについた。愛しい顔だった。そして、自分に優しい顔だと感じた。そういう目で見られることは、この数年来なかった。

今回のことで、あからさまに綾乃を責めたのは、おたねだけだった。しかし他の者も口には出さないだけで、同じことを考えていると思った。なぜならば、何よりも綾乃自身が自分を責め立てているからだった。

だが市三郎の、熱の浮いた赤い顔に浮かんだ笑みを見て、綾乃は救われた思いがした。ここまできても、自分を恨んではいないと感じたからである。

井戸端へ行って、冷たい水を汲んで来た。手拭いを浸して絞ると、市三郎の額に載せた。手拭いはすぐに温かくなった。水に入れて絞り直し、載せ直す。それを数度繰り返すと、水はぬるくなった。井戸へ行って新しい水を汲んだ。

そうやってどれほどの時間を過ごしただろうか。いつの間にか、辺りはすっかり暗くなっていた。飯や粥を炊き、寝ている者たちに食べさせた。

勘兵衛の容態は、悪くはなっていなかった。おたねが、潤んだ目をして看取っていた。綾乃に気付くと、ぺこりと頭を下げた。興奮は、収まったようだった。

奥の部屋に戻る。市三郎はまだ、微かな鼾を立てて眠っていた。枕頭に座して、額の手拭いを換えた。心持ち熱は下がっているかに思えた。

「よかった」

綾乃はつぶやいて、寝顔を見詰めた。自分も疲れている。だがそうやっていると、その疲れさえも心地よい気がした。

とろとろと、眠りに落ちてゆくのが分かった。

自分の肩を、誰かが触った。両手で、持ち上げるようにしている。それで目を覚ました。数刻の間、眠っていたらしかった。

目の前に、男の顔が見えた。暗闇の中だったが、それが市三郎の顔だと、すぐに気付いた。

「起こしてしまったな」

「いいえ、まだ夢を見ているようです」

胸に抱き寄せられた。体のにおいが、鼻を覆った。市三郎のにおいである。顔が迫ってきて、唇を吸われた。

自分を求めている。自分も求めている。二つの気持ちが絡み合い、一つになろうとしていた。衷心から湧き上がってくる喜びがあった。ほんの少しの間だけでも、それに甘えてみたい。

だが……、体に巻いた白布に血の染みがあるのが見えた。綾乃を庇(かば)い、守ろうとすることで受けた傷である。そう思うと、喜びは胸に鋭い痛みを伴っていた。

すべてを振り払うように、綾乃も吸われた唇を吸い返す。体をさらに寄せた。すると温(ぬく)もりのある寝床の上に、そのまま押されて倒れた。

二

目を覚ました時、市三郎の軽い鼾が耳元にあった。夜は、まだ明けていない。

綾乃はしばらく耳を澄ました。体の温もりが、触れ合っている腕と脚に伝わってくる。男を受け入れた痺れが、体の芯に残っていた。けれどもじっとしていると、目に涙が込み上げてきた。市三郎と結ばれたことに後悔はないが、まだ二人の間には隔たりがあるのを感じた。

札旦那たちの理不尽なやり口。坂東の無謀な襲撃。武家の非道に対して押され、堪えるだけしか手立てはないのか。絶望に近いものが、胸に去来した。そして札差という稼業へのわだかまりも消えてはいなかった。

昨夜の市三郎は、疲れや怪我を感じさせない力強さと優しさで、自分を包み込んでくれた。何があろうと、慈しみ庇おうとしてくれている。だがそうやって過ごして行くことに、綾乃にははっきりとしたためらいがあった。求められ、庇護をされるだけの暮らしを、望んではいないからだった。

男の鼾と温もりを肌で感じながら、この人と生きて行きたいと思う。しかしそれは、お夕のように共に支え合い、確かな歩みを踏み締めて生きて行きたいという願いであった。

上総屋で過ごすうちに、多くの蔵米取りの姿を見てきた。彼らの暮らしは禄米に頼ることで庇護されていたが、そのために多くの者が、逆に禄米に絡む金融に振り回される結果になった。これまでの綾乃もその一人だが、ために坂東に捕らえられ、今また追われている。関わりのない勘兵衛まで、傷付けることになってしまった。

市三郎が、掛け替えの無い相手になったことは事実である。だが上総屋が、自分にとって必ずしも確かな居場所ではないことも感じたのであった。

「夜が明けぬうちに、出て行かねば……」

胸の内でつぶやいた。自分が店から離れることで、坂東の攻撃を上総屋から少しでもそらさなければならないという考えがある。

だがそれだけではない。店から出て、もう一度我が身を見詰め直してみなくてはならない、そういう気持ちも込み上げてきたのだった。

「悔しかったら攻めろ。守るだけでは、相手の攻撃は収まらない！」

いきなり、父軍兵衛の声が蘇った。剣の手ほどきを受けていた時の叱咤の声である。自分の手で、坂東に立ち向かって行かなければならない。市三郎とさらに深く結ばれることがあるとすれば、それは戦い抜いた後だと感じた。

顔を近づけ、吐き出す息を胸いっぱいに吸い込んだ。そして起こさぬように、そっと起き上がった。

勘兵衛の病間を覗く。穏やかな寝息が聞こえ、勘兵衛もおたねも眠っていた。

自分の部屋に戻ると、身支度を整えた。父の形見の樫の杖と手持ちの金子だけを持って、裏木戸から上総屋を出た。誰にも、気付かれることはなかった。

夜明け前のひときわ暗い道を、神田川の方向に綾乃は歩き始めた。幾度か振り向きたいという衝動にかられたが、どうにか堪(こら)えた。広い蔵前の通りには、早出の旅人の姿が二つほど見えるだけだ。足早に歩いてくるが、その他はひっそりと静まり返っていた。自分の足音が、妙に響いて聞こえた。

下谷(したや)へ、行ってみるつもりになっていた。そこには、父親の古い剣友がいた。幼い頃、可愛(かわい)がられた記憶がある。上総屋を出ようと考えてから、最初に思い浮かんだ顔だ。この数年交わりはなかったが、父はその侍を古い知己として親しんでいた。しばらくは身を置かせて貰(もら)うつもりであった。

神田川を越え、大川に沿った道を川下に向かって歩いた。新大橋を過ぎたところで、ようやく夜明けとなった。朝日が、輝く帯のようになって川面(かわも)に跳ね返った。その輝きの向こうに、ゆるやかな弧を描いた永代橋(えいたいばし)が浮かび上がる。潮のにおいがした。

そろそろ上総屋は店を開ける。松吉が、店先を掃除している頃だろう。

今日も、嫌がらせの札旦那がやって来る。その者たちの口から、自分がいなくなったことが、坂東の耳に伝わるはずだ。すぐにではないにしても、それで上総屋への攻撃の矛先が弱まることを願った。勘兵衛の容態は、一刻も早く良くなってほしい。

「それにしても、あまりに酷(ひど)いやり口」

覚えず、声になった。深夜の民家に押し込み、人を傷付けることは、夜盗の行為にも等しい。抑えようとしても、抑えがたい怒りと憎しみが湧いてくる。襲ってきた賊は、坂東志摩守の手先に違いないが確証はなかった。もしあれば、大身旗本とはいえ、押し込みを唆した大罪となる。ただでは済まないだろう。

荒らされた跡を、錠吉と共に賊の身元を知らせる手掛かりが落ちていないかと、必死になって捜した。しかしそれらしい物は、発見できなかった。賊と坂東との繋がりを、証明することはできなかったわけだが、もうそれで本当に手掛かりは消えてしまったのだろうか……。

三人の賊の姿を、綾乃は思い浮かべた。暗闇の中で、覆面をしていた。顔を見ることはできなかった。話し声を聞いたわけでもないから、賊の識別はできない。だが気持ちに引っかかる男が、賊の中にいた。

綾乃が対峙した男だった。

なかなかの手練である。闇を引き裂いて迫ってきた切っ先は、鋭いものだった。手際の良い動きと呼吸。暗い室内という地の利がなければ、綾乃の腕では太刀打ちできない相手だった。あれだけの腕の者は、どこにでもいるわけではない。

あの賊は長身で、鴨居に頭が届くほどだった。思い当たる者が、一人だけいる。橋爪欽十郎だ。橋爪は今回の金談騒ぎには顔を見せていなかったが、坂東と繋がる可能性は充分に考えられた。幕奉行は、御留守居役の配下にあった。しかも上総屋には、春の切米以来深い恨みを持っている。話を持ちかけられて、乗ってみようという気持ちになったとしてもおかしくはない。

ただ橋爪は、禄四百俵の旗本であった。幕奉行は閑職とはいえ、しくじればすべてを失うことになる。坂東に唆されて、はたしてやるだろうかという疑問があった。もしそれでもあの賊が橋爪であったとするならば、坂東はよほどの餌を示したことになる。

「すぐにでも探ってみなければ」

坂東は、それなりの餌を用意することができる。そう考えると、やもたてもたまらない気持ちになった。綾乃に急ぎの用などはない。芝の父の古い剣友も、自分を待っているわけではなかった。

橋爪の屋敷は赤坂御門の先、紀州家上屋敷の裏手、青山大通の近くだと聞いていた。歩いて行く道筋を変えた。

三

長く続く海鼠塀の向こうに、鬱蒼とした樹木が茂っている。通りを歩いていると風は感じないが、枝先は揺れていた。その樹木の中に、青葉が混じっているのが見えた。

歩いて行く青山大通の両側には、大名家の下屋敷や旗本屋敷が並びひっそりとしている。辻番小屋で訊ねると、橋爪の屋敷はすぐに分かった。広い道から脇の道に入ってすぐ。片番所付きの長屋門で、五百坪（約一六五三平方メートル）ほどの屋敷だった。門は開いていたが、門番の姿は見えなかった。

大名屋敷の壮大さとは比べるべくもないが、なかなかの広さである。長屋の屋根瓦の一部が崩れて、泥の地肌が覗いていた。古い建物だった。中を覗くと、これも古い母屋の建物が見えて、玄関式台に午前の日差しが当たっていた。壁際には、伸び始めた雑草がそのままになっている。

人の気配はない。中間や若党がいないはずはないが、見当たらなかった。

禄四百俵は綾乃の実家と比べればはるかに格上だが、内証の苦しさはそれには関係ない。娘を嫁に出すにあたって、札差とひと悶着を起こした理由は、この屋敷の外観を見ただけでも想像することができた。

裏口に回ってみた。木戸は閉まっていて、押してみると軋み音を立てて開いた。十坪ほどの空き地になっていて、隅に掘り抜き井戸があった。その脇には空の樽や、薪が積まれている。やはりここにも人の気配はなかった。一瞬、入って行こうかとも考えたが、さすがにそれは憚られた。

表門の見える辺りに出て、様子を窺った。出入りの商人でもあれば、そこから何か話が聞き出せるかもしれない。あれだけのことをしているならば、屋敷の中にも何らかの変化があっていい気がする。

ともあれ見張ってみることにした。辺りはしんとしている。

半刻見張っていても、訪ねて来る者の姿はなかった。

綾乃はこの数カ月、蔵前を南北に延びる通りの雑踏を間近にして過ごしていた。朝から晩まで、人通りが絶えることはない。初めは落ち着きのない騒々しい所だと思ったものだが、いつの間にか慣れてしまった。こうして物音一つしない武家地に身を置いていると、その静けさが気持ちに圧迫を与えてきた。

見張っている屋敷が、橋爪のものだからだろうか。もちろんそれもある。だがそれだけではない気がした。橋爪を含めた武家の世界全体に怒りがあった。

弟郁之助の死を思う。大身旗本の嫡男と悶着を起こし、手傷を負わせた。そのために刺客(しかく)に襲われ、命を落とした。事の起こりから始末されるまでの過程には、身分が高い武家の横暴があった。

行き過ぎる人が、綾乃を胡散臭(うさんくさ)そうに見て通り過ぎた。身なりの良い中年の侍である。静かだとはいっても、まったく人通りがないわけではない。用もないのに道端に立っていると、かえって目立った。

それでもさらに半刻ほど、様子を見続けた。日差しは、とうに真上を過ぎている。ため息が漏れた。けれども考えてみれば、初めから都合よく行くとは限らなかった。思い直して、橋爪の屋敷の場所を訊いた辻番小屋へ行ってみた。

「どうしたね、お屋敷は見つけられなかったのかね」

　道を教えてくれた初老の男が、綾乃を見ると言った。髪の薄い痩せた男で、白髪（しらが）交じりの不精ひげが汚らしい。しかし迷惑そうな顔はしていなかった。退屈していたのかもしれない。

「呼びかけてみたのですが、どなたもいらっしゃらないようで」

「そんなことはないだろう。橋爪様は出かけられたが、屋敷には誰かがいるはずだ」

「それが何度声をかけても、出ておいでにならないのです」

　男は、おもしろくもないという顔で、見返した。

「おおかた誰か人でも来ていて、話し込んででもいるんだろう。あそこのお屋敷には、近く嫁入り話があるからな。来客もあるだろうさ」

「嫁ぎ先の方ですね」

「まあ、そうだろう。でなけりゃあ、嫁入り支度のための出入りの商人か。そういえば昨日、呉服屋の番頭が道を訊ねに来たな。急に呼びつけられたと、話していた」

「新たに、注文を受けたわけですね。内証は豊かなのでしょうか」

「まさか。大きな声じゃ言えないが、台所はどこだって火の車さ。おおかた借金をしたか、そうでなければ特別の実入りがあったんだろうよ」

「何かをしたのでしょうか」

しまった。


辻番小屋の男が、その何かを知っているわけはない。それでも綾乃は、気負い込んで
「さあ、そこまでは知らないね。ただ橋爪様は、良いお役に替わるかもしれないという話を、呉服屋はしていた。それがほんとうなら、内証は楽になるだろうがね」

「ほう、お役替えですか」

納得がいった。坂東志摩守が、橋爪の目の前にぶら下げた餌はこれだったのだと察した。危険な仕事ではあるが、腕には自信がある。多額の賄賂を包まずに役替えができるならば、それに越したことはないだろう。一つやってみようと考えたとしても、おかしくはない。

「もう一度、お訪ねしてみましょう」

綾乃はそう言って、辻番小屋から離れた。青山大通を戻って、赤坂田町の町並みに出る。小間物屋の店の前で、水を撒いている小僧がいたので声をかけた。

「このお店では、お旗本の橋爪様の屋敷に、品物を届けていますか」
十二、三の小僧は、怪訝そうな顔で見返すと首を捻った。この付近には、数え切れぬほどの旗本屋敷がある。当然の反応だった。隣の薬種屋を覗く。荷を運び出してきた小僧と、ぶつかりそうになった。「すみません」と謝る小僧にも、同じ問いをした。どうせ分からぬだろうと思っていたが、考える様子を見せた。

「やっとうの強いお旗本ですよね」

　その小僧は橋爪を知っていた。店では出入りしていないが、四軒ほど先の筆墨屋は出入りをしているはずだと教えてくれた。

　筆墨屋へ行って、品物を見る振りをしながら、それとなく橋爪のことについて聞いてみた。大口の客ではないが、長い付き合いがあるようだった。しかし相手をした手代は、娘の嫁入りのことは知っていたが、その他に関しては何も知らなかった。一、二カ月に一度、申し渡された品物を配達するだけでは、屋敷内の事情なぞ知る由もなかった。

　ただ出入りの商人として油屋を教えてくれた。屋敷内で顔を合わせたことがあるという。

　少し離れた町だったが、早速出かけてみた。しかしはかばかしい話は聞けなかった。羽振りが良くなったかどうかさえ、判断できない話しぶりだった。

　そうやって、橋爪の屋敷に出入りしている商家を、さらに三軒聞き出してあたった。店の者を手当たり次第につかまえて、いきなり内情を問い質すわけには行かない。商品を覗き、あれこれ話をしてから橋爪の名前を出すのである。

　三軒目は、魚屋だった。その頃には、すでに夕刻に近い時間になっていた。

「へい。一昨日の晩に、鰹の刺し身を届けやした。何でもお仲間が集まって、前祝いをやるんだと話していやしたね」

ねじり鉢巻きをした若い魚屋が、話してくれた。威勢のよい男である。真新しい藍染めの半纏が、よく似合っていた。

「何の前祝いですか」

「さあ、そこまでは聞きませんでしたがね」

一昨日の晩なら、上総屋に賊が忍び込んできた日となる。

「何人分、届けたのですか」

「まあ、四、五人前といったところで」

橋爪を含めた賊の仲間と、坂東の用人石黒あたりだろうか。これで綾乃の疑いは、ほぼ確信に近いものに変わった。

町並みを、朱色の西日が染めている。仕事帰りの職人が、道具箱を抱えて行き過ぎて行った。商家の軒先には、すでに明かりを灯しているものも見受けられた。

綾乃は、近くの旅籠に宿を取ることにした。翌日も、橋爪を探ってみるつもりだった。何か具体的な展開が、見出せるかもしれない。そういう気がした。

四

青眼に構え合った相手の竹刀の切っ先が、小さく揺れている。それに合わせて体全体も、止まることなく僅かな動きを見せて、こちらの攻めを誘っていた。

いつ眼前の竹刀が飛び出して我が身を襲ってくるのか、連続した動きの中で摑むことができない。今にも突き込んでくるようにも、永遠にこの状態が続くようにも思える。被った面の下で、額から汗が滲み出てくるのを綾乃は感じた。

対峙してから、相手の竹刀が急に大きくなった気がする。ためらいが、焦りを生んできた。

間合いは充分。軸足に力をためて、いつでも踏み込める。しかし打ち込む隙なぞ、一瞬たりともなかった。徐々に追い詰められて行くのが分かった。

苦し紛れに、爪先で一、二寸踏み出してみた。するとその動きの変化を待っていたかのように、相手の竹刀がこちらの顔面を打ち込んできた。

「きえいっ！」

床板が大きな軋み音を立てた。かわそうとした時には、相手の竹刀はこちらの面を捕らえて行き過ぎていた。

「参りました」

綾乃は床板に片膝をついて言った。防ぎようのない一撃だった。

「いやいや、綾乃殿こそ見事な腕前でござった。さすがにお父上が、手塩にかけて育てられただけのことはある」

竹刀を収め面をはずすと、白髪の初老の剣士はねぎらってくれた。

面小手を身につけ、道場で竹刀を構え合ったのは、綾乃にしてみれば数年ぶりのことである。思うように体が動かない。息が切れた。常に追い詰められているようで苦しかったが、面をはずすと驚くほどの清々しさがあった。

相手をしてくれたのは、直参で家禄三百五十石の旗本篠山玖右衛門である。かつて父軍兵衛と中西道場で昵懇の間柄だった。旅籠に一晩泊まった後、綾乃は下谷御成街道にある篠山の屋敷を訪ねた。玖右衛門は気難しそうな男に見えたが、旧友の娘の来訪を、迷惑がりはしなかった。

橋爪の屋敷に出入りする商人からは、お役替えの話があるらしいことは聞き出せた。けれども、具体的な内容までを知ることはできなかった。それで次に綾乃が考えたのは、中西一刀流の道場で橋爪と親しかったと思われる人物から話を聞くことであった。

坂東志摩守との悶着について、詳しい話はしていない。しかし園田の家が潰れたことを玖右衛門は知っていて、働き口が見つかるまで置いてもらえる場所を捜してほしいと頼むと、快く承諾してくれた。

「それがしが、心当たりを聞いてしんぜよう」

そう言ってくれた。父親と同年配のはずだったが、五つ六つ若く見えた。綾乃の剣の腕前については、軍兵衛から話を聞いていたという。屋敷の庭で、父親を偲んで手合わせをしようということになったのであった。

父と稽古に明け暮れた頃の日々が、蘇ってきた。玖右衛門の剣筋は、攻めると見せて誘い、待つと見せて襲ってくる。攻守の変化が迅速で、腕と腰に伸びがあった。軍兵衛のものと似ている。

竹刀をかわした後は、一つ気持ちが近づいたように感じた。

玖右衛門は下谷練塀小路にある中西道場に、今でも時おり顔を出しているという。当然橋爪のことも知っていた。消息を訊ねた。

「父は生前、あの方の剣筋をほめておりました」

「そうであったか……。しかしあの者は、この二年ほどは道場に顔を見せぬようになった。どうしているかは分からぬな」

それで親しかった者数名の名前を聞き、その者たちと橋爪との関わりについて探ってみることにした。また玖右衛門の口利きで、芝の良念寺（りょうねんじ）という寺の離れに寝泊まりさせてもらうことになった。

住職に挨拶を済ませると、使ってよいと言われた離れの一間に小坊主に案内してもらった。ひと息つく間も惜しんで、綾乃は外へ出た。玖右衛門から聞いた侍を訪ねてみるつもりである。

歩いていると、どうしても市三郎や上総屋のことが頭に浮かぶ。店を出る前夜、市三郎の愛撫（あいぶ）を受けた。男のにおいに全身が包まれた。そして内側から悦（よろこ）びがはじけた。あの夜のことを思うと、体の芯がつんと痛くなる。今頃はどうしているだろう。何を考えているのだろうか。

さらに勘兵衛の怪我は、少しでも回復したのだろうか。自分のために起こった災いの種は、残したままになっている。身に替えても刈り取らなければならないと、綾乃は我が胸に言い聞かせた。

名前を教えられたうちの二名は幕臣で他は他藩の藩士だった。彼らの使用人などから話を聞き、上総屋が襲われた夜の彼らの居所をはっきりさせた。賊には加わってはいない。

その上で、じかに話しかけた。念のため、綾乃の名は出さなかった。だが玖右衛門の名を挙げると、話をするのを嫌がる者はいなかった。

「何、役替えだと。それならば橋爪殿も喜んでいるであろう。それで、どの役に就くのですかな」

この者たちも、一、二年は橋爪とは顔を合わせていない様子だった。役替えの話をすると、逆に問い返された。娘の嫁入りについても、知っている者は一人しかいなかった。

中西道場に関わる者とは、現在繋がりを断ったままであることが分かった。

「どうして橋爪様は、近頃道場にお顔を見せなくなったのでしょうか」

思いついてそう問うと、困った顔をした。

「道場主の中西忠兵衛先生と、諍いを起こしたらしいのだがな」

「どういうことでしょうか」

気になった。破門になったとは聞いていない。だが師の中西忠兵衛と諍いを起こしては、道場へ通うことはできなかろう。場合によっては、生涯を掛けて打ち込んで来た中西一刀流の剣と、袂を分かつはめになる。

「詳しいことは、篠山殿の方がよく承知しているのではござらんのかな」

橋爪の消息を訊ねた時、不審そうな目で玖右衛門が見返したことを思い出した。下谷御成街道の篠山屋敷に綾乃は戻った。

「橋爪様は、中西先生とどのような諍いをなさったのでしょうか」

非番で屋敷にいた玖右衛門に問いかけた。

「うむ。考えてみれば、あの者も不憫とは言えなくもないがの、少々頑固が過ぎた」

言葉尻に、ためらいと惜しむ気持ちが交じっていた。

玖右衛門も、橋爪とは何度も手合わせをしたことがあったという。軍兵衛と同様、弟子の優れた剣の質を認めていた。日々、剣筋や踏み込みについての工夫を欠かさない。激しい闘志と執念を持って、稽古にあたった。

「しかしな、橋爪は下の者と手合わせをする時も、手加減をせん男だった。剣の修行は、精魂使いはたすまでこれに励み、厳しさに耐えねばならないという判断からでな。相手が初心者であろうと何であろうと、完膚なきまでに叩きのめしてしまうのじゃよ」

「なるほど」

「中西先生のお考えは、そうではなかった。稽古の仕方は、相手によって変わる。持っている体力や技能は一律ではないのだから、それによって稽古のさせ方を変えなければ、あたら芽を摘んでしまうことになるというものだった」

　数年前の橋爪ならば、師に逆らうことはしなかった。けれども、橋爪が腕を上げることができたのは、まさにその信念にしたがって稽古に励んだからに他ならなかった。己の意見に、固執したのである。そして言い合いのはてに、師の逆鱗に触れてしまった。

　忠兵衛は破門だとは言わなかったが、当分の間出入りを差し止めた。

「あれは、苛々しておったな。四百俵の旗本として家柄も悪くない。剣の腕前も一際優れている。だが三十の半ばを過ぎても、上役には認められなかった。いろいろな手づると金を遣ったようじゃが、幕奉行などというつまらん役に、捨て置かれたままだった。おもしろくなかったのであろうよ」

「………」

「師も、橋爪の言うことが分からないわけではないのだ。剣に生きる者の在り方としては間違ってはいない。しかしうち続く太平の世の中で、武士のありようも変わってきている。そこが分かっておらん。鋭さと激しさを持った使い手だが、半面気の持ち方に脆さがある男であった。まだまだ剣士として伸びる逸材だが、柔軟さがないのが惜しいの」

道場への出入りを差し止められては、剣の道での栄達も見込むことはできない。橋爪は、それを機に変わったのかもしれなかった。

思惑通りにならず苛立っていたとはいえ、ぶつかっただけの十歳の娘おさきを打とうと鞭を振り上げた。そして抵抗しない市三郎を、幾度も打擲した。挙げ句のはてには、夜陰に紛れて上総屋へ賊として押し入った。どのような事情があったにしても、橋爪の心は荒み切っている。父軍兵衛は貧しかったが、剣に生きる者としての矜持を持っていた。それをなくしては、もう中西道場の精鋭としてかつての仲間と交わることはできないはずであった。

橋爪の住む世界を知る者は、中西道場に関わる者の中にはない。こうなれば後をつけて、様子を探ってみるしかなさそうだ。坂東と繋がっていることは疑う余地がない。もし押し入った時の他の二名の名前でも分かれば、そこから坂東に通じる、何か証拠めいたものを摑めるのではないかという気がした。

五

午後になって、日差しがめっきり強くなってきた。じっとしていても、汗ばんでくるほどの陽気である。

「菖蒲(あやめ)やしょうぶ、蓬(よもぎ)はいらんかい」

天秤棒(てんびんぼう)の両端に、青々とした季節の品を山盛りに積んで、棒手振(ぼてふ)りが行き過ぎた。人通りの少ない武家屋敷の続く道を、眠気を誘うようなのんびりした声が動いて行く。あれで商いになるのかと、綾乃は人ごとながら案じたが、大きな屋敷の木戸口からお呼びがかかった。

「へい」

かすれ声で返事をすると、棒手振りの姿は塀の内側に吸い込まれた。意外に繁盛しているのかもしれない。そういえばあと数日で、端午(たんご)の節句になるのだと気がついた。

その時、見張っていた片番所付きの門から、長身の男の姿が現れた。橋爪欽十郎である。羽織袴(はかま)を身につけていたが、一人きりの外出だった。

充分な距離ができると、綾乃はその後をつけた。頭には、菅(すげ)の笠(かさ)を被った。樫の杖は、どこへ行くのにも手放さないで持っている。坂東の手の者に、いつか見咎(みとが)められることがないとは言えないと用心したのである。

青山大通を赤坂御門の方向に歩いて行った。足取りはゆっくりだ。

これまで五日間、綾乃は橋爪を追っている。城への出仕は定刻通りに屋敷を出、決まった時間に帰ってくる。それ以外の外出はしない。手掛かりになるような行動はまったく見られず、訪ねて来る者もなかった。非番の日も、外出はしなかった。そして今日は、二度目の非番の日であった。

表伝馬町（おもててんまちょう）の家並みを過ぎて、両脇を堀に囲まれた高台の道を行く。堀の水面（みなも）には、堤の青葉が映っていた。橋爪は振り向かない。用のある歩きぶりではなかったが、行き先に迷ってもいなかった。

赤坂御門を越えた。越えて左手に曲がり、紀伊（きい）家上屋敷門前のまっすぐな道を、歩調を変えずに歩いて行く。綾乃は後をつけながら、ここではっと息を呑（の）んだ。胃の腑（ふ）がいきなり熱くなった。このまま進めば、平川町（ひらかわちょう）の町家になる。それを過ぎれば麴町善国寺谷であった。坂東志摩守の屋敷のある場所だ。

行き先はそこだったのか。繋がりがあるのならば、訪ねたとしてもおかしくはなかった。ついに正体を見せるのか。はやる心を抑えた。他にも、訪ねて来る者があるかもしれない。同時に呼び寄せられる者も、ありそうだ。その者を探れば、橋爪との何らかの関係が浮かび上がる可能性がある。そこから、襲撃当夜の足取りが洗えるかもしれない。あるいは、新たな展開が現れてくるかもしれなかった。ただそのためには、坂東屋敷の門前付近に止まっていなければならない。危険と隣り合わせだった。一瞬、自分を誘き出す罠なのではないかとさえ勘ぐった。

　平川町の家並みに入ると、人の通りが増えた。通りがかりの中年の武家が、橋爪に声をかけた。浪人ではなく、きちんとした身なりの者だった。二人は立ち話を始めた。親しげだ。偶然出会ったという印象だが、相手の男の顔を確かめるために、近づいた。距離を半分ほど縮めた辺りで、話が終わった。

　相手は、初めて見る顔だった。こちらの方に歩いて来る。橋爪はその後ろ姿を見送ってから、歩き始めた。綾乃に気付いたかどうかは分からない。平川町から麴町の広い通りに出て、右に曲がった。善国寺谷の方向ではない。僅かに失望があったが、そのままつけた。

　いくぶん歩みが速くなった。二度ほど曲がると、広い弓馬稽古場のはずれに出た。馬を責めるかけ声と、駒音が遠くから聞こえてくる。その先は旗本屋敷だった。

　敷地のはずれに、厩舎が並んでいる。橋爪は柵を潜ると、厩舎の並ぶ路地へ入った。綾乃も続く。馬の蹄の音が響く厩舎は意外に少なく、辺りはがらんとしていた。

　橋爪の姿が、いきなり厩舎の陰に隠れた。注意深く様子を探る。誰かと待ち合わせをしているのだと思われた。だがその気配はなかった。馬の鼻息が聞こえるだけで、しんとしている。

「いかがなされたかな、綾乃どの」

いきなり背後から声をかけられた。あっと叫びそうになるのを、かろうじて堪えた。

「わしを、つけておったな。何ゆえだ」

落ち着いた声だった。先ほどの、武家との立ち話の折りに気付かれたのだろうか。隙のない身構え方をして、立ち塞がっていた。捕らえた獲物を見据える獣の目。長身、厚い胸に幅広の肩、時を刻むような一定の息遣い。この体には、つい数日前に闇の中で対峙した。綾乃はそのことを、膚で確信した。

堪えがたい怒りが湧いた。市三郎の高熱、勘兵衛の怪我。闇の中の恐怖。さらに数日来の、札旦那たちに押しつけられた無理難題と横暴までが蘇った。

「あなたをつけていた訳は、ご自身が一番よくお分かりのはずです。武家にあるまじき卑劣な行い。恥をお知りなされ」

言ってしまってから、気負い過ぎたことを後悔した。じわじわと追い詰めて、犯行に関わる言質を取るべきだった。だがもう遅い。橋爪の眼光に、凶暴なものが走り抜けた。ぞっとするほど酷薄な色をたたえていた。

「さあ、分からんな。わしがいったい何をしたというのだ」

わざとらしい口ぶりだった。もともと橋爪は、追跡に気付いて人気のないこの場所へ自分を誘い出したのである。綾乃は腹を決めた。こうなったら煽ってでも、言質を引き出してやろうと考えた。

「私は、つい先日あなた様にお目にかかりました」

「ほう。どこでだ」

「蔵前の、上総屋でです」

「なるほど。綾乃どのは、あの店にいた。そしてわしは札旦那だった。顔を合わせたとしても不思議ではない」

「いえ、そういうことではありません。お目にかかったのは、確かに上総屋でしたが真夜中でございます」

「なんだと」

目の中のどこかに、綾乃を嘗めている光があった。それが咄嗟に、怒りに変わった。腰がごく微かに落とされて、身構えたのが分かった。

「わしは、夜中に上総屋を訪ねたことはない。何ゆえに、そのようなことを申すのだ」

慎重な声音で言った。

「橋爪様は、そこで刀をお抜きになりました。あの剣捌きは中西一刀流。そして闇の中でもあれだけの鋭く激しい身ごなしができるのは、あなた様を置いてはおりません」

「………」

「免許皆伝まで取りながら、その剣を夜盗として抜くことになろうとは、思いもしませんでした。この上はお目付に訴える覚悟でございます」

「無礼な。しかとした証拠もないであろうに」

左手を腰の刀に添えた。親指を、鍔にかけた。

「証拠はございます。橋爪様の、刀に添えた左手でございます」

「言わせておけば」

鯉口を切ったのと、刃先が綾乃を襲ったのとはほとんど同時だった。寸刻のためらいもない一撃だった。疾風が、辺りを斬り裂いた。

だが綾乃は、この動きを察知していた。後ろには引かない。そのまま斜め前に出て、剣をかわした。休む間もなく、横薙ぎに二の太刀が胴を襲ってくる。橋爪の動きは、しなやかで執念深かった。勢いが止まらない。

逃げれば、瞬間に体の緩みが出て刃先に斬り込まれる。相手との間を空けないで動きを揃え、横に回って手にしていた杖で二の腕を狙った。

迫ってきた刀をかわしたが、杖も空を斬っただけとなった。

鋭利な斬り込みだったが、ともあれ凌ぐことができた。怒りにまかせた攻めである。

玖右衛門は、橋爪の剣には気の持ち方に脆さがあると漏らしたが、踏み込みや切っ先の伸びに粘りが欠けたのかもしれなかった。やはり上総屋を襲った賊としての、動揺だと思われた。

橋爪の動きが止まった。綾乃は間合いを取って杖を構えた。橋爪も青眼に構えた。息切れはしていない。

「とう！」

橋爪の剣が、喉元を目がけて突き込んできた。綾乃の杖も、迫って来る小手を狙って前進した。鋭い突きだが、剣尖(けんせん)から目をそらさなければ、身のこなしを誤ることはなかった。目の先一寸もない辺りを、唸(うな)りを上げた切っ先が過ぎた。振り下ろした杖は、薄い手応えを残した。

二つの体が交差した。

相手の小手を打った手応えは僅かとはいえ、次の攻撃の弾みになった。防御のために間合いを取ったが、杖の長さを考えれば離れることに利点はない。振り返るとそのまま、杖の先を胸を目がけて突いた。殺すつもりはない。しかし殺すつもりで突かなければ、こちらが斬られるはずだった。

だがその時、橋爪の剣が杖を弾(はじ)いた。剣尖の動きを、綾乃は弾かれてから気付いた。それで体が流れたのが分かった。やむなく、そのまま軸足に力をためて踏み込む。その右肩先を、熱いものが斬り裂いた。

底の知れない恐怖が、綾乃の全身を覆った。橋爪の動揺を、剣捌きの緩みとして捉え甘く見た報いだった。振り下ろされた二の太刀をかろうじてかわしたが、休まず押し迫ってきた下からの三の太刀に右の肘を斬られた。どうと音を立てて体が地べたに叩きつけられた。転がりながら、樹木の根方にぶつかった。足音が迫ってくる。そして風が白刃と共に襲ってきた。さらに体を転がして幹の裏手に回った。

間一髪。鈍い衝撃音が、すぐ耳元で響いた。見上げると、刀が木の幹を裂いて突き刺さっていた。

渾身(こんしん)の力を振り絞って、綾乃は立ち上がる。刺さった樹木から刀を抜こうとする間に、杖を握り締めたまま走った。

「誰か！」

叫び声を上げたつもりだが、かすれた声にしか聞こえなかった。必死の思いで、厩舎と厩舎の間を抜ける。嵌(はま)った刀を抜いた橋爪が、追ってくる気配が背中にあった。肘と肩の感覚はない。ただ眩暈(めまい)が襲ってくるのを、払いのけるようにして駆けた。

通りに出た。はるか遠くに、人の気配があるのを感じた。立ち止まれば動けなくなる。ただひたすら、そちらに向かった。

六

橋爪の足音が響いてくる。坂東屋敷を抜け出した雪の夜、白い闇の中を背後から迫ってきた追手の足音と同じだった。執拗(しつよう)で確かな足取り。あの時は、はからずも市三郎と錠吉に救われた。

しかし今は、一人きりである。

降りかかる火の粉は、己の手で振り払わなければならない。そのつもりで上総屋を出て来たのであった。綾乃は自分を叱咤した。

麹町の広い通りに出た。半蔵御門を背にして、四谷御門の方向に向かう。下駄屋、醤油屋、薬種屋など商家の日除け暖簾が並ぶ。人通りも少なくはなかった。刀を抜いたまま、追ってきているとは思わなかったが、今にも背後から斬りかかられる怖れがあった。

斬られた右の肩と肘には、脈打つような鈍痛が襲ってきた。足がもつれて転びそうになるのを、その度に杖に縋って堪えた。「馬鹿野郎、気をつけろ」何人もの人と、ぶつかりそうになった。髪は乱れて、裂けた肩先と肘からは血が滲んでいる。目前に迫った綾乃の姿を見て、「きゃあ」と叫び声を上げた娘がいた。

追跡の気配は消えない。距離はどんどん縮まって来ているように感じた。このままではじきに追い付かれる。そうなれば傷付いた身で、抗う術はなかった。

綾乃は暖簾を下ろした、太物屋の店先に走り込んだ。

「いらっしゃいませ」

すぐ耳元に番頭の声が聞こえたが、振り向くゆとりはない。驚く女客の声を尻目に、店の奥に駆け込んだ。ぶつかった小僧を突き飛ばし、積んであった何かが崩れる音がした。自分に注がれる驚きの目。

建物の裏手に出た。狭い空き地の中央に井戸端があり、はずれに土蔵が建っていた。その脇に、裏通りに出る木戸が見えた。ためらわず通りに出て、板塀の細い道を進む。そこでも誰かとぶつかりそうになり、相手が避(よ)けた。

どぶ板を踏みはずしそうになったが、かまってはいられなかった。

走って行く先に、長屋の木戸があった。潜らずに横の路地を行くと、麹町の広い通りに戻った。通りの向かいに団子屋があって、人がたむろしている。その中を突き進んで、建物の内側から裏手に出た。木桶(きおけ)を蹴飛ばして路地に出、さらに細い道を走った。三度(みたび)表の通りに出た時には、背後に追跡の気配はなくなっていた。息を整えて辺りを見回す。橋爪の気配はない。ほっとするとあらためて眩暈に襲われそうになったが、まだ気を抜くことはできなかった。逃げてきた道筋のどこかに、まだいるはずだった。

表通りを横切って、足袋屋(たびや)のある横道に入った。四谷御門の方向には向かわない。肩の鈍痛が再び激しくなって、体が傾(かし)いだ。辺りがぼやけて見える。それでも歩みを止めず、いくつもの角を曲がった。通りはいつの間にか武家地になっていた。そのまま歩き続けて、麹町から離れた。

武家地を抜けて堀を渡る。眼前に町家が広がった。はてしなく長い道が続き、人や荷車が往来していた。朦朧(もうろう)とした頭の中に、肩の鈍痛が響いてくる。何度もその場に蹲(うずくま)

ってしまいたい衝動に駆られたが、ともあれ歩いた。声をかけてくる者はいない。どこに向かっているのかさえ分からない。ふわりふわりと、無限の道のりを歩いているようにさえ感じた。

眼前に、父軍兵衛と弟郁之助の顔が現れた。だがそれはすぐにはるか彼方(かなた)へ遠ざかって行った。そして次に市三郎の姿が現れた。しかしそれも遠ざかって行こうとしていた。

「待って……」

追いかけるように、綾乃は足を踏み出して行く。自分は一人ぼっちだ。そう思うと、不安と激しい寂しさに襲われてよろめきそうになった。

何本目かの橋を渡った。眼下に川が見える。それは急峻(きゅうしゅん)な土手の下に流れていて、荷を積んだ船が航跡を作っていた。渡った先は、人影がまばらになった。炭蔵や材木置き場が目に付き、米蔵もあった。川下のはるか向こうには、人の通りの多い雑踏が見えた。

記憶にある道だと気付いた。それも遠い記憶ではない。

「おばちゃん、どうしたの」

背後から、声をかけられた。子供の声である。

はっとして振り返ると、薄汚れた着物で黒い顔をした、十歳ほどの小柄な娘が立っていた。怪訝な顔つきで、こちらを見上げている。知った顔だった。

「どこへ行っていたの。みんな案じていたんだよ」

おさきである。綾乃は、その幼い顔に気付くと、あっと声を上げた。心の臓がきりきりと痛んだ。自分が知らず知らずの間に、蔵前に向かって歩いていたことを悟ったからだった。

上総屋とは、そして市三郎とは離れて生きようとした。一人で生きると覚悟を決めながら、いざとなると市三郎のもとに近づこうとしている。綾乃は自分の弱さを責めた。

「おや、たいへんだ」

おさきは、肩と肘の傷に息を呑んだようである。綾乃の手を握った。

「ひどい熱だよ。早く手当てをしないと」

手を引かれた。

「だめ！　上総屋へは行けない」

弾けるように、その手を振り払った。

「どうして」

「どうしても」

「分かった。おばちゃんの言う通りにするから」

もう一度、手を引かれた。幼子をなだめるような言い方だった。おさきに連れられて歩いた。

行き着いた場所は、おくめの住む米蔵の番小屋だった。ふらりと倒れそうになる綾乃の体を、幾度も支えてくれた。思い掛けない力があった。

「上総屋の人には、知らせないで」

譫言のように繰り返した。

「大丈夫だよ。誰にも言いやしない」

綾乃が追われる身であることは、すでに知っている。おさきは手際よく板の間に布団を延べると、体を横にさせた。おくめが上体を覆い被せるようにして、手当てを始めてくれた。安堵が、体の緊張を一気に緩めた。

目を覚ますと、夜になっていた。体を動かそうとすると、激しい痛みが全身を襲った。唇を嚙み締めた。そろそろと頭を動かす。竈に火が起こっているのが見えた。紅い炎が揺れている。釜がかかっていて、湯気が昇っていた。

おさきの小さな体が、薪をくべている。粥を炊いているらしかった。

おくめの応急手当ての後、医者が来て傷口を縫い合わせてくれた。見かけない顔だった。上総屋に出入りをしている蘭方の医者ではなかったので、いくらか気が休まった。市三郎に、これ以上迷惑や世話をかけたくないという思いが、綾乃の気持ちを覆っている。店を襲撃した橋爪らの尻尾を摑むことさえできずに、怪我をして二度と足を踏み入れまいとした蔵前へ逃げ込んだ。自分が情けなく、歯がゆかった。

走りながら、自分は一人ぼっちだと感じた。身震いが出るほどの寂しさを味わったのだが、今もその思いは消えていなかった。孤独が体の芯に凍みてくる。もし今誰もいない場所にいるのならば、声を放って泣いてしまいそうだった。

上総屋を襲わせたのは坂東だ。その確信は変わらない。証拠がなければ橋爪共々認めまいが、ただ凌ぐばかりで、一矢報いることはできないのだろうか。そして攻撃の手を抑え止めることは、できないのだろうか。

それも悔しい。

抑えていた涙が込み上げた。瞼から溢れて、筋となって頬を流れた。右上半身の波のように押し寄せてくる痛みが、むしろ小気味よくさえあった。自分など、取るに足らない人間だ。もっともっと痛みに苦しめばいい。

「目が覚めたようだね」

おさきが、炊けた粥を大きめの椀によそって、持ってきてくれた。椀の端が欠けていたが、粥には梅干が添えられていた。

「熱いから、火傷をしないようにね」

ふうふうと息を吹きかけながら、木のへらで器用に口元に運んでくれた。

口に含むと、温かみがささくれだった綾乃の心に沁みた。人の温もりを、十歳のおさきと老婆に教えられた。

七

翌朝、肩の傷の痛みで綾乃は目が覚めた。夜が、うっすらと明けようとしている時刻だった。おくめはまだ眠っているらしく、軽い鼾が聞こえた。おさきも、二人の大人の間で眠っている。長屋へは帰らなかったのである。怪我を、案じていてくれたからに違いなかった。

起き上がろうとして、痛みで呻いた。傷口に熱がある。

ともあれ上半身を起こした。おくめの番小屋に、長居をするつもりはない。一刻も早く、芝で厄介になっている寺に戻るつもりだった。

市三郎に、今の状態で会うのは堪えがたい。この小屋に寝泊まりしていれば、いずれ気付かれることになる。

枕元にあった杖を手に取ると、起き上がった。土間に立つ。まだ眩暈はあったが、歩けないことはなさそうだった。おさきの小さな寝顔を見た。いとおしい寝顔である。

胸の財布から、五匁銀(ごもんめぎん)を二枚框(かまち)に置いた。医者の払いにしてもらうつもりだった。

心張り棒をはずし戸板に手をかけた。軋み音を立てて戸を開ける。朝の風が、小屋の中に流れ込んだ。

「おばちゃん。どこへ行くの」

　おさきが起き上がった。素足のまま土間を走って、綾乃の帯を摑んだ。深刻な眼差し(まなざ)をしていた。

「おさきちゃんには、お世話になった。お陰で怪我が治ったから」

「うそ」

　目が、みるみる涙でふくらんだ。帯を握っていた手を離すと、全身でしがみついてきた。顔を胸にすりつける。綾乃の体が、ぐらりと揺れた。

「治ってなんか、いないじゃないか。おばちゃんが、悪い人に狙われていることは知っているよ。だから誰にも話していないし、これからも言わない。治るまで、ここにいればいいじゃないか」

　おさきは体を揺すろうとしたが、肩の傷を見てやめた。

　全身の力で、寝床へと押された。強い力だった。框まで戻されて、綾乃は腰を下ろした。ずきりと、傷が脈打った。

「ありがとう。気遣ってくれて」

　おさきの目に、安堵の色が浮かんだ。竈の前へ行きしゃがむ。器用に火を起こすと、薪をくべた。どこかから、鶏の鳴き声が聞こえた。辺りが、徐々に明るんで行く。

「あれから上総屋さんには、あんなにたくさん来ていた札旦那が、顔を見せなくなったの。番頭さんの怪我も、良くなってきているようだし」

米をとぐ音をさせながら、おさきは言った。

札旦那たちの執拗な嫌がらせが、なくなったというのである。自分が姿を消したからか、それとも深夜の襲撃で、脅しの役目をはたしたと考えたからか。いずれにしても上総屋への攻撃が収まったのは、何よりだった。坂東志摩守の憎しみの対象は、せめて我が身一つにしてほしい。これからのことは分からないが、まずは胸を撫で下ろした。

勘兵衛が、順調に回復しているのは何よりである。

「旦那さんが、二、三日前に訪ねて来たの。おばちゃんが、ここにいるんじゃないかと捜して」

「………」

「それで、もしおばちゃんに会うことがあったら、それを伝えてくれって」

自分を捜して、自らここまでやって来た。そして店が無事だということを、伝えようとしてくれている。

市三郎の思いが、胸を衝いた。店から姿を消した理由を察してくれている。そして戻って来いと、言ってくれていた。

「おや、お怪我の具合はいかがですか」

目覚めたおくめが、寝ぼけた声を上げた。

「お粥を食べたらさ、もう少し寝た方がいいよ」

「うん。おさきちゃんは、まるで本当のおっかさんを看病するみたいにしてくれるね」

綾乃がそう言うと、おさきは聞こえなかった振りをして、小壺の蓋を取り味噌をすくい出した。釜から、白い湯気が立ち上っている。

再び眠った。眠れば眠るほど、体は楽になった。おさきも気が済んだらしく、夜は父親の長屋へ帰った。

翌日は雨が降った。一日中やまず、おさきは夕刻まで小屋にいて、三人で過ごした。明かり取りの窓から、樹木の青葉が濃く色づいて見えた。夜更けてから雨はやみ、次の朝は、眩しい光と鶏の鳴き声で起こされた。

軋み音が聞こえて、戸が開いた。おさきかと思ったが、戸の開け方が乱暴だ。顔を見せたのは、錠吉だった。

「こんなところに、いたんですか」

驚いた顔をした。そして肩と肘の怪我に気付くと、怒った口ぶりで続けた。

「だめじゃないですか。無茶なことをしては」

おさきのために、米を持って来てくれたのであった。木綿の米袋を流しの脇に置くと近寄って来て、包帯の辺りをじっと見た。

綾乃はしかたなく、怪我の顛末を話した。

「ちくしょう。でも橋爪のやつなら、やりかねませんね」

興奮した声音になった。錠吉も襲撃された夜、白刃の下を掻い潜った。下手をすれば、勘兵衛以上の怪我をしたかもしれなかった。

「確かに、襲ったという確証がほしいですね。そうなれば、旗本だろうがなんだろうが、お縄にできる」

「ええ、私もそう思って後をつけてみたのですが……。考えてみれば、そう容易く何かが摑めるはずはないのかもしれません」

「分かりました。私も、探ってみましょう。しかし他に、坂東を追い詰める手立てはないのでしょうか。あの男ならば、叩けばいくらでも埃が出てくる気がします」

「そうですね……」

綾乃は、坂東屋敷で見聞きしたことを思い出そうとした。確かに先夜の襲撃だけが、坂東を追い詰める手立てではなかった。他にも明らかな不正を働いている証拠を摑むことができれば、失脚もしくは綾乃や上総屋から手を引かせる道具とすることができるはずであった。

思い当たることが、一つあった。

「御留守居役の職掌の中に『御関所女手形改』なるものがあります」

「ほう」

錠吉が目を輝かせた。

「全国のお大名の奥方は、江戸に置かれて帰国することを禁止されています。知っていますね」

「ええ、それは。入り鉄砲に出女、というくらいですからね」

そのことから、士庶を問わず女が江戸から外へ出る際は、許可手形を取らなければならない決まりになっていた。大名の家中の妻女への手形発行は、御留守居役の仕事である。大名家では、手形発行に引っ掛かりができないようにと盆暮れには付け届けをしていた。しかしこれは慣例として行われていて不正と言えるものではなかった。だが坂東志摩守は、禁止されている大名の正妻を、他の身分に偽って手形を発行するという密事を行っていた。そうたびたびのことではなかったが、行われた場合の賄賂の額は大きかった。

これは綾乃が、坂東の側室として屋敷に暮らしていたからこそ知ることができたことである。不正の証しとなるものは摑めなかったが、もし手にすることができれば、坂東の息の根を止められるはずだった。

「なるほど、おもしろそうですね。それで、どのように行っていたのですか」

「はっきりとは分かりません。用人の石黒が大名家との間に立って、話をまとめていたのは事実です。私はこの耳で、その報告をしているのを聞きました」

「そうですか。では、まずは石黒を当たってみましょう」

「無理をしないでください。いつあるのか分からない仕事です。それに相手は大名家ですから、命取りになることも考えられます。錠吉さんにまで、何かがあったら大変です」

「なに、大丈夫です。へまはしませんよ」

白い歯を見せて笑った。怒りが意気込みに変わっている。だが笑みの中に、ふっと寂しげな気配が浮かんだ。

「それに怪我をしても、悲しむ者なんていませんしね」

綾乃はその言葉を聞いて、おやっと思った。おぎんの顔が浮かんだ。二人の間は、まだこじれたままなのだろうか。

どちらも負けん気の強い気性である。なかなか歩み寄れない様子であった。しかしそれぞれに言い分はあるにしても、互いに気持ちの底では、求め合っているものがあるのではないかと感じていた。

「おぎんさんとは、逢っているのですか」

綾乃が問うと、錠吉ははっとした顔になった。意気込みが消えて、僅かに気弱な色が浮かんだ。そしてそれを追い払うように、快活な風を装った声を出した。

「逢っていません。あいつとは、もう終わったんですよ」

「終わった……。おぎんさんも、そう思っているのですか」

「ええ、多分そうでしょう。たまに道で会っても、口も利きませんから」

　つんと怒って、錠吉を睨みつけていたおぎん。怒ってはいても、まだ男を好いている目だった。道ですれ違っても、口も利かない仲になっているというが、おぎんは錠吉から声をかけられるのを待っているのではないかとの思いは変わらない。つんとしていても、あの娘はそういう一面を持っていた。

「錠吉さんは、もう好いてはいないのですか」

「さあどうだか、私にはよく分からなくなりました」

「あなたを捨てて逃げた、おっかさんのことがあるからですか。でもそのことに拘り過ぎるのは、良くありません」

「はい、そう思います。ただ私は、おぎんに対しても腹を立てています」

「どういうことですか」

　錠吉は、綾乃の顔を見詰めた。助けを求めているようにも感じられる目だった。

「あいつは、上総屋が襲われてから今日まで、一度も店に顔を出していません。もし私のことを少しでも思う気持ちがあるならば、様子を訊ねに顔を見せるのではないでしょうか。どうしているか、気になるのではないでしょうか」

「…………」

「あいつは、自分がちやほやされることだけを望んでいるんです。私のことなんて、親身に考えちゃあいないんですよ」

「そうでしょうか」

おぎんは本当にあれから一度も、上総屋へ足を向けていないのだろうか。幾度か様子を見に来たが、声をかけなかった、あるいはかけられなかった、ということではなかったのか。

「あいつは、自分のことしか考えていません。そういう女だったんです」

決めつけるような錠吉の言い方に、綾乃は反発を感じた。おぎんの不満は、錠吉がどの女にも優しい声をかけて言い寄って行くということについてであった。これを許せないのは、女としてよく分かる。

だからおぎんは、声をかけようとしてもできない。思いを伝えようとしても、素直に伝えられなくなってしまった。そういう娘は、いくらでもいるだろう。

「錠吉さん。あなただって、自分のことしか考えてないじゃないですか」

「何ですって」

「あなただって、おぎんさんがどう思っているのか、確かめてはいないでしょうに」

投げつけるように言うと、目に涙が浮かびそうになった。錠吉は、おぎんへの思いを失くしてはいない。どちらも思い合っているのに、こじれてしまった。

錠吉の顔が、やけに頼りなげに見えた。憤りを必死に堪えているのか、助けを求めているのか、どちらにも受け取られた。

かつて坂東屋敷へ、側室という名目で綾乃が連れ出されて行く折りの、見送った弟郁之助の顔つきを思い出した。自分も辛かったが、弟も同じくらいに辛かったのだと気がついた。あの時の、心細げな顔と似ていた。

怒りが消えて、不憫さが胸に込み上げた。

「それよりも綾乃さん、旦那様があなたを捜しています。どうしているのかと、案じています」

気持ちを変えるつもりか、錠吉は声を励まして言った。苦し紛れに話題を転じたわけだが、伝えたい言葉であることは事実らしかった。自分を見詰める目に、みるみる温かみが表れた。すると綾乃の胸に、じんと痛みが湧いた。それはとりもなおさず、市三郎の温かみでもあった。

行方を捜してくれていることは、すでにおさきから聞いていた。嬉しいが、今は逢えない。一度だけ交わした契りの夜のことが、瞬間頭をよぎった。

「上総屋へ行きましょう。旦那様はほっとなさるでしょう」

綾乃は、もう一度市三郎の顔を浮かべて身じろぎした。上総屋を出てからこれまで、幾度も夢を見た。逢いたい気持ちは強いが、やはり今はそれはできない気がした。

戻れば、坂東の上総屋への憎しみは、いつまでも消えない。しかし戻れないのは、それだけが理由ではなかった。

武家の社会も、それに深く関わっている札差も、どちらも心底信じることができないでいる。市三郎は何にも替えがたい存在だが、札差という仕事と切り離して考えることのできない人間だった。

錠吉とおぎんの不器用な間柄と、どこか似ている。そんな気もした。

「どこへも行っちゃいけませんよ。いいですね」

錠吉はそう言い残すと、小屋を出て行った。市三郎へ知らせるためにである。

綾乃はこれを見送ってから、おくめの小屋を出た。おさきに礼を言えないのが心残りだが、また会う機会はあると考えた。

八

職人風の男が、四、五歳の男児を肩車にして通りを歩いて行った。どちらも単衣のこざっぱりとした着物を着て、母親らしい女がこれについて歩いている。手に、盆に載せた粽と柏餅を持っていた。

端午の節句には、職人は休みを取る。家族で、挨拶回りをしている途中なのだろう。石山源太に虎、金太郎、竹抜き五郎などの武者絵幟を立てている家が、ちらほらと目についた。

どれも色鮮やかだ。稲荷の境内にある池には、濃紫の杜若が花を咲かせている。葉は青々として緑が濃い。

さわやかな気候になった。刀傷も動かさなければ、痛みを感じない。厄介になっている良念寺の住職は、傷ついた綾乃を見て手厚い看護をしてくれた。お陰で順調に回復していた。町に出ることは、少しも苦にならなくなった。

五月の青空が、頭上に広がっている。増上寺の黒い屋根瓦が、陽光を跳ね返していた。高台に出ると海が見える。幾艘もの千石船の白い帆が、弧を描いて江戸の海を進んで行く。眩しいほどだ。

目を凝らして見ると、船は米俵を積んでいる。荷は大川に入って永代橋と新大橋、そして両国橋をへて蔵前の船着き場に運ばれ、旗本や御家人の禄米として、五十四棟二百七十戸前の広大な御蔵に収められるのであった。

この時期、船頭や荷運び人足のかけ声は、日のある間中御蔵に接した川べりに谺した。蔵前の町々が、勢いづいてくるのだ。

「五月の、切米が始まる」

ため息と共に、綾乃の口から声が漏れた。人いきれと荷車の音。殺気立つほどの、荷運び人足の動きと言葉のやりとり。興奮を隠し切れない札旦那たちの談笑。軒を並べる食い物や小間物の屋台店。使い走りの老人や子供の目つきまで、日頃と変わってくる。

市三郎や勘兵衛、錠吉らの忙しげな姿も、声や足音と交じって浮かび上がってきた。息つく間もない数日間だが、一つ一つの手順の確認と客との対応に緊張と胸が痛いほどの張りがあった。前回の二月の切米は、札差側の立場から関わったただ一度のものである。それがつい昨日のことのように蘇った。

今ごろ上総屋の人たちは、準備に追われていることだろう。連日米問屋の番頭や仲買人、荷運び人足の頭などがやって来て綿密な打ち合わせをする。綾乃の胸の奥には、札差という稼業に対して癒しがたい恨みがある。だがそれとは別なところで、上総屋へ今すぐにでも走って行って、手伝いをしたいという気持ちがあった。

矛盾している。その二つの思いが、心を揺らしていた。堪えがたい寂しさに襲われるのは、いつもそんな時だ。

さらに身の内に、一点抑えようのない不安が兆（きざ）していた。それは見る間に大きくなって行く。息苦しいほどの思いになった。

札旦那たちの嫌がらせはなくなったといっても、それで坂東志摩守の怒りが収まったとは考えられなかった。何かを企んでいるのではないかという怖れは、いくら打ち消そうとしても湧き上がってくる。執念深い男だ。

綾乃は増上寺の本堂に向かって、瞑目（めいもく）合掌をした。

「どうぞ、上総屋は首尾よく、この月の切米を終えることができますように」

市三郎をはじめとする店の一人一人の顔を頭に浮かべてゆくと、長い祈りになった。

山門を横目に歩いて、来た道筋を戻った。門前町の表通りは、端午の節句の賑わいで、道行く人の姿に切れ目がない。明るい初夏の風景だが、遠くに感じた。一度兆した怖れは、参拝を済ませても消えなかった。

「さあ、ここらで一休みしてくださいな」

居付きの水茶屋の店先で、女が客引きをしている。その脇を足早に歩いて行く男の姿が、綾乃の目に入った。見覚えのある顔である。きちんとした、お店者(たなもの)の身なりだった。もう一度見直して、「おやっ」と声になった。

蔵宿師(くらやどし)の忠七だった。相変わらずの男前で、すれ違った娘が振り返った。ぶらぶら歩きではない。目的があって行く足取りだった。人の間を巧みにすり抜けた。

蔵前から離れたこの場所に、何をしに来たのか。まずそれが気になった。誰かに会おうとしているのなら、その相手の顔を見てみたいと思った。うち続く札旦那の嫌がらせを、坂東の手先となって綾乃を差し出させることで収めようと企んだ男である。会おうとする相手は、橋爪かそれとも坂東家の用人石黒あたりか。もし迫り来る切米のための悪巧みをしているのならば、そのままにはできないと思った。後をつけた。

雑踏をしばらく歩いてから、横道に抜けた。そして振り向くこともしないまま、二軒目にあった蕎麦屋に入った。昼飯時からはずれている。暖簾の間から覗いた限りでは、他に客はなかった。店の隅に腰を下ろすと、忠七は蕎麦と酒を注文した。

綾乃は店の外から、身を隠すようにして中を窺った。するとそう間を置かないうちに、筋骨の逞しい大柄な男が蕎麦屋へ入って行った。四十年配である。忠七に向かい合って、腰を下ろして座った。

一見したところ、男の顔に、見覚えはなかった。お店者ではない。日焼けをしていて大工職人にも思えるが、面長のどこにでもありそうな顔だった。横顔を見ているうちに、どこかで見かけたことがあると気がついた。誰だったろうか。

頭を捻ったが、思い出すことはできなかった。

顔を寄せて話を始めた。もっぱら話をするのは、忠七の方である。男は、下手に出た様子でうなずいている。上総屋への悪巧みの打ち合わせと決めつけるには、根拠がなさ過ぎる。だが一度気になると、抑えが利かなくなった。

なんとか内容を聞き出したい。けれども店の中は、がらんとしたままで近寄ることはできなかった。綾乃は苛立ちを堪えた。

話は、四半刻（約三十分）ほどで終わった。この時初めて、忠七はにやりと笑った。意地悪そうな笑みだった。残りの酒を片付けている。職人風の男が、先に店を出た。

ともあれその大柄な男を、つけてみることにした。行き先を突き止めることができれば、誰だか思い出せそうな気がした。もし上総屋と繋がりのある男だったならば、放っ（ほう）てはおけない。

しばらく歩かせてから、後をつけようと考えた。先日橋爪の後をつけて気付かれた経緯があるので、充分な距離を置いたのである。数歩歩きかけたところで、背後から名を呼ばれた。振り向くと、蕎麦屋を出てきた忠七だった。

「こんなところに、いたんですね」

目聡（めざと）さに驚いた。気付かれぬように、離れた葉茶屋（はぢゃや）の日除け暖簾の陰に隠れて見張っていた。大柄な職人風の男の後ろ姿が、人混みに紛れて見えなくなった。

「上総屋を出て、いったいどこへ行ったのだろうと思っていました。市三郎さんが、どこかへ隠したのかとも考えましたが、どうもそうではなさそうでしたのでね。案じていました」

調子の良いことをと思ったが、口には出さなかった。坂東らも、自分を捜したのだと、言葉尻から知れた。

「私の一存で、蔵前から離れたのです」

「そのようですな。あの場所は、あなたにとって、居心地の良い場所ではありますまい。蔵米取りの家に育った者は、ほとんどが札差を憎んでいる」

「…………」

その通りだ。雪の夜道で市三郎と錠吉に救われなければ、札差の家になぞ決して行きはしなかった。しかしそのことを忠七に指摘されるのは、おもしろくなかった。お前だって、蔵米取りの上前を撥ねているではないか。

「けれどもそうかといって、お武家の世界に戻りたいわけでもない。お武家のやり方の狡さや理不尽さには、ほとほと愛想が尽きている。どちらも、あなたの居場所ではない。だからどこへ身の置き場を見つけたのだろうかと、案じていたのですよ」

「………」

そう言われて、返す言葉に窮した。思い掛けない相手に、気持ちを言い当てられてしまった。今の自分には、身の置き所などありはしない。

「図星ですね。どうして、気持ちが分かるのだという顔をしている」

忠七は、棄捐令によって家業の札差を潰された男であった。武家を恨んでいて当然である。だが、恨みの矛先はそれだけではない。この男は、あの時生き残った札差をも憎んでいる。蔵宿師となって、札差に対抗する生業を選んだのはそのためではないか。

だとすると、意外にも自分と忠七は、近い境遇にあることになる。

「あなたも、武家と札差の両方を憎んでいるのですね」

「まあそうですな。しかし同じように札差を憎んでいても、その思い入れの質は違います。私は潰れた店を、再興しようと考えているからです。いつか、必ず札差の株を手に入れてみせます」

　ふてぶてしいとも取れる顔つきに、自信が浮かんでいた。

「なるほど。それで坂東に取り入り、上総屋の株を奪おうとしているわけですね」

「まあ、どのように受け取って頂いても、かまいませんが」

端整な顔に、酷薄な目が光った。強い意志がある。近い境遇だとはいっても、肝心なところで綾乃とは違う。なりふりかまわず、己の野望をはたそうとしていた。坂東志摩守も獣だが、この男も獣だと思った。

「先ほどの職人風の男は、何者ですか。上総屋を困らせる打ち合わせを、していたのではないですか」

　綾乃が言うと、忠七はそれには応えず口先で嗤った。

「それじゃあ。つい、余計なお喋りをしちまいました。この辺りにあなたがいることが分かっただけでも、見つけ物でしたな」

　嫌な言い方をして、足早に離れて行った。綾乃はその後ろ姿を、見えなくなるまで見詰めた。不気味なしぶとさを感じさせる男だった。

九

　忠七が見えなくなってからも、綾乃はしばらく道端に立っていた。蕎麦屋で話をしていた大柄な男のことが、気になったのである。どこかで見た顔だとの思いは消えず、それは上総屋の店先だったのではないかという気がしはじめた。

橋爪につけられた刀傷は、まだ回復しきってはいないが、良念寺に戻る気持ちはなくなっていた。先に去っていった男のことを調べる手立てはないが、忠七のことなら探れそうである。探っているうちに、何を企んでいるのか見えて来るかもしれない。

忠七の住まいは、神田弁慶橋の近く元岩井町だと聞いたことがあった。早速、行ってみる。

大川に添った道を歩いて、元柳橋を渡ると左折した。左手に薬研堀が見え、内神田の町並みに入った。昼下がりの通りは思いのほか日差しが強くて、汗ばんでくる。小間物屋の店先に、鉢植えされた鬼灯の葉の間から黄白色の小さい花が咲いているのが見えた。

読売を手にした男が、声を張り上げて商売をしていた。来る五月二十八日は、両国川開きとなる。その日から大川での涼み船が許されるが、当日は夜空に大小の花火が所狭しと上がった。その今年上がる花火の趣向を綴った瓦版だった。

綾乃にしてみれば、まだまだ先だという気持ちがあるが、町の人々はせっかちらしかった。

さしもの広い大川も、集まってくる見物の船で隙間もないほどの混雑をきたす。岸は人で埋まり、人家の屋根や火の見櫓に登って見物する人も珍しくない状態になった。

まだ子供だった頃、父に連れられて、家族で見物に来たことが一度だけある。花火は美しかったが、いくつの時だったのかは記憶になかった。

元岩井町の自身番で訊ねると、忠七の住まいはすぐに分かった。裏店で小さいが、一軒家だった。戸は閉まっていて、人のいる気配はなかった。まだ戻っていないのは、近所の者から様子を聞くのに都合が良かった。

「忠七さんは腰が低くて、人当たりの悪い人ではありませんよ。ちょっと調子が良過ぎることもありますけどね」

隣の鍛冶屋の女房が言った。声をかけた時は怪訝な顔で見返されたが、駄賃を握らせると急にお喋りになった。

一人暮らしだという。家にいる時は、取り立てて目立つ暮らしぶりではなさそうだ。金の使いぶりも、どちらかといえば吝嗇と言ってよい方らしい。

「この数日、変わったことはありませんか。例えば誰かが訪ねて来るような」

「さあ、気付かなかったね。そういえば、人が訪ねて来るのは、ほとんどなかったような気がするよ」

「親しい人は、いなかったんですか」

「さあどうだか。ただ本所の回向院の門前町に、姉さんがいるって聞いたけど」

　女房は、おたきという女の名前を挙げた。小料理屋の女将をしているそうな。店の名前は分からないと言った。おたきという姉と、どのような付き合いをしているかは分からないが、本所へ行ってみることにした。

　回向院の門前町は、小さな食い物屋や飲み屋が並んでいて、人を捜すのには手間のかかりそうな町だった。表通りで何人かの人に訊いてみた。案の定、おたきという女将のいる小料理屋を知っている者はいなかった。

　仕方がなく、路地の奥へ入ってみた。細い通りの中にも、飲み屋らしい小店が並んでいた。微かに、饐えた食い物の臭いがする。昼間でも、薄気味が悪い町だった。寝ぼけた顔の女が、数人たむろしてこちらを見ていた。白粉焼けのした顔で、肌はかさついている。浴衣の胸を、広めに空けただらしない着方をしていた。

　おたきという小料理屋の女将を知らないかと訊ねると、あけすけな声を上げて笑った。痩せた、狐を思わせる女が綾乃に顔を近づけた。歳の見当がつかない。酒の臭いが、口臭と交じって鼻を突いた。

「あんた、仕事を捜しているのかい」

　値踏みするように、爪先から頭のてっぺんまでを見た。卑しい目つきだった。

「おたきは、あんたの尻の毛まで抜いちまうよ。それでもよければ、教えてあげる」

　含み笑いをしながら、女は言った。「そんなことを言ったら、後が怖いよ」そう言う者もいたが、狐のような女は指さした。それは小料理屋とはとても見えない、小さなしもた屋だった。

「おたきさん、いますか」

戸を開けると、狭い三和土があって、小部屋になっていた。返事がない。さらに続けて二度呼ぶと、廊下を歩いてくる気配があった。

姿を現したのは、四十前後の肥えた女だった。濃い化粧をしていて、目鼻立ちが整っていた。凄惨な美しさがあった。面差しが忠七に似ている。おたきだと知れたが、堅気の女でないことは明らかだった。

「あんた、お足がほしくて、ここへ来たんだろ」

前の女と同じように、綾乃の全身を嘗めるように見た。それから、相好を崩して言った。どきっとするほどの嗄れ声だった。

「あんたなら、銭を稼げるよ。うちのお客は大店の旦那衆ばかりだからね。お足をたっぷり持っている」

いきなり手を取ると、引いた。どきりとするほど力があった。

「いえ私は、そういうことで来たのではありません」

「何言ってんだい。ささ、お上がりな」

もう一度手を引いた。綾乃の言うことには、耳を貸さない。

「私は、忠七さんの行方を知りたくてやって来ました。あの人は、この三日ほど家には帰っていません。どうしても伝えたいことがあるのです」

早口で嘘を言った。咄嗟に、他の言い訳は浮かばなかった。おたきの顔に、鼻白んだものが浮かんだ。それは見る間にふてぶてしいものに変わった。

「あんた、忠七の何なんだい」

そう言われて、言葉に詰まった。応えられないでいると、おたきの顔は再び元の顔に戻って、握っていた手を引いた。

「分かったよ。教えてあげるからお上がりな。ここじゃ落ち着いて話もできやしないよ。誰か、ちょいと出て来ておくれ」

奥に向かって叫んだ。「へい」という、妙に落ち着いた男の声が聞こえた。綾乃は摑まえられていた手を乱暴に振り解いた。おたきは尻もちをついた。面倒なことになる予感があった。

「何するんだよ」

怒鳴りつけられたが、かまわず外に飛び出した。そのまま振り向きもしないで、路地を抜けて表の通りまで走った。忠七について、何かを訊き出せる相手ではなかった。

綾乃が、まだ関わったことのない種類の女である。胸の動悸は大きかったが、それは走ったからばかりではなかった。女の全身から伝わってきた荒んだにおいが、まだ鼻に残っているからだった。忠七とは質の違う者だが、同じ種類の獣を感じた。

忠七が蔵前の札差の息子であったとするなら、あの女も、札差の娘だったことになる。棄捐令という一本の法令で、店を潰された。それからどういう日々を過ごしてきたのか、綾乃には想像さえできない。だが底の知れない、恨みの深さを感じたのは事実だった。それは、二人の姉弟の血の中に流れている。

忠七はその恨みの矛先を、坂東志摩守と連むことによって、今は上総屋に向けていた。

おぞましいものから逃げるように、足早に両国橋を渡った。はるか向こう岸に、幾棟もの御米蔵の並んでいるのが見えた。まるで聳えるように建っている。

多くの人々の、思いの籠められた蔵。綾乃はそう考えながら眺めた。

十

芝の町中に消えた職人風の男の後ろ姿が、いつまでも綾乃の気持ちに残った。

忠七の恨みの深さを思うにつけ、その命を受け、上総屋に悪巧みをしかけようとしている。そう思えてならないのだ。目的のためならば、忠七はどんなことでもするだろうと感じている。後を追えなかったのは、残念だった。

事の次第を、錠吉に手紙で知らせようと考えた。だが筆を取っていざ書こうとすると、思案に暮れた。

忠七が、誰かと芝の蕎麦屋で落ち合い、四半刻の間話をした。振り返ってみれば、それだけだ。切米を目前にして、錠吉はもちろん上総屋のすべての者は、てんてこ舞いの忙しさの中にある。忠七が何かを企んでいる。それだけのことを伝えたところで、どうなるというのか。

市三郎や勘兵衛は用心深い男である。すでに何らかの妨害を想定して、それなりの手当てをしていることは充分に考えられた。それに忠七らの話し合いが、上総屋に向けられたものであったとしても、切米の邪魔立てを目指しているのかどうか、それさえ明らかではなかった。

もう少し、忠七の動きについて洗ってみよう。そう考えて、元岩井町の行きつけの飲み屋を捜し、聞き込みをした。さらにそこで親しいと教えられた者についても当たってみたが、手掛かりになるようなものは摑めなかった。

気持ちに拘りを残したまま、切米の初日になってしまった。良念寺やその周囲は、闇と静寂の中にある。目覚めたのは、まだ夜も明けない頃であった。朝の早い小坊主や寺男が、ようやく目を覚ます頃だった。

上総屋では、すでに一日の準備を整え店を開けるのを待っている。錠吉らは早々に御蔵役所の門前に陣取り、気の早い札旦那は店先に詰めかけていることだろう。どうか無事に、今回の切米を乗り切ってほしいと綾乃は願った。

　夜が明け、徐々に日が昇って行く。晴れた青い空だった。

　綾乃は時が過ぎるごとに、じっとしてはいられない気持ちに襲われた。忠七と見失った男の一件が、どうしても頭にこびりついて離れていかないからである。とうとう、痺れを切らして寺を出た。蔵前へ向かう。

　もし事が起こっても、自分に何ができるかは分からない。しかしともあれ、見守っていたいという気持ちになった。

　芝から京橋（きょうばし）をへて大川に沿った道に出る。知らず知らず、足早になった。どの町も、いつもと変わらない昼前の陽（ひ）だまりの中にある。だが時おり武家とすれ違う。彼らの表情には、どこか興奮と満足の色が浮かんでいるのを感じた。直参の蔵米取りの侍なのだろう。

　浅草橋御門から神田川を渡った。蔵前の町並みに出ると、雰囲気が変わった。

「邪魔だ！　どけどけ。怪我をするぞ」

　殺気立った声が、辺りに満ちている。多数の米俵を積んだ荷車が、地べたを震わせて行き過ぎて行く。一台が通り過ぎても、荷車は後から後からやって来た。その間を、多数の人が通り抜けて行く。武家や荷運び人足の姿が目立つが、それだけではない。彼らを目当てに、辻々に食い物を商う屋台店があり、担い売りの小商人がいた。何の用があるのか不明な男女までが、老若の区別なく行き来していた。

二月の切米の時は、綾乃は上総屋の奥にいて、外は覗いて見るだけだった。実際に通りに立っていると、町の興奮と喧騒は体にじかに響いてくる。

遠く離れたところから、上総屋の店先を見た。見覚えのある札旦那が、出入りする姿が見えた。嫌がらせのためにたむろしていた時とは、明らかに違う明るい表情をしていた。小柄なおさきの体が、暖簾を分けて飛び出した。使い走りを頼まれたようだ。札旦那の談笑が漏れ聞こえてくるが、何か変事が起こっている気配は窺えなかった。

軒を並べる他の札差も、同じような様相である。

取りあえず安堵したが、まだ一日は半分も終わってはいない。そのまま様子を見ることにした。

綾乃の位置から、店の中は奥まで見ることはできなかった。市三郎は、あの店の奥で采配をふるっている。札差として、最も肝心な仕事を遂行しているのであった。

用を済ませたらしいおさきが、戻って来る姿が見えた。一人ではない。若い娘と一緒だった。話をしながら歩いてきた。

相手は、おぎんだった。岡持ちを手に提げている。出前を届けた帰りに、二人は出会ったようだ。

おぎんは、上総屋の店先でおさきと別れると、そのまま歩いて母親と共に商う甘味屋の方向へ歩いて行った。上総屋の店には、ちらとも目をやらなかった。まるで心を動かしていない様子である。錠吉が店にいないことを知っているからか、それとも関心をなくしてしまっているからか、見ている限りでは判断がつかなかった。

「あいつは、自分がちやほやされることを望んでいるだけなんです。私のことなんて、親身に考えちゃあいないんですよ」

　どこか投げやりな印象を伴った錠吉の言葉が、蘇ってきた。綾乃は一瞬、おぎんにも錠吉への思いを問い質したい気持ちに駆られたが、それを呑み込んだ。蔵前から離れてしまった自分には、関わることさえ差し出がましいと感じられた。

　岡持ちを持った娘の、後ろ姿を見送った。

　昼を過ぎても、蔵前の通りの喧騒は収まらなかった。米俵を運び出す荷車と、空になって戻ってきた荷車が通りを奪い合って、口論や喧嘩になることも珍しくない。どちらも気が立っていた。

　夕刻近くになって、ようやく荷車や人の流れが少なくなった。出て行くよりも、戻って来る荷車の数が増えてきた。薄闇が徐々に濃くなっていくにつれて、潮が引くように武家の姿は目立たなくなっている。

　どうにか、一日目は無事に終わったようだ。綾乃はそう思って、芝に帰ることを考えた。と、その時。荒い足音を聞いた。そちらを見ると、二人の武士が怒りの形相で走って来る。どちらも上総屋の札旦那だった。綾乃はそれを見て、心の臓が止まるほどの衝撃を受けた。何事かが起こったのだ。

その札旦那は、店の中に走り込んだ。叫び声を上げている。ためらいなく、綾乃は店先近くまで歩み寄った。

「いったいどうしたことだ。まだ米が、屋敷まで届かんとは」

勘兵衛が、相手をしている。賊に襲われた折りの怪我はまだ治り切ってはいず、巻きつけた白布も痛々しいが、気丈な目をして話を聞いていた。

「わしはな、朝早いうちにその方らに切米手形を渡して、早々にお扶持米の代価を受け取った。いつもならば昼前には、自家用の米が屋敷に運び込まれるはずなのに、いつまでたってもやってこん。わが屋敷だけかと思ったが、そうではなかった」

「そうだ。わしの屋敷にも、運ばれてこんのだ」

苛立ちを隠さず、もう一人の札旦那も言った。

「そんなことは、ございますまい」

勘兵衛は、帳面を繰りながら応えた。宥めるような、穏やかな声を出している。

「お二人のお屋敷へは、とうに荷が出ております。しかし、途中で何かが起こったのかもしれません。今しばらく、お待ちくださいませ」

低頭した。百二十もの札旦那を抱えていれば、何か不手際が起こらないとは限らない。

しかしそれは、手配をし直せばすぐに解決のつくことだった。

そこへもう一人、男が入って行った。腰に短い木刀を差した若党である。上総屋の札旦那では、高禄の部類に入る旗本家の者であった。

「屋敷に、自家用の米が届かない。どういう次第か、聞いて来るようにと言われた。御説明を願いたい」

この言葉を聞いて、初めて勘兵衛の顔に驚きと怖れの色が走った。

札旦那は、札差に切米手形を渡して、奉禄米を現金に替える。しかしそれは、自家用に消費する分を除いてであった。次の切米の時期が来るまで、各札旦那はその米で食いつないで行く。札差はこれを、それぞれの屋敷に運び込ませる役割を担っていた。

その米が、届かないというのである。荷車一台や二台ならば、単なる手違いで済ませられる。しかしそれ以上となると不気味だった。

「御蔵役所の錠吉を、呼んで来るんだ」

市三郎の声が命じた。騒ぎを聞きつけて奥から出てきたのである。小僧の松吉が、表通りに走り出た。

待つ間に、もう一人札旦那がやって来た。やはり米が届かないと言う。

こうなると、もうただ事ではなくなった。綾乃の、不吉な思いが当たってしまったのである。胃の腑が熱い。どう動いたら良いのか見当もつかなかった。

錠吉が戻ってきた。血の気の引いた顔をしていた。

「どのお屋敷にも、米は送り出しています。間違いありません。私が帳面で確かめて、出したんです」

「運んで行った、人足の頭は誰だね」

市三郎が問うた。激昂はしていない。冷静に事に対処しようとしている気持ちが、伝わってくる声音だった。

「四つのお家の分とも、佐久蔵です」

佐久蔵という名前を聞いて、一つの顔が浮かんだ。それで綾乃は、あっと声を上げそうになった。忠七と芝の蕎麦屋で落ち合った大柄な男。あれが佐久蔵だったと、気付いたからである。前回の切米の折り、一度だけ見かけたことがあった。荷運び人足の頭である。それきり顔を合わせたことがなかったから、思い出せなかったのだ。

となるとこの変事には、忠七が関わっていることになる。それは、坂東志摩守の差し金である可能性が、大きくなるということだった。

「今日、佐久蔵が請け負った届け先は、どれほどの数になるのかね」

「はい。三十六ほどになります」

「三十六か。そのすべての屋敷に、米が届いているかどうか確かめるんだ。それと佐久蔵を連れて来い。わけを聞かなくてはならぬ」

言い終わらないうちに、錠吉と松吉ら小僧が表に飛び出した。三十六という数字は、上総屋の札旦那の三割を超す。もしこれだけの家の米を紛失したとなれば、札差として上総屋の信頼は、地に落ちることになる。早急に手立てを講じなければならなかった。

錠吉が駆け戻ってきた。

「佐久蔵のやつ、いません。姿を隠したようで」

事の重大さに、綾乃は体が震えた。薄闇は、驚くほどに濃くなっている。足下の通りには、幾筋もの轍ができていた。昼間の喧騒の名残だが、佐久蔵に引き連れられた荷車は、どこへ姿を隠したのか。

闇に消えて行く轍を、綾乃は呆然と見詰めた。

第五章　夜の潮(うしお)

一

赤々と明かりの漏れる店先から、いきなり手代(てだい)の喜助と乙助が走り出た。それぞれに、乱れた足音を残して違う方向へ走って行く。

蔵前の通りは闇に覆われ、昼間の喧騒(けんそう)は跡形もない。空(から)の荷車が行き過ぎるのも、めっきり減った。仕事を終えた荷運び人足、店仕舞いした屋台の小商人などが、一日の疲れと興奮を残して声高に喋(しゃべ)りながら歩いている。酔った侍の千鳥足。彼らは、血相を変えて走って行く二人の手代の後ろ姿を、怪訝(けげん)そうに見送った。

喜助らの足取りに、必死なものを感じた。綾乃は我に返って、再び店の中の様子を窺(うかが)った。

「大丈夫です。間に合いますよ」

勘兵衛が誰にともなく言った。取り乱した声ではないのが、波立っていた綾乃の気持ちを立て直させた。

「お集まりの、札旦那の皆様」

市三郎が、押しかけて来た者たちに話しかけた。凛とした響きのある声である。札旦那たちの目が、注がれた。

「お手数をおかけして、申し訳ございません。しかし本日中には、何としても米はお届けいたします。上総屋の暖簾にかけて、お約束いたします」

「ほう、それはまことだな」

年かさの侍が応えた。やれるならばやってみろと、面白がっているようにさえ思われた。佐久蔵が持ち去った米は、ここに集まっている札旦那の物だけではない。三十六の屋敷すべての分だとすれば、数百俵という膨大な量の米となる。それを今夜中に手配し、届けるのであった。

「はい。いましばらく、お屋敷にてお待ちくださいませ」

「面白い。その方の手並みを見てやろう。しかし万一届かぬ場合は、暖簾を畳んで貰うぞ。よいな」

凄みを利かせた。脅しではないぞという、粘りのある声音だ。「そうだ」という合いの手が、他の札旦那からも上がった。

「覚悟の上でございます」

尋常に考えたのでは、できない仕事だ。そして札旦那にしてみれば、できない方が都合がいい。店が潰れれば、これまでの借金はないものになる。ひとしきり気勢が上がった。意地悪げな高笑いを残して引き上げて行った。

「それでは私も、門田屋さんへ行ってきましょう」

押しかけた札旦那には、落ち着いた声で言った市三郎だったが、さすがに気忙しそうに履物をつっかけた。眦を決している。門田屋は、古くから付き合いのある米問屋で、大きな商いを行っていた。これから札旦那に届ける米を、手配に行くのである。喜助や乙助らは、その手配の先ぶれに出たのだろうと考えられた。米が手配できた後は、荷運び人足を集めなければならない。

上総屋の店には勘兵衛だけが残り、ひっそりとしてしまった。

一刻（約二時間）ほどして松吉が戻り、さらに錠吉が帰ってきた。どちらも息を切らせ、声がかすれていた。やはり佐久蔵に運ばせた米俵は、どこの札旦那の屋敷へも届いていなかった。

「しめて三百五十俵ほどになります。門田屋は、すぐに出してくれるでしょうか」

苛立ちを隠さず、錠吉が言った。息切れは、まだ収まってはいなかった。

「だめならば、他を当たるまでです。旦那様が、行ってくださっていますからね。何とでもするでしょう。それよりも問題なのは、人足たちの手配です。なにしろ今夜中に、届けなければならないのですから」

「そうですね」

「乙助が、主だった頭の所へ行っている。おまえにもご苦労だが、もうひとっ走りしてもらわなければならない」

「分かりました。人を集めて、門田屋の米蔵へ駆けつけましょう」

「金に糸目をつけてはいけないよ。何としてでも、かき集めるんだ」

休む間もなく、錠吉はもう一度店を出た。切米の初日であった。人足たちは早朝から目いっぱい働き、それなりの銭を貰っている。酒を飲み始めてしまった者もいるだろう。もうひと働きさせるのは、容易なことではなかった。

総量で三百五十俵もの米を、今夜中に運ぶのである。しかも札旦那の屋敷は、本所深川から小石川、芝の辺りにまでと江戸市中のいたるところに散らばっていた。空手で歩いても、半刻（約一時間）やそこらでは行けない屋敷もある。人足の数は、いくらいても余るということはなかった。

錠吉を見送った勘兵衛は、算盤を弾き始めた。三百五十俵の米代は、おそらく時価で百五両。しかもこういう切迫した事態だから、色を付けなければなるまい。それに人足たちの手間賃が必要になる。夜の急ぎの仕事だから、酒手もはずまなければならないだろう。

けれども市三郎も勘兵衛も、事にあたって怯んではいなかった。多額の費用だが、店の信用には代えられない。金に糸目をつけるなというのは、偽りのない気持ちだ。切米の初日で、米は市場に溢れている。問題はやはり運送だと思った。日の落ちたこの刻限になって、どこまで人を集められるか。上総屋の暖簾をかけた、戦いと言ってよかった。

「いったい、どうなって行くのか……」

錠吉を見送った後、綾乃は弾かれたように門田屋の蔵のある神田久右衛門町へ走った。そうしようと考えたのではない。体が自然に動いていた。事の成り行きを、このまま待ってはいられない心境である。

神田川に沿った道筋に出た。暗い河岸の道には、人の気配はほとんどなかった。月明かりに、米問屋の蔵の高い屋根が並んでいるばかりだった。

けたたましく、犬に吠えられた。足音で驚かせたようだ。だがかまってはいられない。上総屋の者たちの、必死な顔が脳裏に焼きついて離れなかった。心の臓が熱く脈打ち、ちりちりと痛い。踏み出す足が震えて揺らぎそうになるのを、かろうじて堪えた。

暗い道だ。人家の明かりもまばらになった。人の話し声など聞こえない。追い詰められた上総屋の危機なぞ、あずかり知らない闇の世界に紛れ込んだように思われた。聞こえるのは、自分の荒い息遣いと足音だけである。

怖(おそ)れと孤独、それに激しい自責の念が全身を覆った。またしても自分のために、上総屋を窮地に陥(おとしい)れた。勘兵衛の怪我(けが)も、まだ癒えてはいないというのに。

押し潰されそうだ。

それを払いのけるように、走り続けた。

すると道の先に、明かりが見えた。小さいが煌々(こうこう)と灯(とも)っている。縋(すが)りつく思いで、これを目指した。

何かが聞こえる……。耳をそばだてた。

車輪の軋(きし)み音だと分かった。米俵を運び出す荷車の響きと、人足のかけ声が切れ切れに聞こえる。叫び出したい思いで、その明かりに近づいた。

「馬鹿野郎。ぼやぼやするな！」

いきなり、人足頭のがなり声が耳に入った。米俵が、篝火(かがりび)の明かりで燃えたように紅(あか)く輝いている。その周りには、片肌脱いだ男の黒い影がいくつもあるが、いずれもきびきびと動いていた。地響きを上げて、荷車は蔵の前から走り出て行くところだった。

「おい、空の荷車が来たぞ。荷を積み上げろ」

喜助が、指図している姿も見えた。帳面を片手に、額に汗を浮かべている。待機していた人足たちが素早く走り寄ると、米俵を載せ縄を掛けた。すると扉を開けたままの蔵の出入口から、新たな米が運び出され積み上げられる。

慣れた手順だ。行き先を、喜助が大声で叫ぶ。

「がってんだ！」

地べたと提灯を揺らして、次の荷車が走り出て行った。そしてその間にも、空の荷車と威勢のよい人足が続々と集まってきた。中には寝巻き姿の者もいる。着替える間もなく、駆り出されて来たのだろう。さながら、昼間の御蔵役所の門前ではないかと思わせるほどだった。

「ああ、これならば……。間に合うかもしれない」

綾乃の胸に、微かな期待が浮かんだ。

どれほどの荷車が、米蔵の前を走り出て行っただろうか。途中で錠吉が、新手の人足を引き連れてやって来た。綾乃は我を忘れて、その光景に見とれた。そして気付いた時には、目の前に一人の男が自分を見詰めて立っていた。見覚えのある体つきである。

「綾乃さんじゃあないか」

市三郎だった。綾乃は、はっとしてその場を逃れようとしたが、腕を取られた。

「どこに、行っていたんです」

怒りを含んだ口ぶりだったが、そこに巡り逢えた喜びの気配が交じっているのを、綾乃は聞き逃さなかった。思わず、市三郎の袂を握っていた。

「上総屋は、これで厄難を凌げるのでしょうか」

「そうです。こんなことでは、小動もするものではありません」

はっきりと言った。しかしその言葉の中に、ほっとしたという響きがあった。

「ようございました。実は私は、先日思い掛けない場所で、佐久蔵と忠七さんを見かけました。何事かの打ち合わせをしていました」

後をつけようとして、できなかった顚末を話した。

「すると上総屋を案じて、様子を見に来てくれたわけですね」

腕を握っていた市三郎の手に、力が籠もった。それには痛みがあったが、綾乃の胸にあった孤独と怖れを洗い流してくれた。

坂東志摩守に仕組まれた危機を、また一つ乗り越えた。これには、忠七の恨みや執念も籠められている。しかしそれを、上総屋の者すべてが力を合わせて跳ね返したのであった。そして坂東の上総屋への恨みと憎しみは、自分が姿を消しても変わらないことを、綾乃はあらためて悟らされた。

札旦那への米の蔵出しが、ようやく終わった。

「さあ、上総屋へ戻ろう。どこへも行ってはいけない。私の側に、いてください」

市三郎は、最後の荷車を見送ると言った。そして綾乃の、ようやく癒え始めた肩の傷をそっと撫でた。錠吉から、橋爪に斬られたことを聞いているらしい。

「私は、上総屋にとって、迷惑な女ではないでしょうか」

言われたことは嬉しい。しかしどれほど乞われても、災厄のもととなるばかりならば戻りたくはなかった。急場を凌げた事実を知っただけで、満足である。

「坂東の嫌がらせに対して、私はいつも、何くそ跳ね返してやるぞという強い覚悟を持ってやってきた」

綾乃の顔を見詰めて、市三郎は言った。その目に自分の姿が映っているのが、篝火の明かりで見えた。

「武家の横暴を、許すつもりはありません。その気持ちの根には、店を潰してなるものかという意地と、あなたへの思いがあります。あなたは、死んだ女房のお夕と似ている。しかしそれは、外見が似ているとか物言いが似ているとかそういうことではなく、私を支えてくれているという点でです」

「………」

「坂東は、これからも私を攻めてくる。その初めの因は、あなたです。あなたに出会わなければ、坂東との関わりはできなかった。ですが私は、人として当たり前のことをして、あなたに出会った。もし雪の日に助けなければ、私はそのことを死ぬまで後悔することになったでしょう。そして坂東の嫌がらせが始まった。これは、あなたがいてもいなくても変わりません。坂東志摩守と私の戦いになってしまったからです」

「申し訳ありません」

災いを持ち込んでしまったのは、確かだった。

「いえ、謝るのは筋違いです。その戦いになった時に、あなたが側にいるのといないのでは、私の気持ちが異なってきます。あなたがいなければ、私はいったい何のために坂東と戦っているのか分からなくなります。今夜ここであなたを見かけて、どれほど心強く感じたか分からない」

市三郎と一度は結ばれたが、札差という稼業にわだかまりが消えたわけではない。けれども心を許した男が、札差として商いの信用を守れたことへの安堵は大きかった。

今夜の一件は、上総屋のすべての者が、それぞれに坂東や忠七を相手にして戦った。おろおろして誰かに庇われていた者などはいない。市三郎が言う通り、これからも坂東や忠七の攻撃は続くはずだ。守られるのではなく、逃げずに共に戦って行くべきではないかと綾乃は考えた。

市三郎に、抱きとめられた。ただ一度の交わりだったが、体のにおいが懐かしかった。鼻の先が、じわと痛くなった。

上総屋を出てから、考えてみれば半月余りたつ。ひどく長く感じた。一人きりで橋爪を追っていた時、気持ちの中に市三郎に会えないことへの空しさと寂しさがあった。互いが同じことを感じていたのだという思いが、温かく綾乃の体を包んだ。

上総屋へ、戻る決意をした。二人で夜の道を歩いた。市三郎の足音と自分の足音が絡んで、通りに響いた。

「よくぞ、帰ってみえられた」

綾乃の顔を見ると、勘兵衛はそう言った。いきなり現れたことへの驚きはあったが、不審に思う様子はなかった。ともあれ、無事に蔵出しが済んだことを共に喜んだ。

逃げても、坂東は執拗に追ってくる。立ち向かうしかないと、勘兵衛も身に沁みているようだった。

時をおいて、錠吉や喜助、それに乙助が帰ってきた。疲れよりも、ひとまず急場を凌いだ興奮が彼らの目を光らせていた。それぞれ荷車について行き、届け終わった時には、町木戸の閉まる四つ（午後十時頃）を過ぎていた。帰りは、町々の木戸番にわけを話して、通してもらって来たのである。

「お疲れ様」

食べ損なっていた夕餉の膳を出した。

「綾乃さんの作った飯が、また食えますね」

錠吉が、笑顔を見せた。だが上総屋の一日は、これで終わりではなかった。明日は、切米の二日目になる。

「明日の手順を当たっておこう」

市三郎が言うと、一同の顔つきがたちまち引き締まった。佐久蔵に代わる荷運びの手立てはすでにつけたが、安心はし切れない気がした。何が起こるか知れたものではない。夜が更けても、店の明かりは消えなかった。

二

切米の二日目三日目は、慌ただしく過ぎた。

「米は、しかと届くのであろうな」

初日の出来事は、くまなく知れ渡っていた。そのためくどくど念押しする者もあったが、手配には細心の注意を払っていた。手抜かりはなかった。

前回の切米では、橋爪欽十郎が四日目に米の直取り（じきどり）を図った。間一髪、錠吉の機転でこれを阻止することができたが、実行されてしまった後では、取り返しがつかないはめに陥るところだった。

今回の切米では、橋爪は二日目に現れた。綾乃を見かけると、目付（めつけ）に訴えて出ると脅したことを思い出したのか激しい憎しみの目を向けた。だがさすがにここで、刀を抜くようなことはしなかった。深夜上総屋を襲ったのが、橋爪だという確証は摑（つか）んでいない。だが向こうも、公衆の面前でこの話を蒸し返すことはできなかった。

米の売掛金から、これまでの貸金の利息と返金の一部を差し引き、残りを手渡した。

自家用の米も、何事もなく屋敷へ運び込むことができた。

四日目に現れるのは、数軒の札旦那だけである。午後になる前に、すべての用は済んでしまった。これから数日は、訪れてくる客はほとんどなくなる。

「ほっとしました。ですが佐久蔵に持ち逃げされた米については、そのままにはしておけませんよ」

錠吉が言った。すると喜助や乙助も、そうだという目で市三郎を見た。三百五十俵もの米でも、ぼやぼやしていれば、たちどころに売り飛ばされてしまうだろう。

「取り返してやろうじゃありませんか」

乙助が、気負い込んで言った。乙助はあの夜、人足頭の家を駆け回って、人を集めたのであった。綾乃も同じ気持ちだ。佐久蔵は忠七と連んでいて、大もとの指示は坂東から出ているはずだった。

三百五十俵の米俵を、いったいどこへ隠しているのか、それが皆気になっていた。錠吉は坂東屋敷ではないかと目星をつけて様子を探りに行ったが、徒労に終わっている。

佐久蔵は姿を消したままだった。女房や主だった人足たちも、どこにいるのか分からない。

当日蔵米(くらまい)取りの屋敷付近は、米俵を積んだ荷車が激しく往来した。しかし坂東の屋敷付近は大身(たいしん)旗本の屋敷ばかりで、彼らは領地を持つ地方(じかた)取りだった。蔵前から米俵を積んだ荷車など、一台もやって来なかったと辻番小屋の者は証言したという。

「よし。ともあれ探ってみて貰おうか」

市三郎が応じた。

「佐久蔵は、荷運びをするにあたって、二十数名の人足を使っていた。主だった者は、あいつと一緒に姿を隠しているが、下働きをしていた者はそうでもないはずだ。そのへんから、足取りが追えるかもしれない」

「分かりました」

錠吉ら三人の手代は、店を出て行った。


日が落ちると、ゆるやかな風が吹いた。それに、大川の水のにおいが染み込んでいる。夕涼みに、通りに出てくる人の姿が目立った。

暮れ六つ（午後六時頃）の鐘が鳴ってしばらくすると、錠吉ら佐久蔵の足取りを探りに出ていた手代たちが戻ってきた。皆、疲れた顔をしていた。

綾乃は冷やした麦湯をふるまった。

「佐久蔵が使っていた主だった人足は、まだ姿を隠したままです」

中心になって働いた四人の男は、あれ以来どこにも姿を現していなかった。ほとぼりが冷めるのを、待つ腹のようである。

「他の者は、どうしたね」

　市三郎が訊ねた。

「はい。ほとんど捕まえることができたんですが、要領を得ません」

「どういうことだね」

「途中まで運ぶと、そこで待っていた他の者が荷を運んで行ったっていうんですよ。札旦那の屋敷まで運ばなくても、同じ手間賃だというので、積み下ろすと喜んで空の荷車を引いて戻ってきたそうです」

　その場所はほぼ四カ所。新大橋に近い堤や、湯島の聖堂の裏手など、人通りの比較的少ない武家地の一角であった。それぞれで指示をした主だった人足は姿を隠しているという。

「おかしいとは、誰も思わなかったのかね」

　勘兵衛が、渋い顔をしてつぶやいた。

「そう感じた者もいたようですが、たいていはその日限りの雇われ者で、手間賃さえ貰えればそれでいい連中ばかりでした」

「なるほど、そういう者を集めたわけか」

　三百五十俵の米俵は、江戸の町のどこかに紛れ込んだままだった。

　上総屋が被った損害は、米代だけでも百五十両ほどになる。店が傾く額ではなかったが、手痛い出費なのは事実だった。

「あいつら、いつかは必ず姿を現す。その時はただではおかねえ」

怒りを抑えかねて錠吉は漏らしたが、声に力は籠もっていなかった。すでに米俵は、忠七の手によって売り払われてしまったのではないか。口には出さなかったが、誰もが感じている様子だった。

「ごめんなすって」

若い男が、暖簾を分けて店に入ってきた。たびたび顔を見せる飛脚だった。地方にいる金主からの手紙を届けてくる。今夜も挟み箱から、一通の書状を取り出した。

「ご苦労さん」

乙助は受け取ると、市三郎へ手渡した。

「ほう、伊勢崎の富田屋さんからのものだな」

富田屋は、上州伊勢崎の絹織物の問屋である。上総屋の金主としては先代からの付き合いだと聞いていた。大口の金主で、棄捐令でも潰れないで済んだのは、ここからの多額な融資のお陰だと聞いていた。

長い手紙である。読んで行くうちに、市三郎の顔つきが変わってきた。普段はあまり感情を面に出さない質だが、はっきりと驚きが浮かんでいた。

一同は、不審の面持ちで見詰めた。

「はて、困ったことになりましたな」

読み終えると、ため息ともつかぬ声を漏らした。手紙を渡された勘兵衛は、慌ててそれに目を走らせた。

「いったい、何事ですか」

痺(しび)れを切らした錠吉が言った。

読み終えた勘兵衛が、苦渋に満ちた顔を上げた。傍らにいる綾乃も気が気ではない。

「富田屋さんが、残債の返却を請求してきたのですよ」

「なるほど。ですがそれならば、返せばよろしいのではないですか」

三百五十俵の米の損失で、苦しいところである。しかし金主から、貸金の返済を求められるのは珍しいことではなかった。顔色を変えるほどのことではないのではないかという錠吉の口ぶりだ。

「それが、そうもいかない。札旦那のために、奥印(おくいん)を捺(お)して借りた借金ではないんだよ。富田屋さんからのは」

「なるほど、上総屋が借りた金ということですね。どれほどの額になるのですか」

「残債は、三千両ほどになるね」

「えっ、そんなに……」

驚きの声を上げたのは、錠吉だけではなかった。上総屋の商いは、安定しているように見えた。まさかそれほどの借金を抱えていようとは、誰も考えていなかったのである。

「ど、どうしてそんなことに」

三千両ともなれば、いくら札差でも、そう簡単に右から左へと動かせる額ではなかろう。

「寛政元（一七八九）年に、一万両借りた。それからずっと返済を続けてきて、ようやく三千両にまで減らすことができた」

市三郎が説明した。寛政元年となれば、棄捐令に絡む金だと綾乃にも分かる。

「忠七の潰れた実家堺屋は、あの時一万七百二十両の未回収金があった。うちも、ほぼ同額の損失だったから、富田屋さんには命を助けて貰ったことになる」

富田屋治左衛門（じざえもん）は、上州の絹繭（きぬまゆ）にまつわる長者である。そのお陰で上総屋は、棄捐令の荒波を潰れることなく遣（や）り過ごすことができた。ただ返済を催促されたら、速やかに支払うという約定を交わしていた。もし返せない場合は、店と札差の株を処分してそれに充当しなければならないと、借用証文には書いてあった。

また借りるにあたって、奥印を用いて札旦那に金を貸す際、二年以上の期間にわたらぬこと、さらに二割五分を超える高利を得てはいけないという条件が付けられている。高利を貪っていた札差は、幕府に睨（にら）まれ、棄捐令を突きつけられた。暴利を得ることをせず、安定的な貸出しを続けていれば、このような目には遭わなかったという反省を籠めてなされた約定であった。

「もちろん、それは形式的なもので、これまでこの条件についてどうこう言われたことはなかった。富田屋さんにしてみれば、滞りなく返済がされていれば、それで文句はないはずだからね。ところが今回は、その約定違反を衝いて返済を求めてきた」

「誰とした金談のことを、言って来たのですか」

錠吉が訊いた。上総屋では、おおむねこの条件を守って金談を進めてきていた。それは律儀なほどである。札旦那のたっての要望で、奥印を捺して金談をまとめる場合、二割五分の利率を超えることがないわけではない。しかしそれは、極めて少ない数だった。

「葛城家との金談ですよ」

勘兵衛が引き取った。声に怒りがあった。

「何ですって」

今度は綾乃が言った。葛城家とは、松尾の婚家である。忠七と共にやって来て、ぜひにもということで話をまとめたのだった。

「ふざけやがって」

錠吉が叫んだ。この富田屋からの手紙には、牙をむいた忠七の悪意の糸が背後に絡んでいる。

そして綾乃は、「あっ」と声を上げた。富田屋のある伊勢崎は、二万石酒井下野守の城下だが、酒井家は坂東志摩守と姻戚関係にあることを思い出したのである。そこから富田屋へ、圧力がかかった……。

「間違いありませんな。今度の波は、これまでとは桁違いの大波ですよ」

綾乃の話を聞いて、勘兵衛は唸るように言った。

「しかしこれで、忠七の上総屋への恨みが、はっきり見えてきましたな。旦那様」

そう言われて、市三郎はうなずいた。

「どういうことですか」

錠吉が訊ねた。

「富田屋から借りた一万両だがね。実はあれは、本来は堺屋が借りるはずの金だった。それが、上総屋の先代の尽力で、こちらへ口説き落としてしまった。あれさえなければ、ということだろうよ」

「しかし商いの世界とは、そういうものです。逆恨みではないですか」

「逆恨みだろうと何だろうと、恨みは深いさ。おそらく忠七は、うちと富田屋さんとの繋がりについて探っていたんだろう。そして交わした約定の中身を知ったんだ。都合の良いことに、手掛けた葛城様の金談は、その約定を破っている」

市三郎の推察は、正しいと思われた。堺屋の店を再興してやると言った言葉を、綾乃は思い出す。わざわざ自分を引き止めてまで口にしたのは、よほどの自信があったからなのだと今になって気付いた。

「ちくしょう。それで上総屋の株を取り上げ、我が物にしようというわけか」

苛立つ錠吉の声を、返す言葉もなく聞いた。

奪われた三百五十俵の米俵の行方も摑めない。そこに現れた新たな難題だった。

三

神田明神の境内を抜けると、武家地になった。しばらく歩くと、蔵米取りの屋敷が並ぶ通りに出た。冠木門の、どこも二百坪ほどの広さの屋敷だった。どこからか、子供の素読の声が聞こえてきた。

「ここですな」

市三郎が指さした。開いたままの門扉の中を覗くと、庭に青物を植えた畑があった。建物は、綾乃が住んでいた園田の家よりも一回り小さく古かった。葛城桝之介の屋敷である。

昨夜届いた富田屋からの手紙は、上総屋に衝撃をもたらした。そのままにしていれば、潰れるのを待つだけだ。まず乙助を、早朝伊勢崎へ旅立たせた。約定を破った金談について、事情の説明に行かせたのである。坂東の息がかかっているのならば、何を言っても役には立つまい。だが、向こうの様子を知ることができるし、時間稼ぎもできるのではないかと考えたのだった。

そして綾乃と市三郎は、桝之介と松尾にあたって、交わした金談の変更について話し合うつもりでここまでやって来た。

訪いを入れると、松尾が姿を現した。二人を見ると、顔だけでなく体全体を強張らせたのが分かった。用向きを伝えると、にこりともしないで奥に引き下がった。綾乃とは、とうとう目を合わせなかった。

しばらく待たされて、桝之介が現れた。病み上がりの見るからに青白い顔をしていたが、初めから敵意の籠もった目で綾乃と市三郎を見た。右肩が左と比べてやや下がっている。崩れた石垣で肩と腕を痛め、筆が思うように握れなくなった。役替えのための袖の下として、三十両を借りたのであった。

禄の高い役に替わることができたのかどうか、それは聞いていなかった。

「どのような話でござるかな。こちらも多忙でな、手短に願いたい」

不機嫌そうに言った。玄関先に立たせたままである。子供はいないらしく、ひっそり閑としていた。

「葛城様のご金談につきまして、ご相談があって参りました」

市三郎は丁寧に頭を下げると、話の内容を説明した。

上総屋が奥印を捺してした金談の利率は二割七分である。これは金主のいる金の貸し借りだから、こちらの勝手で利率を動かすことはできない。そこで借金は上総屋が肩代わりして返済し、札旦那と札差の直接の貸し借りという形にしようと申し出たのであった。それならば、利率は一割八分にできる。

これを文書にして、一時も早く富田屋に交渉したい。そうすれば、たとえ背後に坂東の力が加わっていても、状況を変えることができると考えたのであった。

「なるほどな。しかし一度決めた利率を、途中で変えてもらうつもりはない。利息は払うつもりでおる」

話を聞き終えた桝之介は応えた。一顧だにする気配はなかった。

「なるほど。ですがこれは、葛城様にとって損になる話ではございません」

「ほう、そうか。だがわしは、損得を言っているのではない。武士が一度した取り決めを、途中で変えることはできないと話しておるのだ」

けんもほろろである。市三郎はあれこれ言い募ったが、反応は同じだった。

綾乃は思いついて口を出した。

「ところで葛城様、お役替えの方はいかがなりましたのでしょうか」

するとと桝之介は、ふっと嗤いを浮かべた。誇ったような目で見返した。

「うむ、そのことか。それならばほぼ決まった。坂東志摩守様のご推挙を得て、御天守番衆に役替えとなる」

評定所書物方は禄八十俵だが、御天守番衆は百俵で二十俵の増収となる。そのために桝之介は、坂東や忠七に荷担したのだ。

「なるほど、そういうことでございましたか」

何を言っても無駄だと察した。すべてを承知して話している。何が武士だ、坂東からの誘いがなければ、媚びるようにして話を受け入れたことだろう。喉元まで言葉が出かかったが、綾乃はそれを呑み込んだ。

葛城の屋敷を出る。四半刻（約三十分）にもならない間話をしただけだが、ひどく疲れを感じた。坂東と忠七が知恵と力を合わせて挑んできていた。

上総屋へ戻ると、勘兵衛が帳場格子の内側から飛び出してきた。話の首尾を案じていたようだが、市三郎の顔色を見て肩を落とした。

桝之介とのやりとりを話して聞かせた。

「そういうことになるだろうとは、薄々感じていました」

「こうなったら、金の立て替えをしてくれる新たな金主を捜すしか手はなさそうだな」

道々考えて来たのだろう。市三郎は腹を決めたように言った。

「いるでしょうかね。三千両もの立て替えをしてくれる金主が」

「それを捜すのさ。もしいなければ、三人四人と集めればいい」

「それはそうです」

「よし、すぐにでもあたってみよう」

休む間も惜しんで、市三郎は出かけて行った。上総屋が関わっている金主は、江戸府内にもかなりある。親しく付き合っている者も少なくなかった。めぼしい家を、訪ねてみようというのだった。

錠吉の姿が見えない。乙助を送り出した時には、もう姿がなかった。忠七の足取りでも追っているのか。奪われた米俵の行方もそのままになっていた。

四

その日市三郎が帰って来たのは、日が落ちてかなりの時がたった後だった。四軒回ったが、はかばかしい結果には導けなかったということである。

百両や二百両までならば、利率の相談さえまとまれば何とかなる。その程度の金を用立ててくれる金主とは、常に関係を保ってきた。札差仲間で融通し合うこともある。だが三千両となると、おいそれとはいかない。貸す方も慎重になるのは当然だ。

綾乃は、すぐに夕餉の膳を運ぶ。腹を空かせているだろうと思った。給仕をしながら、話を聞いた。

「上総屋は、近々札差の株を取り上げられるという噂が出ている。訪ねた内の二軒で聞いたが、おそらく今日明日にも広まって行くだろう」

「何ですって」

相伴していた勘兵衛は、ぎょっとした顔で市三郎を見た。怯えが両の目に浮かんでいた。そんな噂が広まれば、貸手はますます渋くなるだろう。

「忠七の仕業ですね」

吐き捨てるように勘兵衛は言った。確かに念の入ったやり口である。

「そうだろう、詳しい話を知っていた。しかしこれも考えようだ」

「……………」

「この噂のお陰で、金さえあれば店は潰れないこともはっきりする。だから、あながちこちらが不利なわけではない。上総屋がなくなれば、貸した金が取れなくなる金主もいる。そういう人たちは、自分の金を守るためにこちらへ融通しようとするだろう」

「なるほど、そうでした」

市三郎は、物事を前向きに考えて行こうとする。それはこの人の良いところだ。

「明日は、関わりの多いところばかりを回ってみよう。この噂が、吉となるか凶となるかは、まだ分からない」

錠吉が店に戻って来たのは、さらに遅かった。町木戸が閉まる四つになろうとする刻限だった。汁を温め直して食事を出してやると、汁かけ飯にして一膳だけ食べた。外で済ませたと言うが、小腹が空いたらしい。終わると茶をいれてやり、綾乃は一日のことを話して聞かせた。

「なるほど。小賢しい野郎だ、忠七ってやつは」

音を立てて茶を啜った。

「それで錠吉さんは、何をしていたんですか」

綾乃が訊くと、にやりと笑った。見ようによっては不遜にも受け取れる笑みだが、妙に逞しくも感じた。

「坂東家の用人、石黒八十兵衛を探っていたのですよ」

思い掛けない名前を聞いた気がした。坂東や忠七ではなく、なぜ石黒なのか。

「前に綾乃さんは、坂東が『御関所女手形改』について不正をしていると話をしてくれました。覚えていますよね」

思い出した。上総屋を出た後、橋爪に斬られて重傷を負った。米蔵の番小屋でおさきに看病をしてもらったのだった。その折りに会った錠吉に、坂東を追い詰める手立ての一つとして話をした。不正は明らかだが、確証を摑むことは極めて難しいと考えていた。それで頭の中から消えていたのである。

「あれから、その件について探っていたのですよ」

御留守居役の職掌の一つに、大名家の家中の士の妻女が、江戸から出るのに必要な許可手形の発行があった。坂東志摩守はこの権限を利用して、大名家の正室を密かに江戸から出すための偽の許可手形を発行した。これで多額の賄賂を受け取っていたのである。

大名家との交渉は、もっぱら用人の石黒が坂東に代わってしていた。御留守居は、配下の公用人とその下役の祐筆を使って事務の処理をする。彼らへの具体的な指示も、石黒が適宜個別に呼んで行っていたのである。そうたびたびある仕事ではないし、慎重にやっていたから、証拠を握るのは大変だろうと話した。けれども錠吉は、これに当たっていたという。

「坂東屋敷に近ごろ雇われた渡り中間で、宇之吉という初老の男がいます。こいつは酒と金に汚い男で、それとなく近づいて、二、三度おごってやりました。今では息子の年頃の私を、旦那と呼びます。それで、ちょっとばかり小遣いをやって、石黒について探らせるようにしたんです」

「大丈夫ですか、そんなことをして」

「なあに、坂東を探るのなら大事ですが、石黒ならそれほどではありません。何しろ用人として屋敷内では威張り散らしているので、宇之吉は嫌っているのです」

「なるほど」

「それで今日行って話を聞きました。すると石黒は、数日前に西国のある藩の留守居役の訪問を受けたというのです。そして話し合いをした後に、公用人の蜂谷丞左衛門なる男に手紙を書き、宇之吉に届けさせたそうで」

「それでは」

「ええ、何かありそうじゃないですか。さっそくその足で、桜田にあるその藩の上屋敷へ行ってみました」

初めは、まったく様子を摑めなかった。出入りする藩士に問いかけたところで、何かを応えてくれるわけではない。不審に思われるのが落ちである。

そこで出入りの商人が来るのを待った。女手形に関わることだから、奥向きの用を足す者でなければ話になるまいと考えた。半日待ってようやく摑まえたが、要領を得なかった。次に若党と話ができたが、見当違いの返事が返って来ただけだった。とうとう日が落ちてしまった。

帰ろうと思った時に、裏門から外へ出て行く若い下級藩士の姿を見かけた。つけるとその侍は、赤坂田町の女郎屋の並ぶ一角に出たとか。

女遊びでは、引けを取らない錠吉である。

「一緒に遊びませんかい」

銭を出して、うまく遊ばせてやった。金を使ったが、その藩の殿様が、国元で重い病に臥せっていることを訊き出した。奥方は、最後に一度見舞いたいと話しているという。

「坂東の尻尾を、摑めるといいですね」

「ええ。やられてばかりは、いられませんよ」

厚く曇った胸の奥に、微かな明かりがほの見える。しかしそれは、待っていたのではすぐに消えてしまいそうだった。確かなものにするために、こちらから向かって行かなければならない。

「宇之吉には、石黒が公用人の蜂谷と会う時は、すぐに知らせるようにと伝えました。薄汚い卑しい男ですが、金のためには働きます。もちろん蜂谷の方にも、見張りをつけます。必ず近いうちに動きがあるでしょう」


それから、五日が過ぎた。綾乃は錠吉と共に、一日千秋の思いで宇之吉からの連絡を待った。しかし何の音沙汰もなかった。蜂谷にも、何の動きも見られなかった。

「もう、後の祭りだったんでしょうかね」

せっかちな錠吉に、焦りの色が浮かんだ。

「武家の用というのは、そう速やかには進みませんよ。もう少し待ちましょう」

綾乃はそう言って宥めた。

伊勢崎に旅立っていた乙助が戻ってきた。長い付き合いの富田屋だったが、手の裏を返したような扱いをされたという。こちらの言い分など、聞く耳を持たなかった。乙助は粘ったが、市三郎への手紙を持たされて追い返されたのである。

「ご城下の町奉行が、富田屋さんのご主人を呼びつけて、悪辣な儲けをしている札差の話をしたそうです」

富田屋は、関わってはならぬという町奉行の命に逆らう気配を見せなかった。土地の奉行と、何らかの繋がりがあるらしかった。悔しさを滲ませて、乙助はその次第を語った。役に立たず帰ってきた面目のなさが、目顔に出ていた。

「三千両の返済期限は、五月いっぱいだと書いてある」

持たされて来た手紙を読んで、市三郎は言った。あと十日ほどしか時間はなかった。代理人が金を取りに来るという。もしその時に金を渡せなければ、札差株は手放さなければならない。

市三郎は一日も休まず、金を貸してくれそうな金主を当たっていた。上総屋が潰れるかもしれないという噂は、すぐに広まった。だが大口の金を融通している金主は、予想通り金の用意をしてくれようとした。上総屋の商いは手堅い。潰さずに置けば、元を取れると踏んでいるのであった。

しかし金については、抜け目のない商人たちだった。足元を見て、貸金の利率を跳ね上げたのである。市三郎は、その融資を拒否した。今の段階で都合がついたのは、千両をやや超えた程度の額だった。

「ご主人様はおいでかな」

店の暖簾を分けて、四十年配の恰幅の良い男が現れた。金のかかった身なりをしている。手代風の若い男を連れていた。深川の材木問屋の主人で、信濃屋利右衛門と名乗った。たまたま市三郎はいて、奥の座敷に通した。

「私どもの金を、使って頂こうと思いましてな」

綾乃が茶を出して、廊下に下がった。その背後にだみ声が聞こえた。大きいので、部屋から離れてもよく耳に入る。

「三千両、そっくりお貸ししたい」

信濃屋はそう言った。返済額のすべてを、一括で貸そうという相手は初めてである。同席していた勘兵衛が、媚びるような笑みを漏らした。

「利率は、いかほどでしょうかな」

市三郎が問いかけた。もちろん喉から手が出るほど借りたいが、喜んでいる様子はない。むしろ危ぶんでいる響きがあった。

「ご事情もおありでしょうからな、二割七分でいかがでしょう」

勘兵衛が、ふうというため息をついた。これまで当たってきた金主たちよりも、さらに高率の利息だった。だが借りれば、上総屋は危機を凌げる。

「有難いお話だが、それでは借りられませんな」

「ほう、何故ですかな。私は喜んで頂けると思っていたのだが」

不満の声になった。

「もし私が二割七分でお借りすれば、札旦那の皆様には、それ以上の利率でお貸ししなければなりません」

「なるほど。しかしお武家様は、困ればもっと高利でも借りてゆきますよ。それはよくお分かりでしょう」

「はい、分かります。だからこそ借りたくないのですよ。札旦那あっての札差です。札旦那のお役に立った上で、儲けさせて頂くのでなければ意味がありません。また棄捐令のようなことがあっても、かないませんしね」

「しかし金を返せなければ、店はやっていけまい」

物言いに恫喝(どうかつ)を含ませた。しかし市三郎は顔色を変えなかった。

「はい。それでは半額の千五百両を、一割五分でご融通頂きましょう。それならばどこへも迷惑はかかりません」

「な、なんだと」

信濃屋と名乗った男は、怒りを顔に滲ませた。その利率では、大金を纏(まと)め貸しするうま味はまるでない。

「その代わりと申しては何ですが、今後は上総屋の金主として長くお付き合い頂くことにいたしましょう。いかがですか」

貸し倒れのほとんどない、札差の金主になることを望む者は多い。その一人に加えようという申し出であった。

「うむ」

信濃屋の声に、逡巡の響きが籠もった。札差の金主になるのは、長い目で見れば損ではない。しかしそのためには千五百両もの大金を、一割五分という低利で長期間寝かせなければならなかった。

「話はなかったことにしよう」

男は立ち上がった。どさくさ紛れに、うまい汁だけを吸おうとやって来た手合いであった。

「それにしても、惜しかったですな」

気落ちした風に、勘兵衛は漏らした。本音は、利率にかかわらず借りたかったのだ。

「はい。もう少しで、貸してくれと頭を下げるところでした」

市三郎も正直に言った。毅然とした物言いに聞こえたが、心は揺れていたのである。

その言葉を聞いて、綾乃はじんと胃の腑が熱くなった。

悪辣なやり方で、蔵米取りの上前を撥ねる札差。札旦那などと立てた言い方をしても、しょせんは金を搾り取る相手としか考えていない。綾乃の実家園田の家も、それが因で断絶した。憎み恨んできたが、市三郎のような札差がいることも事実だった。

札差といっても、いろいろな者がいる。その在り方というものを思った。

五

金談を済ませた札旦那が、あと四日ほどに迫った両国川開きの話をしていった。夜になると盛大に花火が上がる。終夜の賑(にぎ)わいで、当日の船宿の船は何日も前から予約で埋まっていた。町行く人の話題も、これで持ちきりだった。

鍵屋が上げる『青竜流星十二提灯(せいりゅうりゅうせいじゅうにちょうちん)』という仕掛け花火が、評判を呼んでいる。どのような花火なのかと訊ねると、説明する者によってそれぞれ趣向が違った。楽しみにしていることは明らかだが、詳しいことは分からず、噂ばかりが先行していた。

「錠吉さんへ、言伝(ことづて)を頼まれましてね」

夕刻近くになって、二十歳(はたち)前後の遊び人風の男が訪ねて来た。用人石黒が、暮れ六つに深川佐賀町(さがちょう)の船宿松橋屋(まつはしや)で、公用人の蜂谷丞左衛門と会うことを突き止めたというのである。宇之吉からの使いであった。

待ち焦がれていた知らせだ。錠吉の顔が、ぱっと赤くなった。暮れ六つまでには半刻近くの間がある。深川へは、どうにか行き着ける時刻だった。

「えへへ。それで、駄賃を頂きてえんで。なんでも弾んでもらえるとか……」

手を差し出した。のっぺらとした、華奢(きゃしゃ)な指先だった。

「いいだろう。よく知らせてくれた」

五匁銀一枚を渡した。もっと弾んでも良かったが、男は上機嫌で帰っていった。

「綾乃さんも、行きますかい」

錠吉が言った。もう草履をつっかけていた。望むところである。市三郎は外出中だったので、勘兵衛に断った。

「気をつけてくださいな」

張りのある声で言った。目が輝いている。勘兵衛にも事情は話してあった。

夜襲で受けた傷は、年のせいか今になってようやく完治した。痛むたびに、坂東への恨みを胸に刻み込んでいたのだろう。

大川の河岸の道を、川下へ足早に歩いた。どのような打ち合わせをするのかは、見当がつかない。偽の手形の受け渡しがあれば良いがと考えた。これを奪うことができれば、都合が良い。綾乃は手に、父の形見の杖を持っている。事情によっては、手荒なこともする覚悟があった。

河岸に丸太が並べられて、人足が桟敷を組み立てていた。花火見物のための、急拵えの席である。茶屋の法被を着た男が、指図をしていた。

新大橋を渡って深川へ出た。仙台堀を過ぎると佐賀町である。永代橋の向こうに、沈みかけようとしている夕日が、朱色に水面を染めていた。松橋屋は、油堀の手前右手にあった。灯された提灯の明かりで、それが分かった。小さな船宿だった。

「いらっしゃいませ」

中年の肥えた女将が、二人を招き入れた。歳の似通ったお店者と武家女である。錠吉が声を潜めてしばらく部屋を貸してほしいと言うと、訳知り顔で二階へ案内した。逢引のために訪れたと、思い込んだのかもしれない。

二階は襖で仕切られて、四間があった。手前二つの部屋には明かりが灯っていて、綾乃らは一番奥の部屋に通された。

「端のお客は、どのようなお客だね」

「はい。一番向こうがお武家様で、隣が薬種屋のご隠居様です。ご隠居は、舟の用意が出来しだい、出ておいでになります」

「お武家は?」

「お一人ですが、そろそろお連れが見えるはずです。何かのお打ち合わせのようですが、そう長くはならないと思いますよ」

そう言ってから、ちらと綾乃を見た。勘違いをしていたが、その方が都合が良さそうだった。錠吉もあえて言い訳がましいことは口にしなかった。

「どうぞごゆっくり」

酒と簡単な肴を置いて、女将は錠吉に耳打ちすると部屋を出ていった。

「女将は、何を言ったのですか」

綾乃が訊ねると、錠吉はいかにも可笑しそうに応えた。

「呼べば、いつでも寝床の用意をするということで」

「………」

その時、人が階段を上がってくる音がした。女将が、客を案内してきたのである。話し声で、それが石黒だとすぐに分かった。尊大な物言いをしていた。

入れ違いに、舟の用意が整って薬種屋の隠居が部屋を出て行った。女中が来て部屋を片付ける。いなくなったところで、そっと襖を開けて、隠居のいた部屋へ二人で入り込んだ。

隣の話し声は小さかった。特に蜂谷の声は、くぐもって聞こえた。声だけを聞いていると、五十を過ぎている。耳を澄ませた。

初めは、御関所手形とは繫がらない話をしているように思えた。だが待っていると、ようやく西国の藩の名前が石黒の口から上がった。そこの正室らしい、女の名前が聞こえてくる。藩主の容態はいよいよ危うくなってきたようだ。

綾乃は、音を立てずに唾を吞み込んだ。明日にも、供を従えた数名の一行は、中山道を辿って西へ向かう模様であった。

「手形はでき上がり、家中の方にお渡し申した」

石黒が、そう言っているのを聞いた。配下の祐筆に指図して、偽の手形を書かせた。それをすでに手渡したというのである。不正が行われたのは事実だが、ここでは手形の受け渡しは行われないと分かった。

「さようか。ご苦労でござった。これは、いつものものでござる」

懐から、金子（きんす）を取り出したらしい気配があった。

「うむ、かたじけない」

錠吉が、襖に手を当てた。開けようとしている。綾乃は目を見合わせるとうなずいた。坂東志摩守を相手に挑む場合、事情を知っているだけでは勝負にならない。確証となる手形を押収できないのは残念だが、このまま帰らせてしまうわけにはいかなかった。

「あっ、お前は」

襖を払うと、石黒が驚きの声を上げた。刀掛けの刀に手を伸ばそうとしたが、明らかに狼狽（ろうばい）していた。綾乃は素早く、その伸ばした手に杖で一撃を与えた。

「うっ」

その間に、錠吉は蜂谷を背後から羽交（はが）い締めにしていた。蜂谷は初老で、小柄な体軀（たいく）の持ち主だった。侍とはいっても、武張った様子はかけらもなかった。

畳の上に、袱紗（ふくさ）に包まれた小判があるのが見えた。五、六枚はありそうだ。

「この金子は、御関所女手形の不正に対する報酬の金ですね」

杖の先を、石黒の喉元に突きつけるようにして綾乃は言った。脅して白状させ、一筆書かせてそれを証拠としようと考えたのである。

「ふん、その方らには関わりのないものだ」

打たれた左の手が、赤く腫れていた。石黒はその手をさすりながら、ふて腐れたように返した。

「話は、隣から聞かせてもらった。今さら隠し立てをしても、始まらねえぞ」

抑えてはいるが、錠吉は脅しを籠めて言った。捩じった腕が、軋み音を立てた。蜂谷の顔が歪んだ。

「何を聞いたか知らんが、それだけでは何もなりはしない。その金を証拠として、奉行所でもどこでも駆け込めば良い。捕らえられるのはその方たちだ。世を騒がせる、不埒な輩としてな」

「なんだと」

錠吉が顔色を変えた。

石黒は喉元に押しつけられた綾乃の杖を、手ではずして言った。怯みが、いつの間にか消えていた。居直っている。もしここで白状してしまえば、坂東はもとより用人の自分も厳しい立場に晒されるのは確かだった。そのことに思い至って、腹が決まったのかもしれない。今のままでは、こちらは何の証拠も摑めていなかった。

「わしは屋敷へ戻る。これ以上無礼を働くと、人を呼ぶぞ」

立ち上がろうとした。綾乃はそのふくらはぎを杖で打った。石黒の体が、横ざまに倒れた。呻き声を漏らしたのは倒れた後だった。

綾乃はその懐に手を伸ばした。立ち上がりかけた時に、懐に何か帳面のような物を入れているのに気付いたのであった。

「な、何をする」

慌てて手で押さえようとしたが、綾乃が取り出す方が早かった。やはり帳面である。奪い返そうとする手を、もう一度杖で打った。

薄手の綴りである。表紙をめくった。几帳面な小さな文字が並んでいた。

「か、返せ」

石黒はにじり寄り、綾乃の足にしがみついた。明らかな狼狽が顔に出ていた。

「うるせえ」

錠吉が蜂谷から離れると、石黒を綾乃から引き剝がした。

帳面には、日付けと大名家の名前、正室らしい女の名、藩の領地それに数十両から百両を超える金高などが細かに記載されていた。これは石黒の、御関所女手形に関する不正の覚え書きに違いなかった。坂東は六年前に御留守居役になったが、その直後から記載が始まっていた。

発行された正式な手形の記録簿と照らし合わせれば、この帳面に書き記された文字が何を意味するか一目瞭然だった。これは明らかな不正の証拠となる。

思いもしない収穫だ。

「これさえあれば、もう用がありません」

綾乃が言うと、錠吉はさらに縋りつき取り返そうとする石黒を蹴倒（けたお）した。体が床柱に当たって、地響きを立てた。

「何事でございます」

騒ぎを聞きつけた女将が二階へ上がってきた。

「何でもないさ」

女将に五匁銀を押しつけると、錠吉と綾乃は階段を駆け降りた。

六

上総屋へは、猪牙舟（ちょきぶね）を拾って戻った。市三郎が案じ顔で待っていた。皆で、あらためて奪った帳面を読み直した。

帳面には、六年の間に都合十一回の不正な手形発行が行われていることが記されてあった。十一回の中には、親藩の大名家もあった。受け取った賄賂の総額は、千両を超えている。背表紙には、ご丁寧に帳面の所有者という意味でか、石黒八十兵衛の署名までしてあった。

「お手柄だが、これを公にすると、話が大きくなり過ぎるな」

市三郎が言った。この帳面が有効に活用されれば、坂東志摩守は腹を切らねばならない羽目に陥るはずである。しかし事は、それだけでは済まない。禁を犯した大名家にも、お咎めがあるはずだった。十一もの大名家を、敵に回すことになってしまう。

「そうですね。届けられた日付にしても、事が大きくなり過ぎるので、そうとうに腹を決めてかからなければなりません。坂東の握っている人脈を考えれば、そことの関連で握り潰されると考えた方が良さそうですな」

勘兵衛も、慎重な意見を述べた。

「では、どう使ったら良いのでしょうか」

錠吉が、二人の顔を交互に見た。もちろん誰も、この帳面をそのままにしておこうとは考えていない。どう利用すれば最も有効か、それを考えている。だが大名家と悶着を起こすことだけは、避けなくてはならなかった。

大名家に恨みはない。幕府の法令に反する行為とはいっても、許しがたい悪行とは思えなかった。

「どうでしょう。大名家へこの帳面を持ち込むぞと脅したら、坂東は困るのではないでしょうか」

思いついて、綾乃は口に出した。あくまでも大名家のためを思ったご注進という形にするのである。石黒と交渉した藩の留守居役は、このような記録を残したことを知り、激しく責めるはずであった。藩の存亡に関わるとなれば、有形無形の攻撃を加えるはずだ。事は公にならなくとも、そういう大名が複数になれば、坂東の立場は極めて悪くなるだろう。十一の大名家を、敵に回すのである。

「それは面白い」

一同が手を打った。さっそく市三郎が、手紙を書くことにした。

上総屋及び綾乃から、今後一切手を引くこと。それが明らかになるまでは、何を言ってこようと帳面は渡さない。まずは伊勢崎の富田屋が、五月いっぱいの期限内に、三千両の返済請求を取り消すことを指示するよう要求した。これが守られなければ、帳面の写しを該当する大名家に送り届けると記したのである。

さらに夜襲などで帳面を取り返そうとすれば、すぐにでも目付に訴え出る準備があるともつけ加えた。その夜のうちに、町の飛脚を使って坂東屋敷へ届けさせた。

その夜は交替で、寝ずの番をした。襲ってくることも考えられたので、それなりの用意をして一夜を過ごしたのである。しかし、何事もないまま夜が明けた。

朝、店を開けると、早々に深編み笠（がさ）を被（かぶ）った侍が、店に現れた。片足を引きずっている。応対に出た喜助が、笠の中の顔を見上げて驚きの声を上げた。

顔中赤黒い痣だらけで浮腫んでいた。初めは誰だか見当もつかなかったが、ようやく石黒だと分かった。怒りを爆発させた坂東は、しくじりを犯した用人へ、執拗な折檻を与えたものと察しられた。

「殿からの手紙じゃ。返答を頂こう」

声を出すと、切れた口中が痛むのかもしれない。聞き取りにくい話し方だった。

坂東の反応は、やはり早かった。事の重大さを分かっている。市三郎は、出された手紙に目を通した。

「会って話したい、というのですな。しかしそれはできません。まずは富田屋さんに、話をつけて頂いてからでございますよ」

つっぱねた。平然と見返している。石黒は何かを言おうとしたが、言葉にはならなかった。憎悪の目を向けた。

「覚えておれ」

吐き捨てるように言うと、帰って行った。

それから二日が、何事もなく過ぎた。夜の寝ずの番は欠かさずに行っている。

市三郎は相変わらず、金主を回って低利の金を借りようとしていた。坂東は悪賢いが、どこかで人を嘗めていた。富田屋に、指示を出さないこともあり得る。その場合を想定して、金の用意だけはしておかなくてはならないと考えていた。

昼過ぎに、おさきが綾乃を訪ねて来た。数日ぶりに顔を見たが、血色は悪くなかった。ちゃんと食事をしているようで安心した。おくめも、達者に過ごしているそうな。

「忠七という人が、おばちゃんに会いたいって。一人で来てほしいって」

小声で言った。えっと思って、おさきを見返した。忠七は、おさきを使って連絡をしてきたのだった。札旦那に届ける切米を奪われた時の、暗澹たる思いが蘇った。上総屋の皆は、あの時の怖れと怒りを忘れてはいない。今さら店には顔を出せなかった。それで呼び出してきたのである。

「今日の八つ半（午後三時頃）に、両国橋を渡った袂で待っているって。でもあの人、辺りをきょろきょろ見て、なんだか気味が悪かった。おばちゃん、行かない方がいいよ」

心配そうに綾乃を見上げた。

「うん。考えてみようね」

そう応えたが、行ってみるつもりになっていた。奪われた米俵の行方も気になるが、何を企んでいるのか探ってみたい気持ちもあった。これまでの姑息なやり方を、詰ってやりたい気持ちもある。

綾乃は刻限になると、誰にも言わずに店を出て両国橋を渡った。

川開きの花火が、明後日に迫っている。土手には、筵を敷いてすでに場所取りをし始めている者の姿が多数あった。

「よく来てくれましたね」

袂に立って待っていると、忠七が姿を現した。どこかでこちらの様子を見ていて、一人なのを確かめてから顔を出した、そんな印象だった。もし錠吉がここにいたら、問答無用で殴りかかったことだろう。

忠七は、いつものようにこざっぱりした身なりをしていたが、目の縁に疲れがあった。白足袋のつま先に、珍しく泥がついているのを見つけた。

「立ち話も何なんでね」

東両国の広場にも、たくさんの見せ物小屋や食い物屋ができていた。忠七は少し歩いて、居付きの茶店に案内した。中に入ると、大川に面した小さな部屋があった。

「坂東様は、ご立腹ですよ」

女中が茶と菓子を置いて下がると、すぐに口を開いた。脅したつもりらしい。自分を見る目が、いつになく粘っこく感じた。切米の前に芝で会った時には、物言いにもっとゆとりがあった。

「そうでしょうね。場合によっては、お腹を召さねばならなくなりますからね」

煽るような言い方をした。手の内に証拠の帳面があろうと、油断するつもりはない。坂東も目の前にいる忠七も、侮れない相手だ。

「坂東様は、帳面などどれほどのものではないとおっしゃっています。出したければ、どこへでも出せばいい。すべて握り潰してみせると、そういうことです。まああの帳面は、坂東様が書かれたものではなく、しょせんは用人の石黒様が書かれたものですからね」

事もないといった様子で、忠七は言った。そして綾乃の顔をじっと見た。

「そうでしょうか。それならばどうして、上総屋の主人に会いたいと言ってきたのですかね」

忠七がえっという驚きの顔を、押し隠したのに気付いた。石黒が、坂東の手紙を持ってやって来たのを、この男は聞かされていなかったのだ。

「それは坂東様が、持っている力の大きさを見せつけようとなさったのでしょうな。何しろ幕閣にも、ご昵懇(じっこん)の方があまたおありなのですからね」

「なるほど」

もし坂東が、市三郎の出した手紙を黙殺していたとすればどうだろう。証拠を摑んでいるのにもかかわらず何も言ってこなければ、その方が不気味だ。坂東がすべてを握り潰すという忠七の言葉を、あるいは信じたかもしれなかった。

「それにしても、三百五十俵もの米をどこに隠したのです。あの米のために、上総屋はどれほど難儀をしたか分からない」

まずは、気に掛かっていたことを訊ねた。よくも顔を出せたものだと、罵りたい気持ちを抑えた。

「五十俵は、私が始末しました。しかし後の三百俵は、坂東様が押さえておいでです。お返ししたいのですが、私には何ともなりません。あの方は、吝い方ですな」

「ふん。調子の良い」

「本当ですよ、それは」

綾乃を宥めるように、笑みを浮かべた。

「それでご相談なのですがね。先日の切米では、上総屋さんにたいそうなご迷惑をおかけしてしまった。そこでお詫びの印に、低利で三千両を貸す金主をご紹介しようと考えているのですがね。いかがでしょうか」

「…………」

「利率は、一割です。これならば文句はありますまい」

綾乃は忠七の顔をあらためて見直した。額に、うっすらと脂汗が浮いている。

「何のために、そんなことをしようとするのです。あなたは坂東と連んで、上総屋の札差株を、奪おうとしているのではなかったのですか」

うま過ぎる話である。何か裏があるのは分かり切っていた。この融資話の見返りに、奪った帳面をよこせという腹だったのだろう。だがそう考えていたのなら、状況が見えていない。

忠七は、焦っているのではないか。そう気がついた。

不正の証となる帳面を奪われたことで、坂東の足元に火がついた。坂東は早急な対応を迫られたわけだが、こうなると一介の蔵宿師でしかない忠七には出番がない。おそらく相手にもされなくなったのではないか。

もし坂東が上総屋を攻めることをやめてしまえば、株の乗っ取りはできない。十六年にも及ぶ恨みの晴らしようもなくなるのであった。

追い詰められた忠七の、なりふりかまわぬやり方であった。

「何があろうと、上総屋はあなたの口車には乗りますまい。あなたは三百五十俵の米俵を奪っただけではありません。札差としての信用まで、奪おうとしたのです」

「……………」

「上総屋は、あなたの思い通りにはなりません」

綾乃は言うだけ言うと、立ち上がった。

七

「市三郎さんはおいでかね」

そろそろ店を閉めようかという刻限であった。家路を急ぐのか、通りを行き過ぎる人の足が忙しげになっていた。暖簾を分けて、痩身白髪の老人が入ってきた。絽の羽織を身に着けている。細面だがつやの良い顔で、目つきも精悍だった。

店の内を見渡した。太田屋茂左衛門である。

この蔵前界隈の住人で、太田屋を知らない者はいない。二百名を超える札旦那を抱えた大店であった。御蔵前片町に軒を並べている札差を束ねる、月行事を務めていた。

「これはこれは」

市三郎が迎えに出て、奥の部屋に通した。床の間を背にして座らせる。

上総屋の先代と同年齢であった。親しい間柄で、亡くなる時には市三郎の後見を頼んだと聞いている。しかしだからといって、べたべたとした付き合いはしてこなかった。言うべきことは言い、月行事として要求することは要求してきた。そういう関わり方に、市三郎も不満を持ってはいなかった。

綾乃は茶菓を運んだ。

「ご苦労が絶えませんな」

もちろん太田屋は、上総屋が置かれている状況を承知している。多数の札旦那から連日の嫌がらせを受けた折りには、月行事として町奉行所との間に立った。早急な決着を迫られたが、理不尽な貸し渋りをしているのではないことを、証言してくれた。

「いやいや、私にも至らぬ点がございます」

「それでどうですな。三千両のあてはつきましたかな」

太田屋は出された茶を一口啜ってから、単刀直入に切り出した。上総屋の株が取り上げられるという世間の噂は、なくなってはいない。

話し声が、廊下に下がった綾乃にも聞こえてくる。

「はい。千四百両までは何とかなりましたが」

市三郎は正直に応えた。昼間綾乃が忠七との話を切り上げて店に戻ると、馴染みの金主が店を訪ねて来ていた。これまでの利率で四百両の融通を承諾してくれたのだが、それでもまだ支払わなければならない額の半分にもなっていなかった。

錠吉と綾乃が、石黒から女手形に関する不正の証しとなる帳面を奪ったことを、太田屋は知らない。上総屋の者が誰も口外しないからだが、今後の坂東の出方がはっきりしない以上、三千両はやはり用意しておかなければならないと考えていた。それさえ用意できていれば、怖れるものはなかった。

「返済の期限は、今月いっぱいでしたな」

「そうです」

「都合はつきそうですかな」

「さあ、どうでしょうか」

腕を組んだ。市三郎の話では、まだ二、三あてがないわけではなかった。だが、どれほどの金高を引き出せるかは不明だという。

「なるほどな」

太田屋はゆっくりと息を吐いた。だがそれは、ためらったり思案をしているという様子ではなかった。僅かに胸をそらせると続けた。

「分かりました。それならば、残りの千六百両は私が都合をつけましょう」

「本当ですか」

願ってもない申し出だ。このことを言うために、来てくれたのだ。

太田屋は棄捐令の折りには、二万両に近い損害を被ったと聞いていた。大きな被害だが、潰れなかった。表向きは何事もなかったように商いを続けたのである。それは自己資金の割合が高かったからだと、勘兵衛が話してくれたことがあった。それだけの財力があるということになるが、世間の評判では吝い男だとされている。

「上総屋のために、ありがたいことです」

市三郎は、低頭した。

「いやいや、上総屋さんのためだけにするのではありません」

思い掛けないことを、言われた気がした。

「ほう。では何のために」

「太田屋を含めた、札差の株仲間すべてのためにです。恨みを買うことの多い稼業ですからな。お武家相手で、何が起こるか分からない」

「それはそうですが」

「上総屋さんが抱えているような悶着に、いつ私の店が拘らうことになるか分かったものではありません。余所の難儀を知らんぷりすれば、自分の時にも知らんぷりをされる。お互い助け合わなければ、立ち行かないじゃありませんか。そのために、株仲間はあるのですよ」

さらに太田屋は、御蔵前片町の二軒の札差の名前を挙げた。これらの店も、その金の幾分かを引き受けてくれるというのであった。

「初めは渋りましたがね。わけを話したら、承知をしてくれました」

棄捐令以後、幕府からの風当たりは弱まってはいない。幾度も細かな申し渡しが出され、札差の動きを牽制しようとしていた。一人一人の札旦那も、隙あらば金談を有利に運ぼうと、札差の落ち度を捜している。結束することで、札差は向かいくる様々な難題を解決していかなければならない。それが太田屋の考えだった。

「月末までに、金を届けましょう。なに、差し上げるのではありません。利息は決まり通り頂きますよ」

「このご恩は、生涯忘れません」

市三郎は、もう一度礼を言った。

「なに、後見を頼まれながら何もしないでは、あの世へ行って上総屋さんの先代に合わせる顔がありませんからな」

ひとしきり、古い思い出話をした。

「良かったですな」

いつの間にか、勘兵衛が綾乃の背後に立っていた。安堵の気配が見て取れる。同じように気になって、二人の話を探りに来たのだった。

八

道行く人の顔つきに、興奮があった。日が西の空に傾き始めた頃には、すでに人の出は激しくなって、場所取りの喧嘩（けんか）を始める者もいた。

五月二十八日、両国川開きの日である。

いよいよ花火の上げ初めで、それから連日御三卿（ごさんきょう）や諸侯の花火が上げられる。だが規模の大きさと華やかさ、艶（あで）やかさにおいては初日のものにかなわなかった。一日千秋の思いで、この夜の来るのを人々は待っていた。

金のある者は、何日も前から涼み船を予約しておく。あるいは大川河岸にある料理屋の、見晴らしの良い座敷を押さえてこの日を待った。金のない者は、明るいうちから空き地や道端に筵を敷いて陣取り、飲み食いやお喋り、小さな諍（いさか）いを起こしながら日が落ちるまでを過ごした。

最初の花火が上がると、どよめきは頂点に達する。両国橋や広小路は人で溢れ、立錐の余地もない。神田川を越した蔵前にまで、人波は及んだ。狂乱は夜を徹して続き、花火が終わって涼み船が引き上げる頃には、明け烏の声が聞こえることになった。

「もう四半刻もすると、花火が上がりますよ」

錠吉が、綾乃の顔を見ると言った。辺りが薄墨の中に沈んで行くと、急にそわそわし始めた。上総屋も、この日は早仕舞いをしていた。川開きの日に現れる、無粋な札旦那はさすがに少なかった。

喜助や乙助、それに松吉ら小僧は、店の屋根に筵を敷いて、花火見物の用意をし始めていた。太田屋の申し出以来、長く鬱陶しかった思いがようやく晴れた。花火が上がる晩ともなれば、いやが上にも気持ちは高ぶってくる。

上総屋に、金の用意が整ったという噂は、一日のうちに蔵前中に広がった。潰れないで済むことになったわけだが、そうなると一時は無理な金利を押しつけようとした金主もころりと態度を変えた。これまで通りに金を用立ててくれと、向こうから足を運んでくるようになった。

伊勢崎の富田屋からは、まだ何も言ってこない。坂東が何かを企んでいるのは想像に難くなかったが、これで五月末日の返済は支障なく済ませることができる。取りあえずはそれで充分だった。

　後は、坂東志摩守とどう戦うかということだけだ。

　川開きの夜は、御蔵前片町の札差が集まって宴を開くのが恒例となっていた。大川沿いの料理屋を借り切って、花火を見物するのである。二階の座敷にある障子を取り払うと、花火見物には特等席となる。

「おまえたちも、憂さ晴らしをすればいい」

　出がけに市三郎は言い残して行った。

「両国広小路は、かなりの人出ですよ。ちょいと見に行きませんか」

　錠吉は、花火も見てみたいが、賑やかな人の波にも揉まれてみたいらしかった。

　それならば、おぎんさんを誘ってみれば。

　綾乃は喉元まで出かかった言葉を呑み込んだ。錠吉は、おぎんのことは一切口にしない。気持ちの中に、無理やり押し込めてしまっているとは想像できるが、そのことについては頑なな印象で、おさきの小屋で会った時に責めたことがあった。あれ以来、気軽におぎんの名前を出せなくなった。

「他に、一緒に行って楽しい人はいないのですか」

「いやあ」

　照れくさそうに笑った。

「馴染みの娘はいますが、今からでは皆先約がありそうでしてね」

　錠吉は、誰彼となく若い娘と見れば声をかけていたが、おぎんを除けばその場限りの遊びの相手だった。調子の良い返事をしたとしても、本気で待っているわけではないことは分かっているようだ。

「それならば、ほんの少しだけ、お供をいたしましょうか」

　なぜか不憫な気がして、一緒に夜の喧騒の中に出てみようかと考えた。

　二人で、潜り戸を開けて外へ出た。蔵前の通りは、普段の昼間よりもはるかに多い人出である。屋台の食い物屋も、店を出していた。浅草御門の向こう両国広小路の辺りは、眩しいほどの明るさだった。

　おぎんのいる甘味屋の前を通り過ぎる。錠吉はちらりとも目をやらなかった。神田川を渡るとさらに混雑は激しくなった。人が多くて、思うように歩けない。立ち止まって談笑している者もいれば、物売りとかけ合っている者もいる。

　人に押されながら歩いているうちに、川沿いの料理屋の並ぶ辺りに出ていた。その一軒に目を留めた。

　料理屋は間口はそれほど広くはないが、奥行きは深い。大川の河岸まであるが、その店の名は知っていた。『川勝』という店で、今夜はここで御蔵前片町の札差が集って宴を開いていた。

「私たちも、この辺で落ち着きましょうか」

錠吉がそう言った。すると待っていたように、激しい炸裂音が響いた。最初の花火が夜空に上がった。大輪の光の花を描いて、それは瞬く間に消えた。

「鍵やー」

「玉やー」

しゅるしゅると音がして、空にぱんと光が弾ける。赤や黄、紫に青、とりどり色が重なって花びらを広げ、そのすぐ後にどんと辺りを劈く音がする。夜空に咲いた大輪の花は、姿を消した後で、鮮やかな色彩をしばらく脳裏に残した。

次から次へと上がる花火は、皆同じようだがよく見ると違う。形、色だけではない。響きや闇に消えて行く姿に、一つ一つの趣や可憐さがあった。

艶やかなものがあれば、清楚なものもある。

四半刻ほどは、我を忘れて夜空を見上げた。

通りかかった振り売りの男から、錠吉が白玉を二人分買い求めた。立ったまま食べる。蜜のかかったそれは、舌触りもよく喉越しが冷たかった。

「いくつの頃か忘れましたがね、がきの頃に、まだ生きていた親父とおふくろと、花火を見にこの辺りへ来たことがあります」

空に散った花火を、錠吉は目で追いかけるように見続けながら言った。

「あの時は、まだおふくろも優しくてね。白玉を買ってもらって、三人で花火を見上げながら食った覚えがあります」

「そうですか」

綾乃も父親に連れられて、この辺りまで見に来たことがあった。何かを買ってもらった記憶はない。弟が菓子を買ってくれとねだって、綾乃がたしなめた。親に余計な出費をさせたくないという思いが、すでにあったからだ。ずっと貧しかった。だが川開きの花火の美しさと儚(はかな)さは、しばしその屈託を忘れさせてくれた。

江戸の町に暮らす者は、一つや二つ花火にまつわるそれぞれの思い出を持っている。何も買ってもらえなかった自分の思い出には、どこか甘美なものがある。だが白玉を買ってもらった錠吉の思い出には、切ないものが含まれていた。

「逃げたおふくろも、どこかで、この花火を見ているんでしょうかね」

つぶやいた。

「会いたいのですか」

「いや。会ったところで、どうにもなりはしませんよ」

僅かに笑った。こだわりは消えないが、すでに泡立つような怒りや恨みはない。ただどれほど女に惹(ひ)かれ馴染んでも、どこかに猜疑(さいぎ)の気持ちを残してしまう。そういう形でしか、幼い頃からの気持ちの揺れに、帳尻を合わせることができないらしかった。

おぎんも蔵前の甘味屋で、客の相手をしながら花火を見上げているだろう。錠吉はそれを口に出さないが、考えないのとは違うと綾乃は思った。

「おや、誰か川勝から出てきますよ」

女将らしい女と法被を着た若い衆が、客を送り出そうとしていた。花火はまだ佳境である。空き地や道端で見物している者たちには、動く気配はかけらもない。

「おおかた掛け持ちで、これからまたどこかの座敷へ行くんじゃないですか」

錠吉が言った。なるほど札差の中には、そういう人があってもおかしくはなさそうだった。出てきた客は、太田屋茂左衛門である。

通りは人で埋まっている。駕籠を呼べる状態ではないので、太田屋は供の小僧を一人連れて人を避けながら歩き始めた。

「玉やー」

花火が上がると、人が揺れる。見物人で、太田屋に目を向ける者はいなかった。綾乃も錠吉も、音のした空を見上げた。しかしその時、喧騒の中にはっきりと悲鳴を聞いた。

そちらを見ると、黒い影のようなものが、痩せた太田屋の体に襲いかかろうとしていた。門柱の陰に潜んでいたらしい。気がついたのは、綾乃よりも錠吉の方が早かった。人を掻き分けて寄って行く。

「てめえ、何をしやがる」

太田屋を襲った男は、手拭いで頬被り(ほおかぶ)をし匕首(あいくち)を握っていた。地べたに刺されたらしい小僧が蹲(うずくま)っていた。主人を庇おうとして、刺された模様である。

逃げようとする太田屋に、賊は匕首を構え直した。

川勝からも、見送っていた若い衆が飛び出した。再び突こうとするところを、横合いから足をかけた。前のめりに倒れそうになるのを、男はかろうじて堪えた。そこへ錠吉が後ろから襟首を摑んだ。力まかせに引き倒す。そうなると他愛なかった。あっという間に、男は取り押さえられた。

顔を覆っていた手拭いを、剝ぎ取る。

「お、おめえは！」

錠吉が、驚きの声を上げた。綾乃も顔を見て息を吞んだ。襲った男は、忠七だった。

「ちくしょう、邪魔立てしやがって」

押さえつけられながらも、太田屋を睨みつけて叫んだ。目の色が変わっていた。

「てめえさえ金を出さなければ、上総屋の株は俺のものになった」

足をばたつかせた。興奮が収まらない。

「馬鹿野郎！」

その顔を、錠吉が殴りつけた。鼻血が勢いよく辺りに散った。

「こんなことをしたって、どうにもなりゃあしねえぞ。上総屋は、どっちにしたって潰れやしねえんだ」

若い衆と二人掛かりで、川勝の敷地の中に引きずり込んだ。綾乃と太田屋は、怪我をした小僧を玄関先まで運んだ。すぐにも医者を呼んで、手当てをしなければならなかった。腹を刺されている。

周囲は一時騒然とした。しかしそれは、通りから先へは広がらなかった。喧嘩沙汰は珍しくはない。しばらくすると人々は再び花火に気を取られた。前評判の高かった『青竜流星十二提灯』が打ち上げられたのである。

半刻後、忠七は呼ばれて来た同心と岡っ引きに、捕り縄を取られて連れて行かれた。刺された小僧は深手だった。下腹を幾針も縫った。手当てが早かったので、一命だけは取り止めている。しかし先のことは分からなかった。

「とち狂いやがって」

小突かれながら連れて行かれる後ろ姿を見送りながら、錠吉は言った。捕り縄を掛けられた忠七の体は、一回り(ひと)も二回り(ふた)も小さくなったように見えた。

同心や岡っ引きが来るまでの間、興奮が収まると、忠七はひとしきり声を震わせて泣いた。涙と殴られて出た鼻血で、端整だった顔がぐしゃぐしゃになった。悪賢い冷徹な蔵宿師の姿は、どこにもなかった。綾乃は、悽惨(せいさん)なものを見る思いでその前に立ち尽くした。

人を刺し殺そうとしてはたせず、庇おうとした小僧を刺した。もしこのまま小僧が死ねば、忠七は人殺しである。死罪は免れない。幸い傷が治ったとしても、犯した罪は重い。連んでいたはずの坂東志摩守からは、すでに見限られているだろう。援助の手が差し延べられることはあり得ない。

「いつか、必ず札差の株を手に入れてみせます」

自信に満ちた顔で、言ったことがある。綾乃と同じように、武家と札差の両方を憎んでいた。もちろん憎しみの質は違ったが、どちらにも居場所を持たない自分と、近い境遇にあるのではないかと感じたのだった。

焦った忠七は、堺屋の再興どころか、我が身の先行きさえ危ういものにしてしまった。己の居場所を、ついに失ったのである。

九

夜明け近くまで、両国橋を中心に喧騒と共に身を置いた者は少なくなかった。だが闇が白み始めると、人の姿は徐々に町辻の彼方(かなた)に消えた。飲み食いした残(のこ)り滓(かす)が、道端に散らかっていた。

刺された太田屋の小僧は、川勝の離れに寝かされたまま一夜を過ごした。まだ気を許すことはできないが、危険な状態からは脱しつつあった。小僧のためにも、また忠七のために一日も早い快癒を願った。これまでの手段を選ばぬやり方には、抑えがたい怒りがある。しかし暗い野望のために、自ら押し潰されてしまった姿には憐れみが湧いた。

綾乃は、市三郎や錠吉と共に、夜明けまで川勝で小僧の容態を見守った。

川開きの昨夜は多少の夜更かしを許されても、商家や職人の家の使用人は朝寝を許されない。いつものように起こされて、念入りな掃除をさせられた。蔵前の通りも、上総屋が店を開ける時刻には、常と変わらない町の様子となった。

その日店を開けて、最初に暖簾を潜って来たのは、十八、九の若党だった。札旦那の使いかと思われたが、そうではなかった。坂東の手紙を携えて来たのである。手紙を放り投げるようにして、帰っていった。

「今度は、何を言ってきたんでしょうかね」

市三郎が読み終えるのを、錠吉はもどかしそうに待った。太田屋のお陰で、店の急場は乗り越えることができるが、坂東との決着はまだついていなかった。

「やっぱり、会おうと言ってきた。しかも忠七が奪った米俵を返そうと言ってきている。ただ今度は、こちらで日時と場所を決めてよいということだ」

「なるほど、よほどこちらにある帳面が気になるようですね」

「うむ。そうらしいね。帳面と引き替えに、今後上総屋と綾乃さんには手を出さないむねの一筆を、書こうとも言ってきている」

「そんなもの、あてにはなりませんよ。どうせ、ろくなことを企んじゃいないんでしょうから。でも、米俵は返してもらわなければなりません」

「それはそうだ。札差が米俵を奪われて、そのままにしておくことはできない」

「会ってみましょう」

錠吉は意気込んだ。

佐久蔵の行方は知れないままだ。捜す手立てはなかった。

「よし。一度は坂東とじかに会って、決着をつけておく必要があるだろう」

綾乃の顔を見た。問われるまでもなく、同感だった。もちろん、帳面を渡すつもりはない。渡してしまえば坂東の思うつぼだが、面と向かってはっきりと釘を刺しておくことは必要だ。

綾乃はうなずいた。ひとりぼっちではないから、怖れはなかった。気負い込む気持ちもない。市三郎と力を合わせて、事を進めて行くだけだ。

「では、どこでどう会うかですね」

錠吉が、片膝を乗り出した。

四半刻ほど話し合うと、市三郎は坂東に手紙を書いた。麴町善国寺谷の坂東屋敷には、夕刻七つ（午後四時頃）に届けた。行ったのは乙助である。

両国広小路の雑踏に並んだ屋台店に、明かりが灯されている。魚油を燃やすカンテラや薩摩蠟燭が、もうもうと煙を上げていた。その煙を嫌がりもせず、夕涼みに出てきた冷やかしの客が品定めをしていた。

川開きが過ぎると、屋台店の出ない夜はない。この広場は、格好な暑さ凌ぎの場所となった。

一仕事終えた職人やお店者、子供連れの夫婦、隠居らしい男女の集まり、雑多な者たちが広場を三々五々歩いている。篝火を焚いた大道芸人の周りには、人垣ができていて時おり歓声が上がった。若い娘の、はしゃぐ声が聞こえる。

屋台店に置いてある品はほとんどが安物だが、見てあれこれ言い合うのが楽しい。商う親仁や女を相手に、軽口をたたいて時を過ごすのだ。白玉やくず餅を、縁台で食べている年寄りや子供は嬉しそうだ。

多少風があった。綾乃と市三郎は橋番所の陰に身を潜めている。傍らの河岸際の柳が、枝を揺らしていた。

坂東志摩守を呼び出した場所は、ここである。刻限は暮れ六つ。時間が迫っていたので慌てたようだが、承知したと取り次ぎに出た石黒は乙助に伝えた。

大勢で来られて、襲われでもしてはかなわない。そうなれば、こちらの目的は達せられない。それで人を集める用意ができぬよう、ぎりぎりの時間に手紙を届けた。場所は人出の多い広小路内、両国橋の袂を指定した。

一人で来るようにと伝えたが、もちろん配下を人混みに潜ませるだろう。だがこの雑踏の中では、坂東にも体面がある。無茶なことはできまいと判断した。

大川には、小ぶりな涼み船を一艘待たせている。船頭役には、錠吉があたっていた。坂東だけを、この船に乗せて漕ぎ出すことができれば、企みは成功するはずだった。

暮れ六つの鐘が鳴った。

「いよいよですね」

綾乃は口に出した。約束の刻限だった。しかし坂東の姿は、見出すことができなかった。雑踏の中には、侍の姿も交じっていた。配下はすでにその中にいるかもしれないが、坂東ではなかった。見知らぬ武家である。

あの男は時間通りには現れない。尊大な男である。見下した相手には、横柄な態度を取り続ける。やって来るとしても、さんざん待たせてからだろう。そう考えて、張りつめた気持ちを和らげた。

半刻が過ぎた。それほど長い時間には、感じなかった。人の出は、暮れ六つの頃より増えている。風がいくぶん強くなり、カンテラや蠟燭の明かりが揺れていた。

頭巾を被った身なりの良い武士が、橋の袂に現れた。辺りを見回す。

顔は見えなくとも、背格好で坂東だと分かった。供は連れていない。周囲にも、それらしい侍の姿はなかった。供の侍は、離れて様子を窺っているのだろう。そう考えて辺りを眺めると、広場にいる武家の幾たりかは坂東の配下のように思えた。

「行こうか」

市三郎が言った。腹の底が、いきなり熱くなった。人を避けて近づいた。

「お殿様」

丁寧に声をかけた。坂東は振り返った。二人を見ると、瞬間目に怒りを滾(たぎ)らせた。

「こちらへお越しくださいませ」

目で促すと、苛立ちをあらわにした。屋敷内ならば、何をされるか分からない。側室だった頃の怖れを、綾乃は思い出した。だが坂東は、気持ちを抑えるように言った。

「石黒から奪った帳面は、持ってきたな」

それには応えず、市三郎と綾乃は歩いた。坂東は小さく舌打ちをしたが、ついてきた。鷹揚(おうよう)な歩き方だった。船着き場は河岸を下りたすぐの場所にある。辺りに注意を払った。早いうちに、そこまで誘(おび)き出さなければならなかった。

「その方、肥えたの」

背後から、いきなり言われた。どきりとするほどの、おぞましい言い方だった。思わず振り返ると、綾乃の全身を素早く目で嬲(なぶ)った。虐げられた屈辱の日々が、はっきりと蘇った。背筋を悪寒が走り抜けた。下腹に力を籠めて、不快感を堪えた。

河岸から船着き場に下りると、闇の中で船が待っていた。屋形船である。明かりを灯さず、頭に手拭いを被った錠吉が船尾にひっそりと蹲っていた。

「お乗りください」

綾乃がそう言った時、坂東が後ろを振り向いた。長身の侍の影が、音もなく滑り寄ってきた。ひと呼吸ほどの間の、俊敏な身のこなしである。綾乃も市三郎も気付いたが、妨げることはできなかった。

「よし」

坂東は侍の顔を確かめると、船に乗り込んだ。背後の男もそれに続く。有無を言わせぬ動きだった。闇の中でも、それが橋爪欽十郎なのはすぐに分かった。近くに伏せていたのである。嫌な男が乗り込んだと思ったが、今さらどうしようもなかった。

「行きましょう」

市三郎の顔に、覚悟の色があった。坂東の他に誰が乗り込もうと、こちらの意図は変わらない。続いて、綾乃も船に乗り込んだ。ぐらりと揺れて、船が岸を離れた。広場の喧騒が、僅かに遠のいた。

付木（つけぎ）を取って、行灯（あんどん）の明かりをつける。頭巾を取った坂東と上背のある橋爪の姿が、狭い屋形船の室内に浮かび上がった。

十

船は川下に向かって進んで行く。両岸の明かりが、後ろへ流れた。

どこからか、管弦の音と人の笑い声が聞こえた。だがそれは、すぐに聞こえなくなった。艪の音だけが後に残った。船は時おり上下に大きく揺れる。地上で感じた風は、水面に下りると思いのほか強かった。

その時いきなり、どんという鈍い衝撃音があった。船が激しく揺れた。船端に何かが突き込まれたに違いなかった。

「どうしましたか」

船尾の錠吉に向かって、綾乃は叫んだ。

「石黒のやつが、船を仕立ててぶち当たって来たんです」

艪を操りながら応えた。見ると、明かりを灯さない小振りな荷足船が間近にあって、石黒をはじめとする四、五名の侍の姿が見えた。いずれも袴の股立ちを取り、襷掛けの出で立ちであった。こちらの船に乗り移ろうとしている。

綾乃は固唾を呑んだ。坂東らも、周到に船の用意をしていたのだった。闇の水上では、見ている者はいない。力任せに、一気に殲滅してしまおうという魂胆が見えた。坂東らしいやり方である。

「こんちくしょう」

錠吉は、必死に艪を操っていた。素人とはいえ、手慣れた扱いに見える。しかし石黒の船も巧みにすり寄って来た。侍たちは刀の鯉口を切り、今にも飛び移ろうとしていた。綾乃は同じ船内の橋爪の様子を窺った。左手で刀を握り、呼応して斬りかかってくる気配と見えた。背筋に、戦慄が走った。

膝元にあった杖を握り締める。乗り移ってくる侍たちは、市三郎や錠吉に任せるしかない。だが橋爪だけは、命にかえても自分が凌がなければならないと考えた。

横にいる市三郎を見た。けれども驚いたことに、少しもたじろいだ気配を示さず座っていた。他人事のように船外を眺めている坂東を、じっと見据えている。

もう一度どんと衝撃があって、船が揺れた。

いよいよだと思った時、船がすっと滑り始めた。

見るともう一艘の荷船が、こちらの船と石黒の船の間に割り込んで、盾になっていた。石黒の船の倍もある大きさである。煌々と明かりを灯し、鉦や太鼓をかき鳴らしていた。闇の川面でもひときわ目立つ、船の仕立てとなっている。

乗っているのは屈強な十数名の男たちで、その中に喜助の顔が見えた。荷運び人足たちを乗せている。

「こんなこともあろうかと思いましてね。あらかじめ、用意させて貰いました」

　市三郎は、落ち着いた声で言った。

「四、五名の侍では、あの者どもの船には乗り込めません。いくら船上でも、目立ち過ぎます。また袋叩きにされるために、乗り込むようなものですからな」

「なるほど、用心深いな」

　坂東は、渋い顔で言った。橋爪が、膝の刀から手を離すのを見て、綾乃も杖を膝頭に戻した。いきなりの襲撃は、いかにも乱暴な始末のつけ方だったが、市三郎はそれをも見越していた。密かに手を打っていたのだ。正直ほっとした。

「仕方がない。話をつけようか」

　置いてあった脇息にもたれかかると、坂東は言った。鷹揚な言い方である。追手の船が見えないのを気にしてはいなかった。同船している橋爪の腕を、信じているからだろう。

　船は川面を滑って行く。石黒の船も、喜助や人足たちの船も、見分けのつかない状態になっていた。行灯の油が、じじっと音を立てた。

「忠七が奪った米俵は、本所にある旗本の空き屋敷にある」

「…………」

「横川の先、越後黒川藩下屋敷の手前にある屋敷だ。明日にでも、取りにまいるがよかろう」

「はい、そういたしましょう。しかしあなた様は、卑怯なお方ですね」

　綾乃は言った。恨み言など通じる相手ではない。分かってはいたが、言葉になって出てしまった。これまでも酷い目に遭わされた。今夜も市三郎の機転がなければ、船を漕ぎ出した時点で、こちらは息の根を止められていたかもしれないのである。

　鷲鼻で頬骨の張った肉厚な面貌。上背のある太り肉の体からは、傲慢さとふてぶてしさしか感じられなかった。

「今の手口だけではありません。橋爪殿や配下の者を使って、夜陰に紛れて上総屋を襲わせるなど、正気の沙汰と思えません。大身旗本のすることではありますまい」

「ふん……。それは、その方がわしに逆らったからだ。身の程を知れと、教えたはずだぞ」

　目に怒りが籠もった。だが、坂東は話を変えた。

「奪った帳面を返して貰おう」

「…………」

「どうした。何とか言わぬか」

　黙っていると、続けて促した。濃い眉がぴくりと動いた。細められた目に、行灯の淡い明かりが光った。

　橋爪は坂東の後ろにどっしりと腰を下ろして、俯き加減にこちらを見ていた。刀は、左の膝脇に置いたままである。坂東の体が行灯の明かりを遮って、薄暗がりの中だ。細かな表情は判断しきれなかった。

「帳面を、お渡しするつもりはありません」

市三郎が横から応じた。帳面は、勘兵衛に預けてある。万一の場合には、記載されている大名家のすべての上屋敷に、その写しを送る手はずになっていた。

「何だと。それではなぜわしを、呼び出した」

怒りで顔が赤くなった。握り締めていた扇子が、軋み音を立てた。

「上総屋と私に、今後一切手出しをしないというお約束を、して頂くためにです」

再び溢れ出そうになる恨み言を、綾乃は胸の内で抑えて応えた。己がしたことは棚に上げている。しかし言い出せば切りがない。問題は、これからどう事を運ぶかだった。小太刀を遣う綾乃には、接近戦の方が都合が良いのだ。

ちらりと橋爪を見た。狭い屋形船の中では、手練とはいえ動きは半減される。

「約束など、いくらでもしてやろう。石黒の帳面さえ寄越せば、一筆書いてやろうと言ったではないか」

「はい。しかしそれには、これまでにした嫌がらせや、夜盗紛いの押し込みを命じたこと、米俵を奪わせたことなど、すべての悪事について、これをしたと認める記述をして頂きます」

「何だと、そのようなことができると思うのか」

「できなければ、帳面の写しは、大名家の各お屋敷に明朝にでも届けます」

「馬鹿な。その方ら、店が潰れるだけでは済まんぞ」

獲物を狙う目になった。幾度、そういう目で見られたことだろう。そのたびに寒気を感じた。けれども今は、負けるわけにはいかなかった。目に侮蔑を籠め、渾身(こんしん)の力で見詰め返した。

「おのれ無礼な」

坂東の怒りが、爆(は)ぜるのが分かった。目が一層細くなった。歪んだ顔に赤みが噴き出した。身を起こすと、ついに躍(おど)りかかってきた。意外に敏捷(びんしょう)な動きだ。綾乃の手を鷲摑みにすると、もう一方の手を肩にかけて引いた。男の息が、顔にかかった。

しかしこうなるのを、待っていた。

話しただけで分かる相手ではない。帳面で脅すと共に、肉体的にも気持ちの上でも完(かん)膚(ぷ)なきまでに懲らしめてやらなければならない。そうでなければ、これからもどのような策を弄してくるか知れたものではなかった。

綾乃は、座布団の下に隠していた短刀を取ると、素早く抜いた。体を寄せながらその切(き)っ先(さき)を、坂東の首筋に突きつけた。

「うぬっ」

坂東は体を固くした。だが注意していたのは橋爪の動きだった。

橋爪は、一拍の間も置かぬうちに傍らの刀を握っていた。柄に右手をかけたが、抜くことはできなかった。大刀は無闇に抜けない。切っ先が鴨居に当たってしまうからだ。

坂東の右手を取り、背中に回して捩じりながら体勢を整えた。橋爪の攻撃に対して、盾にした形である。首筋に当てた切っ先を離しはしなかった。

「どうするつもりだ」

橋爪が、怒気を抑えて言った。立て膝にした前足に、力がためられている。立ち上がれば天井に頭がつかえる。だが前に踏み込むには充分な体勢だった。刀の鯉口は切ったままである。抜いて突くのならば、船内でも可能なことを見抜いていた。

「まず刀を、川にお捨てください。でなければ……」

綾乃は、切っ先を僅かにずらした。薄く皮を切った。坂東の体が瞬間引き攣った。血が、つうっと一筋跡を引いた。

「ふざけるなよ」

橋爪は怯まなかった。じりりと寄った。坂東と諸共に、一突きで綾乃を刺し殺す腕を、この男は持っている。

綾乃の背後には、市三郎が身構えている。杖を握って構え、いつでも飛び出せる体勢を整えていた。捩じりあげた坂東の腕に、力を加えた。

「やめろ！　言う通りにしろ」

上擦った声で、坂東が命じた。張りつめていた橋爪の体に、緩みが生じた。瞼が小さく痙攣し、それが収まるとゆっくり障子を開け放った。左手で刀を、船端から外へ出す。だが手を離すのにはまだためらいがあった。攻撃に転ずる機会を、ぎりぎりまで摑もうとしていた。

綾乃は切っ先で、坂東の喉をちくりと突いた。

「早く捨てろ」

苛立った坂東が嗄れ声を出した。橋爪の顔が歪んだ。刀が闇の中へ手放された。水に呑まれる音が聞こえて、綾乃の気持ちに安堵の思いが湧いた。

その心の隙を、橋爪は逃さなかった。

体を躍らせたのと脇差しを抜いたのは、ほぼ同時だった。船が揺れたと思った時には、飛び込んできた切っ先は顔面に迫ろうとしていた。

「かわせ！」

市三郎が叫び、綾乃の体を押し退けた。だがかわすのに、坂東の体が邪魔になった。切っ先が頰を擦った。

血が跳ね散った。

間髪を容れず、市三郎が杖を突き出した。しかしそれを、橋爪の脇差しが払いのけた。

返す刃先が、杖を握った小手に襲いかかった。

「あっ」

綾乃が叫んだ時には、市三郎は手首を斬られていた。勢いのついた杖が、鴨居に当たって跳ね返った。市三郎は体勢を崩して、倒れようとしている。

橋爪がその体に、脇差しを突き込もうと振りかぶった。綾乃は身を挺して庇おうとしたが、坂東の腕に横合いから押さえつけられた。

市三郎が刺される！

驚愕の思いで、綾乃は息を呑んだ。と、その時。脇差しを繰り出した橋爪の体に、勢いを持った棒状の塊が突き込まれた。

「うあっ」

橋爪の体が飛んだ。脇差しを握ったまま、船尾の方に転がったのである。船が激しい軋み音を立てて揺れた。

何が起こったのか、咄嗟には分からなかった。振り仰いで見ると、船頭の身なりをした錠吉が艪を脇に抱えて前かがみに立っていた。橋爪が起き上がろうとするのを、再度艪を突き込むために踏み込もうとした。

だがそのためには、畳に押さえつけられている綾乃と、坂東の体が邪魔だった。一瞬の迷いが、橋爪の立ち直りを助けた。

構え直した脇差しを、体を預けてそのまま前に繰り出した。刃先の動きに無駄がない。充分に力がためられていた。錠吉の胃の腑の辺りに刺さるのを、綾乃は目前に見た。

「うっ」

錠吉の体が、前のめりに倒れ込んできた。綾乃の上に、折り重なるように崩れ落ちた。身動きができない。

脇差しを胃の腑から抜いた橋爪は、今度は綾乃の上体にそれを滑り込ませようとした。大刀を捨てたことは、かえって動きを活発にさせていた。

刺される！

そう思った。

「覚悟」

橋爪が叫んだ。けれどもその声が消えないうちに、足に被さっていた錠吉の上体が起き上がった。必死の形相である。綾乃を守ろうとしていた。橋爪の腰を押した。するとそれに呼応したように、先ほどの船の艪がもう一度突き込まれた。

「うわっ！」

咆哮（ほうこう）ともつかぬ声を放ったまま、橋爪の体が戸障子を破った。船の外へ、弾き飛ばされたのである。艪を振るったのは今度は市三郎だった。

斬られた手首から、血が滴り落ちていた。艪の柄（え）を握り込んだまま闇の水面を見詰めている。

二人のお陰で、九死に一生を得た。

起き上がると船の外を、身を乗り出して見た。風が強い。船は大きく揺れていた。海鳴りが聞こえる。すでに大川から海に出ていて、沖に流されていた。

はるか遠くに、町の明かりが見えた。これも揺れている。

橋爪の姿は、黒い海の中に呑まれて見えなかった。どこかに、流されたようである。

「下郎(げろう)どもめ」

刀を抜いた坂東が、斬り掛かってきた。吊(つ)り上がった目に怯えがあった。逆上した、遮二無二(しゃにむに)といった刀の振り方だった。橋爪がいなくなっては、他に身を守る者がないことを悟ったのだ。

綾乃が身をかわすと、勢い余った刀は、船端に突き刺さった。歯を剝(む)き出して抜こうとする。だが焦ってもなかなか抜けない。腕を捕らえようとすると、その手を押さえられた。思い掛けない膂力(りょりょく)があった。縺(もつ)れ合うと、船が大きく揺れた。

「お静かに。今度こそ、話を聞いて頂きます」

「黙れ、無礼な」

突き刺さった刀を抜くのを諦めると、今度は脇差しの柄に手をかけた。

「おやめください」

諫(いさ)めたが、聞く耳を持たない。抜いた脇差しを、綾乃目がけて再び振るった。小手先だけの目標の定まらない振り方である。追い詰められた恐怖が、心の平衡を奪っていた。突き出された脇差しを横にそらせて、綾乃は坂東のみぞおちに当て身を入れた。

坂東の体から力が抜けた。頽(くずお)れるように倒れかけたが、折り悪しく強い風が吹いた。船が、すうっと波を受けて跳ね上がった。坂東の頭は、勢いづいた船端にぶつかった。

鈍い音がした。

いったん跳ね上がった船が、今度はすとんと波の間に落とされた。そこへ再び突風が吹いて、船は横薙(よこな)ぎにされて揺らいだ。綾乃と市三郎は鴨居にしがみついたが、坂東の体は弾き飛ばされた。まるで意識のない、丸太のような動きだった。

橋爪の体と同様、黒い海の中に呑まれて行ったのである。

「坂東！」

市三郎が、鴨居にしがみついたまま叫んだ。船はさらに五、六度激しく上下左右に揺れた。突風が吹き抜けても、しばらく波の揺れは収まらなかった。

船端から身を乗り出して、水面を見る。黒い波立つ海は、木屑(きくず)の一片も漂わせることなく闇に紛れていった。

坂東志摩守の姿は、どこを捜しても見当たらなかった。

「ううっ」

呻き声が聞こえた。海老のように体を丸めた錠吉が、横たわっていた。顔が苦痛に歪んでいる。腹から畳にかけて、血が染みを作っていた。

「錠吉さん！」

綾乃は叫んだ。闇の海に坂東を捜していた市三郎も、我に返った。手当てを急がなければならない。艪を抱えて船尾に移った。

狂ったように、大川の川上に向かって艪を漕ぎ始めた。

十一

船は、大川から御米蔵八番堀の手前須賀堀を入って鳥越橋を潜った。上総屋の裏手の堀に出たのである。

綾乃が叫ぶと、勘兵衛が走り出してきた。錠吉を、戸板に載せて部屋まで運んだ。腹からの血は止まらなかったが、意識を失うことはなかった。

「な、なに、大丈夫ですよ」

自らを励ますように繰り返した。綾乃は何度も傷の深さにたじろぎそうになったが、目顔に出さず錠吉の手を握った。

「ば、坂東はどうなったのでしょうか」

「分かりません。海に呑まれて、それきりです」

「し、死んだのでしょうか」

寝床に横たえると、錠吉は呻いた。土気色(つちけいろ)の膚(はだ)に、歯だけが白く見えた。

「もう、話をしてはいけません」

額に浮いた脂汗を拭いてやった。手の動きをじっと見ていた錠吉は、「すまねえな」とつぶやいた。その自分を見る目の色が、弟郁之助と最後に見合わせた時と似ている気がして、どきっとした。

弟も利かん気な質(たち)で、一度言い出すと頑固。だが気持ちのやさしい面もあって、綾乃には甘ったれだった。

どたどたと足音を立てて、医者がやって来た。馴染みの蘭方医である。

錠吉を一目見て、息を呑んだ。ひざまずくと、顔を近づけて丁寧に傷口を看(み)た。手首の脈を測り、心の臓に耳をあてる。血は、拭き取るたびに滲み出た。消毒の焼酎を吹きかけると、錠吉は小さな叫び声を上げた。

これまでは手際よく手当てを施したが、今度は手間取った。始終、表情は厳しかった。半刻もすると、染み出した血がぐっしょりと布団を濡(ぬ)らした。

「いけませんな」

医者が言った。臓器を傷付けたらしい。深手だった。ここまで動かしたことも、傷口を広げたようである。出血が止まらなければ危ないと漏らした。

周りにいた一同が、縋るような目で医者を見返した。

錠吉が、また呻き声を漏らした。苦しそうに顔を歪めるが、もう目は開かない。膚の土気色が、驚くほど濃くなった。新たに体に巻いた白布に、早くも血が滲み始めている。

「錠吉、しっかりするんだ」

市三郎が、耳元で声をかけた。微かに眉を動かしかけたが、反応はそれだけだった。

「お身内はいないのですか」

医者の言葉に、応える者はいなかった。勘兵衛が黙って首を振った。一人逃げた母親がいるが、錠吉にしてみれば、居所が分かっても知らせたくはないはずだった。天涯孤独の身の上だとする方が、よほどすっきりするだろう。

悶々（もんもん）としたまま、時が過ぎた。

錠吉の表情には苦悶の色が浮かんでいるが、それがふっと消えることがあった。僅かに穏やかな表情を見せるのである。すると綾乃は、はっとして鼻と口に手を当てた。まだ呼吸をしていることを確かめて、小さく胸を撫で下ろした。

人の命の危うさを、綾乃はこれまで掛け替えの無い親や弟を失うことで味わってきた。母は長く患ったが、父の死はあっけなかった。あれよあれよという間に、身罷（みまか）ってしまったのである。

外はまだ暗いが、どこからか小鳥の囀（さえず）りが聞こえてきた。そろそろ夜が明ける。しかし病床の周りから、動こうとする者はいなかった。

「………」

ふと気がつくと、歪んだ顔の錠吉が何かを言おうとしていた。綾乃は身を乗り出して、耳を澄ませた。声がかすれて、よく聞き取れない。呼吸のための荒い息遣いの中に、弱々しい声が紛れ込んでいた。

「おぎん……」

そう言っているのが、ようやく聞き取れた。もう助かるとは思えない。いまわの際に、おぎんの名を呼んでいた。

錠吉の思いが胸に染みた。強がりを言っていたが、おぎんを必要としていたのは明らかだ。もう少し己の気持ちに素直になれば良かったのだが、なった後の反応が怖かった。母親に捨てられたのと同じ思いを、もう一度味わいたくなかったのである。

「誰か、おぎんさんを呼んできて」

綾乃が言うと、松吉が外へ走り出た。

待つうちに、徐々に表が白み始めた。夜が明けようとしている。

いきなり、錠吉の体が小さく震えた。肩の辺り、指先、そして唇が震えて、ぴたりと動かなくなった。綾乃は恐る恐る、顔を見た。

面にそれまであった苦悶の表情が消えている。呼吸が止まっていた。思わず息を呑み込んだ。体が硬直して、声も出ない。我が身が我が身でないようだ。

乱れた足音で、おぎんが駆け込んできた。

「錠吉さん！」

血の気を失った顔で、寝巻き姿のままだった。枕元に膝をつく。白布に染み出た血の色を見て「あっ」と声を漏らしたが、すぐに呼吸が止まっていることに気がついた。

口をわななかせたが、しばらくはものも言えない。

目に、みるみるうちに涙が溜まって溢れ出た。つうと頰をたどり、こぼれた滴は錠吉の瞼の下に落ちた。もらい泣きをしたように見えた。

「どうして、どうしてこんなことに」

ようやく声が出た。途方に暮れた、心細げな声だった。

「錠吉さん、錠吉さん」

繰り返し名前を呼んだ。体を揺すると、がくがくと力なく動く。おぎんは手を離すと、わあと声を放って泣き崩れた。

身も世もないという泣き方で、周りの者はただそれを見詰めた。勝ち気な女は往々にして泣き虫だが、我慢強くもあった。ぎりぎりまでは、歯を食いしばって辛抱するのである。堪え切れなくなって泣くことで、ようやく素直になれるのだと綾乃は思った。

けれども、それでは間に合わないことがある。

どちらかが命を失わなければ、本当の思いを伝え合えない二人はあまりにも不器用だ。だが器用に生きている者など、そうはいないのではないか。

自分とおぎんは、よく似ている……。

ともあれ錠吉を死なせてしまった。因は、自分にある。とうとう取り返しのつかないことになってしまった。綾乃を襲ったのは、深い悲しみというよりも、全身が軋むほどの我が身を責める圧迫と喪失感だった。

錠吉の通夜と葬儀を、上総屋の旦那寺で行った。その間に市三郎は、奪われた三百五十俵の米俵を回収した。奪った佐久蔵は本所の空き屋敷に潜んでいたが、捕らえられ小伝馬町の牢屋敷へ連れていかれた。

通夜と葬儀には、札旦那の姿は一人もなかったが、おさきをはじめ近所の者が多数やって来てくれた。他の札差の手代仲間も、店仕舞いの後に顔を見せた。

おぎんは錠吉が墓に納められるまで、遺骸の側から離れなかった。

綾乃はその間、弔問客の湯茶の用意をし、茶碗を洗った。通夜の客の夜食を作った。声を放って泣きたいのを、体を動かすことで堪えたのである。

住職の最後の読経が済むと、集まっていた人々は引き上げて行った。おぎんはしばらく墓前に佇んでいたが、母親に促されて帰って行った。

夕日が、真新しい墓標を照らしていた。墓前に残っているのは、綾乃と市三郎だけになった。蟬(せみ)の音(ね)が辺りに響いている。

綾乃はあらためて合掌した。そして考えた。人には、どこかに信じがたい部分が潜んでいる場合がある。それはその人自身だけでなく、背後に抱えている世界に対しての時もある。だがこれを疑っているばかりでは、錠吉やおぎんのようにいつまでも繋がり合うことはできない。

これと心に刻んだ相手に対しては、己が何かをされるのを待っているだけではいけない。自らが愛し、関わって行かなくてはならない。

自分には、その対象は市三郎しかいないと思った。

両の肩に、背後から男の掌(て)が載せられた。そこから、体の芯に労(いたわ)りが伝わってくる。綾乃は振り返ると、市三郎の胸に顔を寄せた。滂沱(ぼうだ)たる涙が、頰を濡らした。

十二

夜の空に、光の筋が音を立てて駆け昇った。それが一瞬中空で止まり、光芒(こうぼう)を放ちながら跳ね散った。幾重もの光の輪が、とりどりの色を瞬かせて空に広がる。五十四棟二百七十戸前の広大な御米蔵の白壁と、大川の川面が、その光を受けて輝いた。

「鍵やー」

歓声が上がった時には、花火はすでに闇の中に消えている。しかし次の花火が、ひゅうと音を上げて打ち上げられていた。

「きれいですね」

おさきが、白玉の椀を手にしたまま空を見上げて言った。誰かに話しかけるというよりは、独り言めいたつぶやきである。黒目の勝った瞳に、大輪の花火が映っていた。好物の甘いものを食べるのも忘れて、じっと見上げている。

すぐ近くの涼み船では、富裕な商家の娘たちとおぼしい数名の若い女が、はしゃぎ声を上げて花火見物を楽しんでいた。若旦那風の男も同乗していて、酒も酌み交わされ賑やかだ。食い物を売るうろうろ舟が、涼み船の間を巡って行く。

武家を乗せた船も、ちらほらと見かけられた。

「私も白玉を貰おうか」

隣に座っていた市三郎が言った。普段は甘いものを好まないが、今夜の白玉は綾乃の手作りである。錠吉を偲ぶために作ったことを知っていた。

亡くなって、一月近くがたっていた。六月もそろそろ下旬。明るいうちは猛暑だが、夜になると堪えがたいほどの蒸し暑さではなくなった。

季節は、移ろって行く。

今夜の花火は、蔵前の札差仲間が金を出し合っての打ち上げである。川開きの時ほどの騒ぎにはならないが、過ぎて行く夏を惜しむ人が集って、夜の一時を楽しんだ。おさきは、この花火を「蔵前花火」と呼んで待ち焦がれていた。市三郎が仕立てた涼み船に、祖母おくめと共に招いてもらえるからだった。

上総屋には、今日も幾たりかの札旦那が現れ、金談となった。まとまった話もあったが、こじれて声を荒らげる札旦那もいた。いつもと変わらない一日だが、店の者たちも、この夜の花火は楽しみにしていた。

同じ夜空に上がった花火でも、それを見た人々には、それぞれの思い出と感慨がある。錠吉は幼い頃、後に自分を捨てた母親とまだ生きていた父親の二人に連れられて、花火見物をした。母親に蜜のかかった白玉を買ってもらい食べたことが、唯一のふた親との甘美な思い出となった。

「綾乃、お前も食べたらいい」

市三郎が、言った。名前を呼ばれるようになってから、数日になる。求められて女房になる決意をしたが、胸に湧き上がったものは喜びとは微妙に違っていた。

もちろん、市三郎を好いている。掛け替えの無い男なのは明らかだが、こうなるまでの来し方を思えば、我が身だけが幸せになることへのためらいは大きかった。

小禄の御家人の娘として育ち、長く札差という稼業を憎んで過ごしてきた。そういう自分が、はたして上総屋のおかみとしてやっていけるかという怖れも、ふっと頭をもたげてくる。しかし怖れてばかりいては、何もできない。

自分が生きて行く道筋は、己の力で歩み切り開いて行かねばならないと気付かされた。そのことを、錠吉は身をもって教えてくれた。

綾乃も天涯孤独の身の上だった。それが市三郎と添うことで、支え合う相手ができた。背負うものは少なくないにしても、歩んで行く力は湧き上がってくる。坂東志摩守の理不尽な力に抗い得たのも、一人ではなかったからだ。

夜の黒い波間に呑まれた坂東は、とうとう助け上げられたという話を聞かなかった。当て身を食らった上に、激しく頭を打って水に落ちた。折りからの天候で、潮流も激しかった。

溺れ、海の底に沈んだのだと解釈した。その後も遺骸は、どこからも上がらない。幕府には病死と届け出られ、嫡子が家督を継いだ。

坂東を呼び出し、闇に葬ったのは綾乃だと、用人石黒をはじめ坂東家の者は承知している。しかしそれを明らかにすることは、お家の恥を公にすることでもあった。坂東家では、綾乃への追及を放棄した。

橋爪欽十郎は、運よく漁師の船に拾われた。艪で突かれ肋骨を折っていたが、日頃の鍛え方が坂東とは違った。命拾いをしたのである。しかし骨折で、内臓のどこかを傷付けたらしかった。今は生気のない暮らしをしているという噂を、札旦那の一人から聞いた。

太田屋茂左衛門の身代わりとなって刺された小僧は、一命を取り止めた。ために忠七は死罪を免れたが、遠島を申し付けられることになった。小伝馬町の牢屋敷には、綾乃は着替えと食べ物を、市三郎は二両の金を差し入れた。

ついに、綾乃を追ってくる者はなくなった。

どんと炸裂音があって、長く並ぶ御米蔵が光を受けて白く浮かび上がった。船入り堀から聳え立つ重厚な壁と屋根瓦。それには四十万石もの米俵が収められている。

花火に浮かび上がった御米蔵は、幻のように美しい。だが綾乃にとっては、幻ではなかった。この蔵前という町で、市三郎と共に生きて行く確かな証しだった。

白玉を口に含んだ。

甘い。だが甘いだけではなく、寂しさと舌に残る苦さがあった。

錠吉はどのような思いで、花火の夜の白玉の味を記憶に留め過ごしてきたのか。綾乃は口に含んだまま、その甘さを嚙み締めた。

解説

山本むつみ

テレビ時代劇の主人公は、ほとんどが男性だ。近年は女性主役も増えているとはいえ、過去作のすべてを集計してみれば、男性主役率が九割を超えるだろう。誰もが知る人気シリーズとなればなおさらで、女性主役は「大奥もの」くらいしかちょっと思いつかない。なにしろ将軍も町奉行も医者も剣豪も、表舞台で活躍するのは男ばかりだから、女性を主人公に据えて時代のうねりを描き出すのは、なかなか難しいのだ。

さて、そこで注目したいのが、本作の主人公・綾乃である。

作者は綾乃に、この時代の理不尽をこれでもかというほど背負わせることで、物語をダイナミックに展開させながら、背景となる時代をくっきりと描き出すことに成功している。

綾乃は百二十俵取りの微禄（びろく）な御家人（ごけにん）・園田家の娘。父親は無役の小普請（こぶしん）組で、暮らし向きは厳しい。「蔵米（くらまい）」（給与）を担保に「札差」から金を借り、ギリギリでやりくりしている。こんな状況で家族に病人が出ればひとたまりもない。家計は破綻し、さらに高利の借金を重ねることに……。

困窮しているのは本人たちの責任ではない。園田家は三河以来のご直参で、百二十俵という禄高は先祖代々ずっと固定されている。にもかかわらず、物価は時代とともにどんどん上がっていくのだから、収支が釣り合うわけがないのだ。領地を持たない「蔵米取り」と呼ばれる旗本・御家人たちの多くが、同じような状況に置かれていた。つまり、この物語の舞台となる文化二（一八〇五）年頃、幕府の統治・雇用システムは、とっくに破綻していたというわけだ。

　高利の借金返済に追われ、綾乃はやむなく五千石の大身旗本・坂東志摩守の側室となる。坂東は傲慢で残虐で執念深くて、しかも権力を悪用する最低な男。そんな男に身を任せてまで守ろうとした園田家は、両親亡き後に家督を継いだ弟までが斬殺されて、とうとう断絶することに……。

　ここまで過酷な状況に置かれながらも、綾乃は忍従するヒロインではない。悲惨な境遇を自力で突破していく、戦う女だ。

　坂東の屋敷を飛び出した綾乃が、二尺五寸の樫の杖一本を武器に、必死で追っ手と戦うところから物語は始まる。

　このとき、追い詰められた綾乃を救いに現れるのが、札差の上総屋市三郎だ。この出会いの設定が実にうまい。綾乃にとっては、高利を貪る札差こそが、園田家を破滅させ、綾乃を今の過酷な境遇に陥れた「天敵」にほかならないからだ。

　絶体絶命の窮地から救い出してくれたのは憎むべき相手。そこには武家の女と町人の男という身分の壁が。そして、圧倒的な力を振るって綾乃を奪い返そうとする坂東の魔の手が迫り……と、数々の障害に阻まれながら、綾乃と市三郎の、恋と戦いの物語がスリリングに展開していく。


　本作は、綾乃と市三郎の情感溢（あふ）れるラブストーリーであると同時に、江戸の経済小説としても面白い。「札差」という現代では存在しない職業がどんなものだったか、具体的に描かれていてとてもわかりやすいのだ。

「札差」の仕事とは、ざっくり言えば、支給される米を武士に代わって受け取り、その日の相場で換金する代行業だ。手数料は取るがそれはたいした額ではない。札差が巨万の富を築くことが出来たのは、「蔵米」を担保にして武家に金を貸す金融業を、独占的に請け負っていたからである。

　市三郎の店・上総屋での「札旦那（ふだだんな）」（蔵米取りの武士たち）とのやり取りを読むと、札差の仕事ぶりが、映像で見るようにいきいきと伝わってくる。幕府が定めた年利は一割八分までだが、貧に迫られれば、たとえ法外な金利でも、飛びつく人がいるのはいつの世も同じこと。保証人となって高利を得る「奥印捺（おくいんお）し」とか、一カ月分の金利を二重に取る「月踊り(つきおどり)」など、さまざまな裏技があることを、私は本書で初めて知った。いやホント、勉強になります。

小説の舞台が、寛政の改革から十六年後に設定されているのもポイントだ。寛政の改革では、困窮する旗本・御家人を救うために「棄捐令(きえんれい)」が出された。古い借金は帳消しにし、五年以内のものは低利長期返済に変更せよという無茶なお達しで、札差はたまったものではない。巨額の負債を抱えて倒産する店が続出した。一方の武士も、借金がチャラになって喜んだのもつかの間。二度と煮え湯を飲まされたくない札差たちは貸し渋りに走り、武士の暮らしはますます困窮することに……。

本書では、綾乃たちに敵対する悪役が、坂東の他にもう一人いる。「蔵宿師(くらやどし)」の忠七だ。「蔵宿師」とは、武士の代理人として札差との交渉にあたる役。忠七は、十六年前の「棄捐令」のせいで倒産した札差の息子だった。一家離散に追い込んだ為政者への恨みと、札差稼業への屈折した思いを抱える忠七が坂東と結託することで、戦いはますますスリリングなものに。権力者側の悪党と、権力者に運命を狂わされたワルの組み合わせが、時代の理不尽さをより一層印象づける。

さて、ここで少し思い出話を。私が千野さんと出会ったのは、脚本の師匠に誘われて参加した、「時代小説の勉強会」の席だった。実績のある数名の作家さんたちが、自作を持ち寄り論評しあう会だ。

　当時、私は出版社に勤務しながらたまに時代劇の脚本を書くという、土日脚本家のような暮らしをしていた。

「会社勤めしながら脚本を書いて、さらに小説も書くの？　偉いねえ」と、声をかけてくださったのが千野さんだ。スーツにネクタイ締めて、眼鏡にビジネスバッグという作家さんらしからぬ出で立ちで、中学校の先生だと伺って納得したことをよく覚えている。かれこれ二十年近く前のことだ。

　月に一度の勉強会は楽しかった。もっとも、私のお目当てはその後の飲み会だったので、何年も参加しながら、ついに一篇の小説も書くことはなかったのだけど……。

　千野さんの作品は、品があって緻密で、びっくりするほどの知識に裏打ちされていた。時代劇を書く脚本家の端くれとして、私も歴史知識はそれなりにあるつもりだったが、毎回、「え、こんな役職あるんですか？」などと驚かされたものだ。

　そんなある日の勉強会、どうしたわけかみなの都合がつかなくて、千野さんと二人で飲みに行ったことがある。

　熱燗を飲みながら、千野さんがふっと「もっと派手な面白さが必要なのかなあ」というようなことをおっしゃった。しっかりした造りが持ち味だから、ケレン味はあまりない。エンターテインメントとしてもう一歩先に行くには何かが必要だと、悩んでいらした時期だったのかもしれない。

その時、自分がなんと答えたのかは覚えていないが、千野さんの小説には、ご本人の実直な人柄が色濃くにじみ出ていて、それこそが作品の魅力なのだと私は思っていた。

それから、千野さんは教職を辞されて専業作家となる。その後の活躍ぶりはここに記すまでもない。持ち前の緻密なタッチにエンタメ性もアップして、次々とヒット作を生み出し、今や押しも押されもせぬ売れっ子作家だ。

この『札差市三郎の女房』は、千野さんがまだスーツにネクタイ締めて、教師と作家の二刀流だった頃に書かれた作品だが、端正な筆致といい、しっかりした時代考証といい、千野作品の面白さがフルに詰まっている。

ただ一つ注文があるとしたら、本書が一冊で完結してしまっていることだ。千野さん、ぜひ続きを書いてください。札差を舞台にした事件はまだまだありそうだし、綾乃と市三郎のその後が、とても気になっているのです。

（やまもと・むつみ　脚本家）

本書は、二〇〇四年一月、ハルキ文庫として刊行されました。
単行本　二〇〇〇年六月　角川春樹事務所刊

集英社文庫

札差市三郎の女房（ふださしいちさぶろうのにょうぼう）

2023年８月30日　第１刷
2023年９月20日　第２刷

定価はカバーに表示してあります。

著　者　千野隆司（ちのたかし）

発行者　樋口尚也

発行所　株式会社　集英社
東京都千代田区一ツ橋2-5-10　〒101-8050
電話　【編集部】03-3230-6095
【読者係】03-3230-6080
【販売部】03-3230-6393(書店専用)

印　刷　中央精版印刷株式会社　株式会社美松堂

製　本　中央精版印刷株式会社

フォーマットデザイン　アリヤマデザインストア　　マークデザイン　居山浩二

ISBN978-4-08-744561-9 C0193